Piemonte in noir

Edizioni del Capricorno è un marchio di Centro Scientifico Arte s.r.l.

Edizioni del Capricorno
Corso Monte Cucco, 73
10141 Torino
Tel. 011 385.36.56
Fax 011 382.05.49
info@edizionidelcapricorno.com
www.edizionidelcapricorno.com
www.facebook.com/EdizionidelCapricorno

ISBN 978-88-7707-593-2

Coordinamento editoriale: Roberto Marro
Grafica di copertina: Rossana Berretta
Impaginazione: Francesca Cattina
Stampa: Grafica Veneta S.p.A., Trebaseleghe (PD)

Claudio Rolando

PECCATO DI GOLA

Edizioni del Capricorno

Nota dell'editore

Capitolo 1
La messa prima

Mancava un quarto d'ora alle sei, e nel cielo freddo d'inizio novembre le stelle cominciavano appena a impallidire, quando Pina uscì di casa. Con un gesto che le era abituale, annodò il fazzoletto nero sui capelli bianchi, tagliati corti, chiuse a doppia mandata l'uscio e si strinse nel cappotto grigio con i gomiti lucidi. Poi si avviò verso la chiesa che si affacciava sulla piazzetta, appena dietro l'angolo della via.

I suoi l'avevano battezzata Eleonora, come la nonna, ma lì a Cette, una delle borgate che ormai non si staccavano più dall'abitato di Giaveno, tutti l'avevano sempre chiamata Pina così, senza un motivo, né lei si era mai curata di puntualizzare che il suo vero nome era un altro.

Anche se si era in un'epoca di modernità, tanto che da quasi un anno era anche cambiata la moneta, lì a Cette, come decretato da don Barile, si seguivano ancora le tradizioni, almeno per quanto riguardava le faccende religiose. E così quella era la sola chiesa, in tutta la valle, in cui si celebrava ancora la messa delle sei del mattino, la messa prima. Non che fosse una funzione affollata, anzi, spesso capitava che davanti all'altare ci fosse soltanto lei, la Pina, ma, fermo come una roccia, don Barile non mollava, men che mai sull'orario.

«La messa prima si è sempre celebrata alle sei e così continuerà a essere finché sarò io il parroco», tuonava allungando le labbra tra le guance paffute, e sottolineava il punto fermo battendo entrambi i palmi delle mani sul pancione che gli sollevava l'abito talare fin sopra le caviglie.

Pina svoltò l'angolo ed entrò in quella piazzetta che sapeva d'intimità, passò davanti all'insegna del minimarket e proseguì diretta verso la canonica, una piccola costruzione addossata al fianco sinistro della chiesa.

Come ogni giorno, Pina e don Barile si sarebbero salutati, lei l'avrebbe aiutato a indossare i paramenti e poi si sarebbe defilata per andare ad aprire la porta della chiesa: un'anta soltanto, quella con la serratura, che «a spalancare tutto entra il freddo», diceva il don. Su una sola cosa quel baluardo delle tradizioni aveva ceduto: niente campana ad annunciare la messa un quarto d'ora prima. Una concessione fatta in seguito alle preghiere insistenti degli abitanti delle case prossime alla chiesa, la maggior parte dei quali a quell'ora ancora dormiva.

Pina camminava immersa in un silenzio immobile, freddo e scuro, dove le luci dei lampioni creavano zone giallastre alternate a fette di penombra. Trasportato da un soffio leggero, un vago odore di letame arrivava dalla stalla in punta alla via e, lontano, si udiva il canto di un gallo più mattiniero degli altri.

Si muoveva veloce e i tacchi degli stivaletti di pelle nera producevano un rumore, secco e ritmico, che risuonava sfacciato nel vuoto tra le case. I suoi pensieri erano occupati dai fiori per addobbare l'altare. Anche se era soltanto martedì e, con il freddo che faceva, quelli che aveva portato appena tre giorni prima potevano ben durare fino al sabato, le sue preoccupazioni erano rivolte alla domenica e a come avrebbe potuto rimediare qualcosa con cui decorare dignitosamente l'altare per la funzione delle dieci.

I crisantemi del suo giardinetto erano finiti e i soldi per comprare anche solo un piccolo mazzo proprio non sapeva dove prenderli. Era pur vero che, se glieli avesse chiesti, don Barile non avrebbe negato quei pochi euro per acquistare qualcosa, ma lei di domandare denaro per i fiori proprio non ne voleva sapere. Per la Pina, quello era ben più che un semplice compito che aveva preso su di sé… non ricordava nemmeno più quanti anni prima. Nossignore, quella era una vera e propria missione, un dovere morale, una ragione di vita a cui non avrebbe derogato per nulla al mondo. E poi, con quella diavoleria delle nuove monete proprio non si raccapezzava! Lire, vecchie e buone lire. Pezzi da cinquecento, mille, cinque e diecimila. Ecco! Quelli erano biglietti di cui conosceva il valore. Soldi che nella mente era in grado di trasformare in pane, pasta, uova, zucchero, caffè, sementi, insomma, in cose reali, ognuna con la propria corrispondenza concreta e tangibile, ma quelle monete tonde, con il centro che sembrava d'oro, la disorientavano e, per quanto ci si fosse sforzata, ancora le risultava difficile abbinarle a qualcosa di solido, di reale.

«Ci sarebbe la Rosina», mormorò tra sé evitando una buca, prodotto delle ultime piogge, «nell'orto ho visto che ha un cespuglio di quelle specie di margherite viola. Sono un po' malandate ma, a scegliere quelle che sono ancora in buono stato, per una settimana dovrebbero tenere. E poi potrei chiedere alla Censa, con tutti i crisantemi che ha piantato ne ha per rifornire l'intero camposanto. Buoni per almeno quindici o venti giorni, se tengono il freddo», e così, con i mazzi programmati almeno fino alla fine di novembre, affrettò il passo con il piccolo scrollone delle spalle che le veniva spontaneo quando qualcosa la soddisfaceva.

Era giunta all'inizio del corto vicolo della canonica, quando si fermò perplessa; qualcosa d'insolito aveva catturato la sua attenzione.

Strano, pensò appena fu in vista delle finestre, *a quest'ora ci dovrebbe essere la luce accesa in cucina.*

Il fatto che la canonica fosse al buio l'aveva sorpresa. Nei trentasei anni di servizio prestati a don Barile non era mai successo che arrivasse al mattino e nessuna delle tre finestre della canonica, che corrispondevano nell'ordine alla cucina, al bagno e alla camera da letto, fosse illuminata. Anche le rarissime volte in cui il parroco era malato, a quell'ora la luce dell'ultima stanza era accesa e, se si doveva allontanare, comunque una lucetta in cucina la teneva accesa.

Si sarà dovuto allontanare in fretta e furia, magari per il conforto a un moribondo, concluse facendo un segno della croce per quel poveretto che stava rendendo l'anima a Dio. Quando succedevano quegli imprevisti, don Barile le lasciava un biglietto attaccato alla porta o sul tavolo della cucina, e lei aveva il compito di avvisare i fedeli che quella mattina la messa non sarebbe stata celebrata.

Giunse davanti alla porta, ma non vide nessun foglio.

Pina aveva la chiave, ma non pensò di prenderla, non ancora per lo meno. Prima avrebbe provato a bussare, nel caso il don fosse stato invece costretto a letto da qualche acciacco. Si tolse i guanti, chiuse le dita a pugno e picchiò tre colpi con le nocche sul quel legno con la vernice che si sollevava in più punti. Non ottenendo risposta, provò allora con il campanello. Il trillo risuonò nel vicolo, facendola quasi sobbalzare, e si perse nelle stanze silenziose. Per un istante fu tentata di usare la chiave, ma la mano che stava per infilarsi nella tasca del cappotto si fermò prima ancora di aver toccato la stoffa. Se la serratura avesse avuto qualche mandata… beh, entrare in quel modo le avrebbe fatto provare la sensazione di disagio di chi viola un'intimità senza permesso. Così, prima di mettere mano alla chiave, provò ad abbassare la maniglia e a spingere. Eh, sì, con la porta aperta sarebbe stato un altro paio di maniche, niente introduzione furtiva, roba da ficcanaso, solo l'accesso a un luogo dove entrava ogni giorno.

Quando la maniglia arrivò al fondo, la porta cedette senza resistenza.

Meglio così, pensò, e spinse piano, contenta di non sentirsi una ficcanaso. Tuttavia, mentre il battente ruotava silenziosamente sui cardini ben oliati, Pina cominciò a provare un'inquietudine vaga, qualcosa che non avrebbe saputo definire, un misto tra preoccupazione e sospetto.

«Don Franco», chiamò infilando la testa nello spiraglio che disegnava una piccola lama di penombra sulle piastrelle giallastre del pavimento.

Nessuna risposta.

«Don Franco», ripeté a voce più alta, mentre un odore che non aveva mai sentito in quella cucina la colpì. Era qualcosa di denso, dolciastro e vagamente nauseabondo che le era del tutto sconosciuto.

«Don Franco», ripeté per la terza volta allargando lo spiraglio dell'uscio, mentre la sinistra si spostava sul muro in cerca dell'interruttore.

«È in casa? Sono io, la…» e stava per aggiungere «Pina», ma le parole le si pietrificarono in gola. Aveva pigiato il pulsante e la lampadina sotto il paralume aveva illuminato la stanza, mostrandole ciò che non si sarebbe mai aspettata.

Dietro al tavolo, don Barile giaceva supino e immobile, con le mani lungo i fianchi, circondato da un lago di sangue.

Atterrita da quella vista, sopraffatta dallo sgomento, in preda a una disperazione che le era esplosa nel petto come un pugno arrivato diretto al cuore, Pina gridò. O almeno credette di averlo fatto, perché la sorpresa era stata tale da attanagliarle la gola al punto che a malapena passava ancora un soffio di respiro. La testa cominciò a girarle e la fitta al cuore si trasformò in un dolore che le sconquassava il petto a ogni battito, salendo fino alle orecchie come un rombo di tuono lontano.

Don Franco, il suo don Franco, era lì, davanti a lei, a meno di tre metri di distanza, con il volto bianco e le vesti insanguinate, un lungo squarcio scuro che gli segnava la gola e la testa riversa, abbandonata all'indietro, con gli occhi sbarrati che sembravano fissare un punto sul muro alle sue spalle.

Pina fece un passo, ma quell'odore dolce e nauseante le s'infilò nelle narici, scese in gola e poi giù, nello stomaco, fin nei visceri, mentre il suo sguardo non riusciva a distogliersi da quella sagoma posata sul lago di sangue scuro. Mentre le tempie le pulsavano sempre più disordinatamente, il respiro sembrò morirle in gola. Allora cercò di appoggiarsi allo schienale di una sedia. Lo trovò e in quello stesso momento le ginocchia cominciarono a cedere. Le mani si strinsero sul legno, poi lo lasciarono e lei si sentì perdere in una nuvola dove tutto diventava invisibile, tutto tranne il bagliore della lampadina su quella pozza scura e dura che circondava il corpo di don Franco. Poi ci fu soltanto il buio.

Capitolo 2
L'Itom del Talpa

È ora di rallentare, pensò Leo riducendo l'andatura più sostenuta che aveva mantenuto negli ultimi trecento metri. Il bivio per casa era lì, poco più avanti, e lui stava per terminare la corsa mattutina, che durante l'inverno sostituiva i quindici chilometri in bici prima della colazione.

«Fissazioni da pensionato», aveva confidato un giorno a Julie, la sua compagna, scherzandoci su. Ma lei, al commento aveva aggiunto un «sane» con il tono di chi approvava.

Da quando era in congedo, quella era diventata una pratica con i suoi ritmi precisi, scanditi dalla quotidianità di chi ha solo obblighi presi per scelta, ma regalarsi ogni giorno un momento per riprendere contatto con il proprio corpo era un'abitudine che aveva fin da giovane. Una vera e propria necessità che aveva mantenuto anche negli oltre quarant'anni di vita parigina, a costo di strappare quei momenti con le unghie e con i denti. In certi periodi era stata davvero un'impresa, soprattutto quando era diventato commissario capo della Omicidi al Quai des Orfèvres. Eppure, anche in quegli anni in cui l'ultima cosa certa erano gli orari di lavoro, non aveva mai mollato.

Ora, però, da circa quattro anni, vale a dire da poco prima che iniziasse il nuovo millennio, declinate le insistenze di prefetto e questore perché rimanessero in servizio, lui e Julie avevano deciso di mollare tutto e iniziare quella nuova avventura, disegnata dal confine di una valle grande quanto un pugno, fatta di quelle piccole gioie che sanno regalare un frutteto, un pezzo d'orto e le aiuole fiorite, scandita dai ritmi di giornate all'apparenza tutte uguali, ma sempre diverse. E in quella nuova vita, lontana dal mondo delle interviste dei giornalisti, delle riprese delle televisioni e delle conferenze stampa, fatta di brevi istanti accelerati, intensi e tesi, quel «movimento», come lo chiamava lui, era tornato a far parte dei piccoli piaceri che solo il congedo può regalare. E non passava giorno senza che Leo uscisse in bici o a piedi, per una corsa o anche soltanto per camminare sotto la pioggia con l'ombrello aperto, in compagnia del ticchettio delle gocce sulla cerata tesa e del profumo della terra bagnata che saliva fino a leccare le labbra.

Era ormai alle soglie della settantina, ma quella vita all'aria aperta e le abitudini sane mantenevano il suo fisico forte, tonico, scattante, tant'è che neppure le rughe, disegnate intorno agli occhi scuri e sparpagliate fin sotto la barba brizzolata, riuscivano a denunciarne l'età.

Quel martedì era uscito quando la luce del mattino non aveva ancora cominciato a dissipare la nebbiolina umida che rendeva il mondo opalescente. Aveva indossato la tuta grigia, calcato il berretto nero in modo da coprire bene la fronte e, dopo i primi metri a passo sostenuto, aveva iniziato il solito giro di corsa. Aveva svoltato nel sentiero che attraversava i prati dietro casa per proseguire, poco più avanti, in una delle tante stradicciole che segnavano la piana di Giaveno. Quaranta minuti perso in quel verde che già cominciava a odorare d'inverno, e poi gli ultimi cinque sulla strada asfaltata che collegava tre delle sette borgate a valle di Tetti Bassi, dove abitava, con il paese.

Il giro terminava pressappoco alle otto e venti, quando il traffico d'inizio giornata si era già dissolto e in quel mondo, che Leo sentiva straordinariamente suo, erano tornati a farla da padroni il rombo dei trattori, i muggiti delle vacche, i latrati dei cani, i gracchi delle cornacchie, il chiocciare delle galline. In quegli ultimi metri, lo sfrigolio ritmico e cadenzato delle suole staccava la sua mente dal mondo della fantasia, in cui aveva navigato per tutti quei chilometri, e la riconducevano al mondo reale.

Era giunto al bivio per il breve sterrato che conduceva a casa, quando udì un rumore che riconobbe all'istante. Giungeva da dietro ed era una serie di scoppiettii ripetuti e secchi, come una mitragliatrice che continua a sparare senza posa: si avvicinava.

L'Itom di Carlo, pensò, indeciso se accelerare per arrivare a casa prima che lui lo raggiungesse o attenderlo per un inevitabile saluto. Perché, ne era certo, il Talpa si sarebbe fermato anche solo per scambiare qualche inutile commento sul clima o sulla salute, entrambe cose che si potevano ben notare con un semplice colpo d'occhio.

Ma il Talpa, che al secolo faceva Carlo Galletti, era così, prendere o lasciare.

Da quando poi, meno di sei mesi prima, avevano risolto insieme l'enigma del cadavere mutilato[1], gli si era quasi appiccicato addosso, e non c'era volta che non si fermasse a fare quattro chiacchiere appena le loro strade s'incrociavano. Era pur vero che entrambi avevano

[1] Cfr. *Il Talpa*, Edizioni del Capricorno, Torino 2020.

frequentato la stessa multiclasse alle elementari, ma era stato più di sessant'anni prima. Fatto sta che quel vecchio cameratismo aveva convinto Carlo che ormai loro due formavano una coppia fissa. In fondo, però, a Leo non dispiaceva quella confidenza ritrovata, e poi sapeva come tenerlo a bada e fare in modo che non finisse per infilarsi nella quotidianità sua e di Julie.

A giudicare dal rumore, ormai il motorino era poco distante. Defilarsi non era più possibile e si fermò al bivio.

Dopo pochi istanti la mitragliatrice rallentò le sue esplosioni e l'Itom rosso, che si conservava ancora bene nonostante la quarantina d'anni, gli si fermò accanto. Subito, come se ne fosse stato inseguito, la nuvola bluastra e puzzolente sparata dallo scappamento li avvolse.

Dal sellino il Talpa lo salutò con un cenno del mento, come si usava da quelle parti, in campagna. Il casco giallo con la visiera nera gli copriva a malapena la calotta e deformava la testa rotonda, facendola somigliare a uno di quei funghi porcini con il gambo grosso e corto e la cappella strabordante.

Leo rispose con lo stesso cenno e lo sguardo fisso in quegli occhi che avevano il colore della terra. Un marrone scuro che sapeva di fatica e sudore e gli segnava anche le rughe delle mani e delle dita, s'infilava tra le pieghe della pelle del collo e disegnava un contorno nerastro alle unghie spesse e dure. Da sotto il casco sfoggiò il suo solito sorrisetto, che il toscano infilato nell'angolo della bocca rendeva sgangherato, e spense il motore. Segno che aveva intenzione di tirarla per le lunghe.

Almeno non mi devo respirare tutta questa puzza, si consolò Leo agitando le mani nel vano tentativo di disperdere quella nuvola tossica.

Lo chiamavano Talpa per via della passione per la terra. Qualcosa di intimo, profondo, definitivo che aveva mostrato fin da bambino, a scuola, quando durante la ricreazione, anziché scatenarsi dietro al pallone o azzuffarsi con i compagni, preferiva infilarsi nell'orto di uno zio che confinava con l'edificio della multiclasse, e andare a zappettare o a estirpare erbacce. E fin da quegli anni la terra era entrata in lui.

Non si era mai sposato, anche se con i terreni che già possedeva a trent'anni le proposte non erano mancate, ma lui niente, irremovibilmente scapolo, tant'è che, alla piòla di Gelin, qualcuno diceva che l'aveva fatto perché era così «tirato» che non voleva spendere per una bocca in più, e preferiva invece usare i soldi per comprare campi e boschi… ma forse erano soltanto parole di malelingue.

«Eee, come che te la passi, Leonardo?» domandò girandosi un poco per inquadrare bene la figura di Leo. Carlo era il solo a chiamarlo pronunciando il nome per intero.

Leo rispose sollevando appena le spalle con un'espressione soddisfatta.

«Vedo che stai bene», aggiunse grattandosi il semicerchio che spuntava sotto il giubbotto marrone con il collo di finta pelliccia. Di solito indossava soltanto un maglione verde militare, e la comparsa del giubbotto segnalava che la stagione fredda era ufficialmente iniziata. Di guanti manco a parlarne. La pelle delle mani era così spessa e dura da resistere alle temperature più rigide.

«Ho finito la corsa e sto tornando a casa», rispose Leo per significare che il tempo per le ciance era pochissimo, ma Carlo non raccolse.

«Io ci ho già dato l'erba ai conigli e il pastone alle galline e adesso vado su. In paese.»

«In moto?» domandò Leo, meravigliato che con quel freddo non avesse usato il trattore.

«Eee, a te non ti scappa proprio niente. *Boja fauss*! Te sei proprio un bel farinello come investigatore. Lo dicevamo giusto l'altra sera giù, da Gelin…»

«Vabbè! Vuoi venire al dunque?» sbottò Leo, un po' perché cominciava a sentire penetrare il freddo sotto la tuta, un po' perché non gli piacevano le chiacchiere, ancor meno le sviolinate.

Aveva parlato irrigidendo i muscoli e allargando ancor più le spalle già imponenti. Di fianco al suo metro e ottanta, il Talpa, che gli cedeva una decina di centimetri, sembrava quasi minuscolo.

«Eee, che c'è? C'hai il fuoco che ti brucia il culo?» domandò Carlo accennando una risatina sghemba a quella specie di battuta.

«Senti, sono sudato, fa freddo e rischio di beccarmi un accidente! Perciò, se non ti spiace, me ne vado a casa», rispose Leo sistemando un ciuffo grigio che spuntava da sotto il berretto, e fece per proseguire, ma Carlo lo trattenne per un braccio.

«E così non t'interessa di sapere cosa che c'ho da contarti?»

«Certo che m'interessa, ma non adesso, a meno che non stia per esplodere una bomba.»

«Eee, ma sai che c'hai della roba là dentro», scherzò Carlo, puntando l'indice tozzo verso la testa di Leo, e accennò il solito sorrisetto che inarcò ancor più il piccolo naso.

Leo sorrise; gli era sembrato proprio di vedere il becco di un barbagianni.

«Guarda caso», aggiunse con tono malizioso, «è proprio di una bomba che ti volevo contare.»

Incuriosito, Leo s'immobilizzò.

«Una bomba? Ma che stai dicendo?»

«Eee, questa è roba grossa, che vale almeno un mezzo litro da Gelin…» poi ci ripensò un istante e si corresse, «anzi, un bel litro!»

«D'accordo», capitolò Leo che non voleva invitare Carlo in casa, dove Julie lo aspettava per la colazione probabilmente in vestaglia, «se la notizia è interessante ti sono debitore di una bevuta.»

«Ecco, così va meglio! Perché, vedi, certe cose chiamano proprio…»

«Insomma, vuoi parlare o me ne vado e lasciamo stare?»

La minaccia ebbe effetto e il timore di perdere la bevuta gratis fece cambiare atteggiamento a Carlo.

«E va bene! Allora ti conto in due parole: è morto don Barile!»

«Ma chi? Il… *curé* di Cette?»

«Il cu… che?»

«Il curato… sì, insomma il parroco», tradusse Leo, al quale finalmente era venuto il termine in italiano. Anche se man mano che passavano i mesi gli succedeva sempre più di rado, il suo italiano era ancora un po' arrugginito e, talvolta, capitava che sostituisse una parola con il termine francese.

Serio, il Talpa confermò facendo ondeggiare il casco giallo.

«D'accordo, pace all'anima sua! Tutto qui?» commentò Leo che non vedeva l'eccezionalità del fatto.

«Eee, ma non è che è morto da solo», aggiunse Carlo, dilatando la suspense e centellinando le informazioni come un consumato drammaturgo.

«Come sarebbe, 'non è morto da solo'?» domandò Leo senza capire.

«Sarebbe a dire che non è morto per uno *s-ciopone*, un colpo o una malattia.»

Un giorno dovrà spiegarmi che differenza c'è tra s-ciopone *e colpo*, pensò Leo, ma, evitando di offrirgli il fianco per una divagazione, si limitò a un «E allora?» pronunciato con il tono brusco di chi comincia a spazientirsi.

«L'hanno bell'e mazzato!» sparò infine Carlo, e si fermò di nuovo per osservare la reazione a quella rivelazione col botto.

Leo, che lo conosceva bene, non lo deluse e tradusse un «Assassinato?» esagerando il tono meravigliato.

Carlo annuì soddisfatto.

«L'ha trovato Pina, la perpetua, stamattina quando che è andata in canonica per la messa prima...»

«E tu come fai a saperlo? È successo poco più di due ore fa», calcolò fra sé Leo, «e Cette è dall'altra parte del paese...»

«Eee, è che io c'ho quelli che mi contano le cose», fece il Talpa con l'aria sorniona di chi ha tutto sotto controllo. Poi, sporgendosi appena, aggiunse: «Mio cugino Serafino, che abita da quelle parti e viene giù a prendere la corriera per Torino. Sai, lui lavora alla FIAT e...»

«Dunque tuo cugino», tagliò corto Leo, che cominciava davvero a rabbrividire.

«Sì, Serafino, ti dicevo, è passato davanti alla piazza e quando che l'ho trovato davanti al giornalaio... sai dove partono i pullman per Torino...»

Leo annuì.

«E allora lui mi ha contato che il prete c'aveva la gola aperta e che era annegato in un lago di sangue. E che ce n'era tanto che usciva perfino dalla porta e aveva schizzato tutto, perfino il soffitto, e alla Pina, la perpetua, quando che l'ha trovato per poco non ci è preso un mezzo *s-ciopone*, e c'erano i Carabinieri di Giaveno e anche quelli di Rivoli, e l'ambulanza e... insomma, tutto il resto.»

Leo rimase qualche istante in attesa, aggiungendo alla lista delle cose da chiarire anche il «mezzo *s-ciopone*», ma Carlo non proseguì.

«E allora? Tutto qui?» domandò infine.

«Eee, e che diavolo vorresti, che ti dicessi anche che hanno già arrestato l'assassino? Perché una cosa che Serafino l'ha sentita dire da uno di quei tromboni è che non si è mazzato da solo!» concluse con il tono definitivo che si usa a teatro.

«Non si è suicidato», borbottò Leo.

«Proprio così! L'hanno mazzato! Te lo vuoi mettere in quella *bürnìa*?» disse indicando la testa.

«D'accordo!» acconsentì Leo, «Ma c'erano impronte? La porta era aperta o chiusa a chiave? Verso che ora è successo? Qualcuno ha sentito qualcosa?»

D'un tratto, come una sequenza incontrollabile, nella sua mente era partita la raffica di domande a cui gli ispettori avrebbero dovuto dare risposta già nel rapporto preliminare. Ma non erano al Quai, e ci pensò il Talpa a riportarlo nella piana di Giaveno.

«Eee, eee, eee! Calma, Leonardo. E io cosa ne so? Quello che ti ho contato è tutto quello che ho sentito da Serafino. Non una parola di più che, a forza di stare davanti al giornalaio, è venuto tardi e lui ci ha dovuto correre dietro, al pullman.»

«Sicché non ha avuto tempo di raccontarti i particolari», concluse Leo come parlando tra sé.

Il casco del Talpa ondeggiò di nuovo in un cenno di conferma.

«Va bene, grazie», disse Leo e si avviò verso casa.

Carlo non lo trattenne e appoggiò lo scarpone sulla pedivella dell'accensione, ma poi ci ripensò.

«Ehi! Non è che ti rimangi la promessa della bevuta?» gli gridò dietro.

Senza voltarsi, Leo rispose con un cenno rassicurante.

Un istante dopo, il rumore di mitragliatrice dell'Itom che sgasava cominciò ad allontanarsi.

Capitolo 3
Colazione con omicidio

Percorrendo il tratto di strada che lo separava da casa, Leo camminava piano e i passi smuovevano appena la ghiaia lungo lo sterrato, producendo rumori brevi e strusciati che si perdevano nella nebbiolina non ancora del tutto scomparsa. La casa, la vecchia cascina dei suoi, era là, una cinquantina di metri più avanti. Bassa, bianca, con il porticato su due lati, circondata dal prato interrotto dalle aiuole, la passione di Julie. Ne aveva realizzate un numero che Leo giudicava degno di un vivaista, ognuna con diverse specie di fiori che esplodevano in primavera creando una festa colorata davanti alle pietre del marciapiede. Di fianco, sulla colonna di destra del porticato, si disegnava la sagoma sinuosa della rosa rampicante. Nella buona stagione formava una macchia verde che si scorgeva da lontano. Un po' defilata, la tettoia, che un tempo aveva ospitato il carro, l'aratro e gli altri attrezzi, ora serviva da ripostiglio e rimessa per l'auto.

Leo camminava con lo sguardo fisso sulla casa, ma in realtà non la vedeva. Le parole di Carlo avevano suscitato in lui una strana sensazione. Quell'incontro l'aveva riportato indietro di anni, facendogli rivivere d'un tratto l'eccitazione provata ogni volta che gli giungeva la notizia di qualcosa che si sarebbe subito trasformata in un'indagine. In lui erano tornati a galla ricordi affastellati, istinti sopiti ma mai dimenticati e, insieme, il senso di rabbia che un morto ammazzato gli procurava sempre. Una sensazione che aveva confidato soltanto a Julie e al suo amico e collega Émile Dubois. Certi stati d'animo, nell'ambiente poliziesco incontravano soltanto disapprovazione. Eppure era proprio quella rabbia che scatenava in lui la voglia d'intervenire. Un desiderio incontrollabile e impellente, una specie di droga il cui bisogno si calmava, senza tuttavia mai placarsi del tutto, soltanto con l'azione. Una sensazione che, con la fine delle indagini, trovava pace ma mai riposo e continuava a rimanere lì, latente e in agguato, pronta a scatenarsi con il prossimo fatto di sangue.

Era successo all'improvviso, con la velocità di un lampo, ma quelle parole del Talpa, «Hanno ammazzato don Barile», così dirette, senza un fronzolo, l'avevano scaraventato nel corridoio del Quai. Parole che, dal mare dei ricordi, avevano fatto riemergere l'immagine dei suoi ispettori che lo aspettavano dietro alla porta a vetri con i visi tirati, le espressioni eccitate, i movimenti affrettati e le frasi concitate. Lui dapprima percepiva, poi sentiva come un vero contatto fisico quell'atmosfera elettrizzata e, quando infine li vedeva, già da lontano sapeva che cosa sarebbe successo. Sapeva che immancabilmente, appena avesse abbassato la maniglia, il lungo Perrin o il grosso Guillaume o il giovane Turbot, ancor prima di salutarlo gli avrebbero sparato un: «Capo, hanno trovato...»

Ecco, quello era il momento in cui in Leo scattava la sensazione rabbiosa che portava con sé la spinta impellente del desiderio di azione. Una botta di adrenalina che lui aveva imparato a controllare e ad accumulare, trasformandola tutta in riserva di energia da incanalare con lentezza nell'indagine.

Da quando era a Giaveno era già stato coinvolto in due casi, ma in nessuno aveva provato ciò che le parole di Carlo gli avevano appena suscitato. Quella sensazione, che credeva di aver abbandonato con il congedo, si ripresentava ora, prepotente e inaspettata, a scombussolargli l'animo. La fronte, segnata da tre belle rughe verticali tra le sopracciglia, indicava che stava cercando dentro di sé una spiegazione a ciò che gli stava capitando e, non trovandola, si sentiva turbato.

Era giunto davanti al cancelletto d'ingresso e stava cercando la chiave in tasca, quando sentì lo scatto metallico della serratura. Sollevò gli occhi e vide Julie. Era avvolta in una delle vestaglie pesanti, tutte a fiori ma ognuna con un diverso colore di fondo, che comparivano a ottobre per dileguarsi con il sole di fine aprile. Teneva il bavero stretto al collo e, con gli occhi scuri appena socchiusi, gli sorrise accentuando il taglio all'insù degli angoli delle labbra. Poi sparì in casa lasciando l'uscio accostato. Pur così imbacuccata mostrava un fisico ancora giovanile, che i settanta non avevano quasi intaccato. E anche quelle poche rughe che le segnavano il volto davano ai suoi lineamenti regolari un che di misterioso. Aveva deciso di seguire «i ritmi della natura» e i capelli, ingrigendo, le avevano conferito il fascino signorile della femminilità matura.

Leo rispose con un cenno della mano e si avviò lungo il vialetto. Al terzo passo posò il piede su una pietra traballante. Ogni volta che gli capitava bofonchiava tra sé una mezza imprecazione e si riprometteva che l'avrebbe sistemata al più presto, ma quel mattino proprio non vi fece caso. La sua mente era già andata oltre l'incontro con Carlo.

Conosceva don Barile soltanto di vista, ma di lui si diceva un gran bene in paese, era simpatico e benvoluto, certo un po' all'antica, con quel fatto della messa delle sei che ormai si celebrava ostinatamente soltanto a Cette, ma in fondo che c'era di male? Non si uccide una persona soltanto perché ama e segue le tradizioni. E allora, un furto? O forse c'entrava qualcosa di passionale o una vendetta? Magari l'opera di uno squilibrato...

Intanto era giunto alla porta di casa e, entrando, i suoi pensieri s'interruppero.

«Doccia o colazione?» domandò la voce melodiosa di Julie che proveniva dalla cucina.

«Doccia», rispose a voce alta superando il piccolo ingresso, «sono intirizzito.»

Il bagno si trovava dall'altra parte del grande living, la stanza principale della casa che avevano deciso di arredare individuando tre elementi principali. Il divano e le poltrone cremisi, quasi nel centro, formavano un'isola colorata illuminata da due lampade. Una, a stelo, si allungava tra poltrone e divano e un'altra, di ottone luccicante, era appoggiata su un cassettone di legno scuro addossato alla parete. Il secondo elemento era l'orologio a pendolo, un regalo del padre da cui Leo non si era mai separato, che torreggiava nell'angolo a sinistra e scandiva i ritmi lenti della giornata con il suo ticchettio monotono e regolare. Infine la grande finestra che si apriva sul giardino e dava luce a tutta la parte a sud, con a fianco le poltroncine per la lettura, orientate di traverso e inframmezzate da una lampada con il paralume blu, piazzata all'altezza giusta per illuminare le pagine.

Tutto il resto, le due pareti tappezzate dai dorsi colorati di lunghe file di libri, il tavolino con il telefono, la poltroncina al fondo della stanza, nell'angolo accanto alla porta che dava nel patio, e la piccola scrivania con il ripiano in marocchino marrone, accanto ai divani, fungeva da cornice a quei tre elementi attorno ai quali avevano arredato la stanza.

Infreddolito dalla sosta con il Talpa, Leo si sfilò in fretta la tuta e la maglietta intrisa di sudore, e si fiondò nella doccia. Gli sembrava che il gelo avesse preso dimora sotto le carni e cominciasse a scendere fino alle ossa.

«Accidenti a me! A dar retta a quel chiacchierone va a finire che mi sono beccato un raffreddore», bofonchiò aprendo il rubinetto.

Il getto d'acqua calda gli piombò addosso come uno schiaffo violento e gli sembrò che la pelle intirizzita dal freddo venisse punta da migliaia di piccoli spilli. Pochi istanti e poi la sensazione si trasformò da dolorosa a piacevole, cominciando a lavare via, con il sudore, anche il freddo.

Uscì dal bagno già mezzo vestito, abbassando il pullover blu a collo alto sui jeans, e si diresse in cucina, da dove proveniva il borbottio degli spruzzi finali della moka.

«L'hai tirata lunga, stamattina», esordì Julie salutandolo con un bacio sullo zigomo, appena sopra la barba brizzolata.

Il sole aveva dissipato la nebbia e, da sopra le colline che chiudevano la valle a sudest, allungava i suoi raggi all'interno della cucina. I mobili avorio rispondevano creando una bolla luminosa appena segnata dalle modanature color lavanda delle porticine.

«Colpa di Carlo», rispose Leo sfiorandole i capelli con le dita.

«Ancora? Ma quell'uomo è una persecuzione!»

«Eh, sì! Ma che vuoi, abita un po' più in là», aggiunse puntando la sinistra verso est, «e di qui si va in paese…»

«Se è per questo, da casa sua c'è anche un'altra strada, e pure più corta, mi pare», obiettò Julie posando sul tavolo già imbandito le tazzine con il caffè.

L'aroma si miscelò a quello fragrante del pane tostato e lo stomaco di Leo rispose con una richiesta urgente di cibo.

«Sì, ma da quella parte non si passa davanti alla piòla di Gelin», spiegò facendo scrocchiare una fetta sotto i denti.

Julie tirò un po' indietro la testa per significare che aveva capito.

«Certo che deve averti attaccato un bel bottone. Ci hai messo venti minuti più del solito», riprese sedendosi.

Leo, che dopo il pane era passato ai fiocchi di mais e latte, finì di masticare prima di rispondere.

«È che aveva tra le mani una grossa novità, una vera bomba, per dirla con le sue parole.»

«Una bomba?»

«Mmm…» annuì Leo finendo di masticare, «e credo lo sia davvero.»

Julie, che stava spalmando la marmellata su una fetta di pane, si bloccò con il coltello a mezz'aria.

«E hai atteso finora per dirmelo?»

Con un mezzo sorriso, Leo sollevò appena le spalle e s'infilò in bocca un'altra cucchiaiata di fiocchi.

«Eh, no, carino!» lo fermò lei. «Non te la cavi mica così! Ora mi racconti tutto, altrimenti…» e s'interruppe un attimo per allungare una mano attraverso il tavolo, «niente caffè!» minacciò sottraendogli la tazzina.

Leo sorrise. Con l'età, l'impazienza di Julie non era affatto migliorata.

Capitolò senza protestare. Per lui, dopo il sorriso e la voce di Julie, il caffè era la terza delizia del mattino.

«D'accordo, ti dirò tutto», e allungò la mano per impossessarsi di nuovo della tazzina, ma Julie la trattenne.

«Prima racconta!»

Leo sorrise.

«Dal momento in cui Carlo mi è piombato alle spalle, con quel suo motorino rumoroso e pestilenziale...»

«Guarda che se continui a fare il furbo te lo sequestro definitivamente», minacciò Julie indicando la tazzina.

«E va bene, c'è stato un omicidio.»

Julie lo guardò incuriosita.

«E di chi si tratta?» domandò allontanando la mano dal caffè.

«Don Barile, il *curé* di Cette», rispose Leo, lesto a riconquistare la tazzina prima che il caffè si freddasse del tutto.

«Sarebbe il campione delle tradizioni?»

Leo annuì, cominciando a sorseggiare il liquido ancora passabilmente caldo.

«E quando è successo?»

«Poche ore fa. Il cadavere è stato scoperto dalla Pina, la perpetua, almeno così ha detto Carlo...»

«E lui come faceva a essere già informato?»

«È stato un suo cugino, che lavora alla FIAT e prende la corriera per Torino», spiegò. «L'ha incrociato in piazza e, in attesa della partenza, gli ha raccontato in fretta ciò che era accaduto, spiegandogli che entrando in canonica, poco prima della messa delle sei, Pina se l'è trovato disteso in terra, in un lago di sangue e con la gola tagliata.»

«Sgozzato? Ma per quale motivo?» domandò Julie spalancando gli occhioni scuri.

Leo fece un gesto vago.

«Ma se in giro si dice un gran bene di lui! E non si uccide una persona solo perché rispettava le tradizioni.»

«È ciò che ho pensato anch'io, eppure stanotte, o questa mattina presto, qualcuno gli ha tagliato la gola...» borbottò Leo come parlando tra sé.

«E che altro ti ha detto Carlo?»

«Ha aggiunto qualche particolare sulla scena e sul cadavere, ma mi sembrano piuttosto improbabili.»

«Dici che ci ha ricamato un po' su?»

«Credo proprio di sì. Sai come funzionano le chiacchiere di paese. Uno dice dieci, l'altro lo allarga a cinquanta, il terzo arriva a cento», confermò Leo.

Terminarono la colazione in silenzio.

Poi lui si alzò e cominciò a preparare una seconda moka.

«Mi sembra che questo omicidio t'interessi», buttò lì Julie, che aveva notato il cambiamento di Leo. Una specie di assenza, come se la sua mente stesse correndo dietro a chissà quali pensieri.

«Che cosa te lo fa credere?» domandò senza voltarsi né negare.

«Quarantatré anni di vita insieme. Quando sei rientrato, avevi uno sguardo e un'espressione che non ti vedevo dai tempi del Quai», aggiunse facendo spazio per le tazzine fumanti. La cucina si era di nuovo riempita dell'aroma amarognolo e un po' untuoso del caffè.

Leo sedette con un sospiro.

«Sai, dopo tutti questi anni sei ancora capace di sorprendermi.»

Lei sorrise dolcemente.

«Guarda che non sto affatto scherzando», ribadì lui, «hai visto qualcosa che nascondevo a me stesso…»

«E sarebbe?»

«Dopo aver parlato con Carlo, ho sentito quella sensazione strana, quella rabbia di cui ti avevo parlato e che ho provato così tante volte quando ero in servizio.»

«La cosa ti ha sorpreso?»

Leo annuì.

«Un po'. È successo così all'improvviso che… insomma, non me l'aspettavo», e tacque per qualche istante. «Era una sensazione dimenticata, qualcosa che credevo di aver definitivamente archiviato con il congedo, convinto che mi derivasse dal ruolo che rivestivo, e invece…»

Tacque di nuovo ed entrambi bevvero un sorso di caffè. Il sole illuminava le tovagliette colorate e il piano di legno scuro, facendo risaltare le dita nodose e le spesse vene sul dorso delle mani di Leo.

«E invece?» domandò infine Julie.

«Niente, mi sono sorpreso, ecco tutto», rispose lui scuotendo la testa come per scacciare un pensiero fastidioso.

«Piacevolmente?»

Leo ci pensò su qualche istante.

«Era un misto di piacevolezza, nostalgia e preoccupazione. Non sgradevole, ma nuova. Ecco, una reazione nuova», ripeté soffiando appena l'aria dal naso.

«Non direi poi così nuova.»

«Be', me l'ero scordata.»

Julie lo guardò in silenzio. I suoi grandi occhi scuri esprimevano dolcezza e comprensione.

«È un peccato che Fabio sia in America con Elena», disse infine, riferendosi all'assenza del maresciallo Di

Giovine, il comandante della stazione dei Carabinieri di Giaveno. Poi, come parlando tra sé, aggiunse: «Chissà come se la caverà quel suo vice… Turrotta?»

Leo confermò con un cenno della testa e, con un mezzo sorriso, aggiunse: «Quello che Carlo definisce un *napuli col pansùn*.»

«Come se il suo fosse un fisico da atleta», commentò Julie mimando la rotondità anteriore del Talpa.

Sparecchiarono e Leo cominciò a lavare le stoviglie della colazione.

«Comunque questa è roba grossa e se ne occuperà direttamente il comando di Rivoli. Turrotta si limiterà a fare il portaborraccia…»

«Senza Fabio, tu ne saprai ben poco», osservò Julie con una lieve punta di malizia nella voce.

Leo non rispose.

«E scommetto che la cosa ti secca.»

«Un po' sì!» ammise Leo. «Ma non mi sono scordato la nostra decisione: niente indagini, lontani dalle faccende mondane e salvaguardare il nostro tranquillo anonimato.»

Julie stava finendo di sparecchiare e restarono per un po' in silenzio. La cucina si riempì del rumore dell'acqua che scorreva, delle stoviglie che s'infilavano nello scolapiatti e delle ante dei mobiletti che si chiudevano. Poi lei, con la porta del frigorifero aperta per metà e il barattolo della marmellata in mano, fece un'uscita che Leo non si aspettava.

«In fondo, i due casi di cui ti sei occupato ci hanno dato una notorietà sopportabile e qui, in paese, mi sembra che la maggior parte della gente si faccia i fatti propri.»

Con le mani sotto l'acqua corrente, Leo colse bene quel tono che di fatto sanciva la deroga alla regola e si voltò appena, lanciandole un'occhiata di sguincio. Poi tornò alle stoviglie.

«E poi… che male c'è a fare qualche domanda?» borbottò sovrastando l'acciottolio.

Capitolo 4
Sul sagrato di Cette

Leo arrivò sul sagrato della chiesa di Cette verso le dieci. Aveva lasciato la Peugeot un po' lontano, tra i campi, per proseguire a piedi lungo una strada sterrata che finiva poco prima del campanile. Erano trascorse meno di quattro ore dal ritrovamento del cadavere e sapeva che le operazioni erano in pieno fermento.

Appena sbucò dalla curva, nel punto da cui già si vedeva la chiesa di Cette, ancor prima della solita folla di curiosi tenuti a bada da due uomini di Turrotta lo colpì l'assembramento di veicoli parcheggiati sul sagrato. Erano davvero tanti, dall'ambulanza alle Alfa Romeo dei Carabinieri, dai furgoni della Scientifica alla camionetta di Turrotta, fino a due Mercedes blu notte, con tanto di vetri oscurati e autista, di quelle che usano i personaggi importanti. A Leo i ciottoli che lastricavano il sagrato sembrarono un mare di uova su cui tutte quelle auto stavano appoggiate con delicatezza, come se il loro peso potesse schiacciarle.

Seminascosto dal campanile ci doveva essere un gruppo di persone importanti, almeno a giudicare dall'atteggiamento riguardoso che mostrava il capitano Fieschi, comandante della stazione di Rivoli, da cui dipendevano Giaveno e la valle. Leo ne aveva subito riconosciuto la figura tozza, che sembrava composta da blocchi squadrati. Si conoscevano, ma i loro rapporti erano sempre stati piuttosto formali, anzi, freddini. Il capitano lo stimava e nutriva per lui anche una certa considerazione, come gli aveva riferito il maresciallo Di Giovine, comandante della stazione di Giaveno, ma piombargli lì, tra i piedi, nel momento concitato e un po' confuso dell'inizio di un'indagine, gli sembrava per lo meno inopportuno e l'avrebbe fatto sentire un ficcanaso.

«Be', in fondo è proprio ciò che sono», aveva borbottato tra sé già in vista del sagrato.

Appena sceso dall'auto, per un po' aveva pensato che arrivare sul posto come fosse stato nel bel mezzo di una passeggiata avrebbe dato all'incontro l'impronta della casualità.

«Con questo bel sole...» aveva cominciato a dirsi, ma subito aveva sorriso della sua ingenuità. Ci voleva ben altro per ingannare una vecchia volpe come Fieschi.

Intanto si stava avvicinando e ora poteva vedere meglio tutto il gruppo che prima era nascosto dal campanile. Accanto a Fieschi c'era Turrotta, con la giacca a vento tesa sul ventre, e un tenente alto e smilzo, tutti attenti a ciò che dicevano un paio di alti papaveri, uno con un completo fumo di Londra, l'altro con l'abito talare e la papalina rossa. In quell'immobilità surreale, le loro figure disegnavano contorni precisi contro la facciata giallastra della chiesa, che con il portone chiuso sembrava un testimone muto, composto e contrito degli avvenimenti.

Leo chiuse il giaccone di lana blu e sistemò il bavero mentre si avvicinava ai curiosi. Così facendo aveva oltrepassato il sagrato e ora poteva vedere il fianco della chiesa e lo stretto vicolo dove si trovava la canonica. A piantonare la porta riconobbe il fisico longilineo di Laviello, l'ultimo arrivato nella squadra di Di Giovine, e poco discosto il fisico imponente del dottor Marri, circondato da nuvolette azzurrognole che salivano dal toscano, a fianco di un tipo minuto, con cappotto blu e borsa marrone, che poteva essere il medico legale.

L'arrivo di Leo non era passato inosservato e, mentre si accostava al gruppo di curiosi, i tratti tozzi, geometrici e precisi, come disegnati con squadra e righello, del capitano Fieschi si erano un po' stirati e il capo aveva accennato un movimento che assomigliava a un vago saluto. Leo aveva risposto sollevando appena la mano e lui era tornato a prestare attenzione ai due papaveri.

Pensò che era una fortuna che quel caso fosse capitato proprio a Fieschi.

«Eh, sì!» borbottò tra sé. «Temo che per questa faccenda ci voglia proprio un Mastino.»

Era il soprannome con cui veniva indicato il capitano. E non tanto per i modi decisi, a volte bruschi, o per le parole, che spesso sembravano ringhiate, e neppure per la vaga somiglianza del volto con il muso della razza canina, ma piuttosto per la tenacia con cui si attaccava alle natiche dei sospettati e la grinta, quasi feroce, con cui conduceva un'indagine.

In attesa di potersi avvicinare, Leo si appoggiò all'alto muro di mattoni che delimitava l'orto e il giardinetto della chiesa con lo sguardo fisso sul sagrato. Pur ammassati, e c'era parecchia gente, i curiosi formavano tanti piccoli capannelli, in ognuno dei quali si teneva un discorso diverso. La fase di commozione e compatimento per il povero don era terminata, e il fiume delle chiacchiere si era scaricato in una vasta piana per allargarsi in un'infinità di rivoli.

In un gruppo alla sua destra, il bordone era tenuto dal solito purosangue nordico che, senz'alcun dubbio, aveva individuato il colpevole in uno di quei mangiapane a tradimento, uno di quelli «che le donne le tengono tutte coperte, perché chissà quanto sono brutte», sghignazzata laida, «e noi, furbi, li facciamo venire qui per rubarci il lavoro», sostenuto da un compare ancora più integralista, con il muso sporgente e una barbetta da fox-terrier che, a mezze frasi, parlava addirittura di «terroni». A dire il vero, le persone che stavano loro accanto non annuivano affatto, anzi, i più esibivano un'espressione scocciata e, appena possibile, iniziavano a parlottare tra loro senza più badare a quegli sproloqui.

C'erano poi i gruppi dei «potrebbero», in cui le ipotesi sui motivi di quell'omicidio saltavano dai vizi capitali fino all'intervento diretto del demonio, tanto per rimanere in ambito religioso, condite e intercalate da adombrate irruzioni di visitatori alieni proposte da una tipa tutta arruffata con strani pantaloni neri e sbuffosi, alla ottomana. Leo si divertiva ad ascoltare tutte quelle parole inutili, anche se, per la verità, in quel ciarpame d'imbecillità una notizia l'aveva appresa: Pina, la perpetua, non si era ripresa del tutto ed era stata accompagnata in caserma, dove l'avrebbero interrogata appena possibile.

Le due auto blu si allontanarono scivolando come fantasmi tra la folla silenziosa, e a Leo sembrò che sul sagrato si respirasse un'altra aria, più tranquilla e distesa, quasi rilassata. Il capitano Fieschi stava parlando con il tenente e altri due uomini, tra cui Turrotta. Leo vide che con gesti precisi e autoritari tracciava un cerchio con la mano, indicando prima la canonica, poi la chiesa, infine il paese. Evidentemente stava dando disposizioni per le indagini. Uno dei subalterni lasciò il gruppo e si diresse nel vicolo. Tornò poco dopo muovendo una mano in orizzontale, gesto a cui aggiunse un dondolio, il che significava più o meno mezz'ora, il tempo che sarebbe ancora occorso alla Scientifica per completare i rilievi.

Il Mastino sbuffò vistosamente, poi mosse un paio di passi verso Leo, facendogli cenno di avvicinarsi.

«Bella grana?» domandò Leo limitando il saluto a un cenno della testa, come piaceva al capitano.

«Può ben dirlo», rispose questi nel suo accento romanesco. «Ahò! A sentì 'sti qua», aggiunse indicando con un cenno della testa il gruppo di curiosi, «'sto prete era la persona più amata der paese.»

«Eppure qualcuno lo ha sgozzato», osservò Leo.

Fieschi non commentò e come sempre tirò dritto seguendo i suoi pensieri.

«Così, a prima vista, nun ce stà manco 'no straccio d'indizio, ma lei che ne sa de 'sto prete?»

Leo sollevò appena le spalle.

«Non lo conoscevo di persona, ma di lui in giro si diceva un gran bene, anche da vivo, intendo...»

Con le labbra protese e un mezzo sorrisetto, Fieschi fece cenno che aveva capito: dei morti si parla sempre bene, ma dei vivi...

«Certo aveva qualche fissazione, come quella delle tradizioni...»

«E pure la messa delle sei!»

«Appunto», confermò Leo, «e qualche debolezza. La sua pare fosse la gola. Non che fosse un... *bambocheur*, come si dice in italiano uno che mangia quasi come un vizio?»

«Ingordo», suggerì Fieschi.

«Ingordo, appunto!»

«Ahò! Ma questi so' mica moventi per un omicidio!»

«Certo, ma sia io che lei ne abbiamo viste così tante!»

Poi, approfittando della disponibilità di Fieschi, azzardò una domanda.

«A proposito, c'è stata colluttazione?»

Il Mastino rimase sul vago e si limitò a rispondere che tutte le stanze erano in ordine.

«Ho sentito che è stata la perpetua a trovare il cadavere…»

«Già, era tutta scossa. Nun l'ho sentita. Meglio prima falla calmare un po'.»

«Capisco», mormorò Leo approvando con la testa.

Il Mastino, che per qualche strana ragione era molto più disponibile del solito, aggiunse che all'ispezione veloce, fatta prima dell'arrivo della Scientifica, nella canonica non mancava nulla, e stava per proseguire quando, dall'imbocco del vicolo, il tenente gli fece segno che poteva entrare.

«Ho capito!» disse Fieschi ad alta voce e se ne andò senza salutare, come sua abitudine.

Leo rimase sul sagrato a carezzarsi il mento. Un gesto che gli era abituale quando qualcosa cominciava a dargli da pensare. Lo faceva senza neppure accorgersene e poteva andare avanti un bel po', tant'è che, spesso, la pelle arrossata si vedeva anche attraverso i peli brizzolati della barba.

Quando si voltò, dal fondo del vicolo vide il dottor Marri che gli faceva cenno di aspettarlo. Leo capì e si fermò davanti alla porticina di legno del campanile, un punto discosto dalla folla dei curiosi.

Poco dopo, la figura massiccia e imponente del dottore attraversava il sagrato. Un metro e novanta di carne soda con la testa a uovo, segnata dall'ombra scura dei pochi capelli rasati a zero e da una folta barba nera che gli mascherava buona parte del volto, da cui spuntava un mezzo toscano. Camminava caracollando piano e le sue movenze erano legnose, quasi impacciate, tant'è che lo si sarebbe facilmente scambiato per un placido montanaro, se non fosse stato per la borsa marrone, a bauletto, da medico, appunto. Aperto e gioviale, prendeva la vita con ironia, a cominciare da se stesso, che definiva un «pesce d'aprile», riferendosi non soltanto al giorno di nascita, ma anche allo scherzo che aveva giocato a sua madre, rimasta incinta a quarantasette anni suonati.

Quando fu davanti a Leo, lo salutò con la sua voce da baritono.

«Dottore», rispose Leo, «o forse sarebbe più corretto chiamarla 'signor Ufficiale Sanitario', visto il ruolo che svolge oggi...»

Marri accennò un sorriso che gli deformò appena i baffi. Da cinque anni, oltre al lavoro di medico di base, aveva anche l'incarico di ufficiale sanitario del paese. E Alfio Marri era certo la persona più qualificata per quel compito, non fosse altro che per i due anni di corso di medicina legale che aveva frequentato pur senza specializzarsi.

«Eh, sì!» sospirò. «Oggi mi è toccata questa brutta faccenda.»

Leo annuì in silenzio.

«Gran casino?» domandò infine nel loro modo di comunicare scarno, essenziale, perfino un po' ermetico.

«L'ho vista col Mastino», rispose Marri. «Il prefetto e l'arcivescovo tra i piedi l'hanno messo un po' in fibrillazione e credo che la sua pressione arteriosa sia alle stelle.»

Leo sorrise alla battuta, ma non stette a spiegargli che Fieschi si era molto rilassato dopo la partenza di quei due.

«Lei s'interessa a questa faccenda?»

Leo sollevò appena le spalle: «Curiosità».

«Là dentro non è un bello spettacolo, e capisco perché la Pina sia svenuta.»

«Molto sangue?»

Riaccendendo il toscano con uno zolfanello, Marri assunse un'espressione vaga.

«Fieschi mi ha detto che non c'è stata colluttazione», aggiunse Leo.

«È tutto in ordine, se è questo che intende, e sul corpo del don, per quel che ho potuto constatare, a parte la coltellata precisa non ci sono altri segni di violenza.» Si fermò un istante per aspirare una seconda boccata, poi aggiunse: «Ma il sangue non è poi così tanto».

«Cosa intende?» domandò Leo all'improvviso più attento, quasi in allarme.

Il dottore sbuffò un'altra nuvoletta di fumo azzurrognolo.

«Praticamente niente schizzi! La gola tagliata a un vivo spruzza sangue a fiotti e lo sparpaglia un po' dappertutto», aggiunsc, anche se non ce n'era bisogno. Da quel punto di vista, Leo era uno del mestiere.

«Sì, di sangue ce n'è una bella pozza, ma secondo me è troppo poco per uno sgozzato da vivo… e poi, come le ho detto, ci sono pochi schizzi», ripeté.

«Ciò significa che il don era già morto quando gli è stata aperta la gola?»

«Direi da qualche minuto; insomma, il cuore non pompava più.»

La mano sinistra di Leo salì di nuovo fino al mento.

«E della ferita che mi dice?»

Marri tolse il sigaro dalle labbra prima di rispondere.

«Un taglio netto, appena inclinato da destra verso sinistra… Una cosa però è strana: i lembi della ferita non erano ravvicinati, ma aperti, come se qualcuno avesse frugato nella gola del don…»

«*Parbleu*!» esclamò Leo dilatando appena gli occhi, «questo sì che è interessante.»

«E c'è di più» aggiunse Marri. «Tra i lembi c'era qualche piccolo pezzo di carne cruda, e ne ho visto uno anche su un angolo della bocca di quel poveretto.»

«Carne cruda», mormorò Leo come parlando a se stesso.

«Pezzetti irregolari, più o meno come quelli che vengono macinati con la macchina, ma più grossi di quelli per le polpette.»

«E allora?» incalzò Leo.

«Non sono un esperto, ma secondo me poteva essere salame o salsiccia.»

Il sigaro si era di nuovo spento e Marri infilò una manona nella tasca della pesante giacca marrone. Prese la scatola dei fiammiferi e riaccese il mozzicone con le labbra protese, facendo attenzione a non incendiare i baffi.

Leo lo guardò strano.

«Lo so, ciò che sto facendo è un gran regalo al cancro, ma questo è l'ultimo e finché non torno in paese non posso ripristinare la scorta.»

Marri però aveva frainteso. Leo non ce l'aveva con il modo in cui gestiva la sua salute. Nella mente erano comparsi altri interrogativi.

«Nella bocca c'erano altri frammenti?» domandò infine.

«Non ci ho guardato. Quello è compito del medico legale. Io mi limito a constatare la morte e non è mia facoltà andare oltre.»

Leo annuì.

«Secondo lei a quando risale la morte?»

«Più o meno ieri sera all'ora di cena, e con questo la saluto, ma si ricordi di passare da me. Voglio mostrarle i pomodori che ho tenuto tutto l'anno in serra e ora ho nella veranda riscaldata. Sa che ne mangio ancora?»

Capitolo 5
La Pina

«Ogni volta che passo di qui mi sembra di entrare in un mondo fuori dal tempo», confidò Julie stringendosi al braccio di Leo quando sbucarono nella piazzetta di Cette.

Il sole del primo pomeriggio era tiepido, quasi caldo, e avevano deciso per una lunga passeggiata. Durante tutto il pranzo Leo era rimasto assente, con lo sguardo perso nel fondo del piatto e, alla fine, aveva proposto quei «quattro passi» con un tono vago, come se ripetesse a se stesso una decisione già presa.

Julie aveva intuito che cosa gli frullava nella mente e aveva accettato senza proporre una meta, lasciando a lui l'iniziativa. Così erano usciti e, dopo un breve tratto sul sentiero tra i prati dietro casa, la direzione che avevano preso era quella che aveva immaginato. Avevano camminato per un po' in silenzio, ascoltando il rumore dei passi sulla ghiaia di quelle stradine deserte, respirato l'odore umido della terra appena arata e il profumo amarognolo delle foglie secche che scrocchiavano sotto le suole. Entrambi stretti nei giacconi di lana blu, Leo con i soliti polacchini, lei con un più comodo paio di scarponcini.

Procedevano quasi sfiorandosi, lei snella, con le gambe sottili, camminava con passi corti e affrettati, lui robusto, con le spalle larghe e quadrate, avanzava invece con il solito passo, lungo e pesante, un po' cadenzato.

•

Poi, attraversata la strada di accesso al paese, avevano proseguito in leggera salita diretti oltre il dorso della collina da cui spuntava la sagoma biancastra del campanile di Cette, con il tetto ricoperto di pietra grigia.

Quella di Cette era una piazzetta al tempo stesso larga e raccolta, proprio come la borgata, una massa compatta di case con i tetti rossi, appoggiata sul verde tenero dei prati, che catturava il capoluogo allungandolo verso nordest. Vi confluivano cinque strade. Una l'attraversava e proveniva dal paese per proseguire verso la montagna, mentre le altre erano viuzze strette, poco più che vicoli, che s'infilavano come fili di una ragnatela tra muri di un giallo stanco. C'erano anche case con le facciate bianche o in mattoni bruni, una perfino di un azzurro verdastro indecente a vedersi, ma erano davvero poche, e la sensazione che si traeva, girando lo sguardo su quei muri stinti e consumati dal sole, era di essere attorniati da un colore antico, che sapeva di campagna.

Oltre la borgata, il verde delicato dei prati si perdeva subito nella striscia scura dei boschi della collina che segnava il confine tra la piccola valle del Sangone e quella, più lunga e ampia, che prendeva il nome dalla città di Susa. Un lungo cordone che il ghiacciaio aveva costruito migliaia di anni prima, accumulando pietre e ciottoli e lasciando, al suo ritiro, un terreno povero, dove le piante crescevano a stento. Ora che le foglie erano già quasi tutte cadute, quei tronchi sottili sembravano una peluria rada, cresciuta su una pelle bruna, attraverso cui s'intravedeva la linea di colmo, regolare e decrescente.

Erano ormai accanto al campanile e Leo piegò a sinistra, verso la chiesa affacciata sul sagrato vuoto, colorato solo da qualche ciuffo d'erba che spuntava tra l'acciottolato. Carabinieri e tecnici se n'erano andati lasciandosi dietro un alone invisibile, fatto di tristezza e inquietudine. Le stesse sensazioni che Julie aveva provato camminando in quella piazzetta deserta, silenziosa e immobile.

Il passaggio che conduceva alla canonica si trovava tra il muro posteriore di una stalla, con una finestrella aperta in alto, e il lato della chiesa. Chiuso al fondo da un muro di pietre e cemento, il vicolo era stretto e scuro, e il sole vi penetrava a stento, per qualche ora, solo in estate. Al fondo, sotto il muro, il muschio verde colorava il selciato. In quel budello l'aria era umida e ferma e, man mano che Leo e Julie si avvicinavano alla porta della canonica, l'odore di stalla diventava più pregnante. Avanzando in quella penombra, Leo sentiva il freddo penetrargli nelle ossa e anche Julie doveva provare la stessa sensazione poiché, con un gesto istintivo, strinse il bavero del giaccone contro la sciarpa di lana.

«Sai, è la prima volta che percorro questo vicoletto», disse Leo.

«Perché, stamattina...»

«Niente da fare. C'erano il capitano Fieschi e il solito branco. Insomma, questo posto era inavvicinabile.»

Erano davanti alla porta della canonica, con la vernice marrone consumata attorno alla serratura e alla maniglia. Di traverso sui battenti spiccavano i fogli dei sigilli, con timbri e firme e una bandella bianca e rossa a ribadire il divieto d'accesso. Leo si era appena spostato per osservare le finestre che davano sul vicolo, quando si udì un rumore di passi affrettati. Proveniva da qualche parte alle loro spalle e risuonava sempre più forte e chiaro tra i muri stretti.

Si voltarono e videro la Pina.

Aveva il fazzoletto nero legato in testa e, pur avvolta nel grande cappotto grigio, aveva l'aspetto fragile e minuto di chi ha bisogno di protezione.

Si avvicinò senza parlare, con gli occhi velati di lacrime, e appoggiò una mano sulla porta, come se per una sorta di magia quel tocco potesse aprirla e far tornare tutto indietro, cancellare le ultime ore, ridare vita a don Franco.

Leo rimase in disparte.

Julie le si accostò in silenzio, lentamente.

Lei si rese conto che la stava avvicinando e si voltò appena. Poi, con lo sguardo basso, come se stesse parlando con persone conosciute, mormorò con voce un po' stentata: «Trentasei anni... lo aiutavo da trentasei anni...» Poi tacque, affidando il resto del pensiero a un lungo sospiro.

Dolcemente, con la leggerezza di cui solo lei era capace, Julie allungò una mano e le sfiorò una spalla. Pina non si sottrasse e sollevò il volto rugoso, con la pelle trasparente che sembrava mal appoggiata sugli zigomi. La guardò e abbozzò un leggero movimento delle labbra, una specie di sorriso di ringraziamento.

«Lì dentro», disse indicando la porta con un cenno della mano, «sarà tutto in disordine...»

Non disse «sporco», come se quella fosse una parola dissacrante, una mancanza di rispetto per il povero don Franco. Poi, dopo una breve pausa, aggiunse: «Chissà se si può...»

Di nuovo non riuscì a pronunciare la parola «pulire», ma Julie comprese.

«Per ora tutto deve rimanere sigillato», le spiegò con voce calda e premurosa, «ma appena le indagini saranno finite vedrà che i Carabinieri le consegneranno le chiavi», aggiunse in tono rassicurante.

Pina sembrò convinta e confortata da quelle parole e, salutando con un cenno del capo, si avviò verso casa.

Julie e Leo l'accompagnarono per un tratto, diretti verso la strada.

Erano giunti alla fine del sagrato quando Pina si fermò e, rivolta a Julie, propose: «Vi posso offrire un caffè?»

Due minuti più tardi erano seduti al tavolo della sua cucina, con la finestra di lato che dava sul giardinetto e la stufa che diffondeva un calore legnoso in tutta la stanza.

Si erano seduti attorno al tavolo. Una vecchia sporta di pelle nera, con gli angoli spelacchiati, era appoggiata sull'unica poltrona con la fodera a fiori rosa, piazzata in modo strategico per guardare la televisione e, con una piccola torsione del collo, anche attraverso i vetri della finestra che si apriva sopra l'acquaio. Non c'erano quadri. Soltanto il calendario di Frate Indovino, appeso di fianco alla porta, e due foto in bianco e nero, dagherrotipi del primo Novecento con il contorno sfumato che ritraevano i visi di un uomo e di una donna acconciati e vestiti per la festa, che occupavano un pezzo della parete di fronte alla stufa.

Pina sembrò un poco imbarazzata.

«Mi dovete scusare», disse a voce bassa, «ma la casa è piccola e non ho un salotto.» Poi andò fino alla credenza, appoggiata alla parete di fondo, l'aprì e prese tre tazzine a fiori. Dovevano essere quelle del servizio buono, perché le maneggiava con estrema cura e delicatezza. Al secondo giro, con i piattini posò sul tavolo anche una zuccheriera decorata allo stesso modo.

«Non è il caso che si disturbi», disse Julie in tono cortese, «abbiamo accettato soltanto per farle un po' di compagnia.»

«Ma quale disturbo», la rassicurò lei con quel vocino acuto e un po' spezzato, «mi fa proprio piacere che siate venuti fin qui. Sapete, non mi sembra ancora vero...» e si fermò ricacciando le lacrime che stavano per sgorgare. Poi distolse lo sguardo e aprì lo sportello della stufa, vi aggiunse un ciocco di gaggia, lo richiuse e sistemò meglio la caffettiera napoletana, in modo che i manici restassero fuori dalla zona calda.

«Trentasei anni», sospirò sedendosi, «sono trentasei anni che mi occupo... mi occupavo, di don Franco. Da quando è arrivato qui a Cette, parroco, nel Sessantasei. All'epoca non aveva neppure quarant'anni.»

Si fermò per togliere la caffettiera dalla piastra e capovolgerla.

«E come mai ha deciso di prendersi cura di lui?» domandò Julie.

Leo, con la mano appoggiata sulla *Stampa* della domenica precedente, si limitava ad annuire di tanto in tanto, lasciando che a condurre la conversazione fosse Julie.

Pina si strinse appena nelle spallucce: «Successe così, senza una vera decisione, voglio dire di quelle che ci si stringe la mano».

Leo mascherò il sorriso che gli era venuto al pensiero di quella donnina, per cui una stretta di mano equivaleva a un contratto scritto e la parola data era un impegno solenne. In fondo, anche per lui valevano gli stessi principi.

«Io sono signorina», proseguì intanto Pina. «Per la verità sono stata fidanzata con un giovane di qui. Si chiamava Dario e abitava più su, in punta alla borgata. Era un bravo giovane, timorato di Dio e un gran lavoratore, ma purtroppo la guerra se l'è portato via e poi ho dovuto occuparmi prima di mio padre e poi di mia madre, e non ho più avuto tempo per pensare alla mia vita…»

Leo immaginò quella donna delicata, con le gambe sottili che spuntavano da una gonna che si fermava sopra le caviglie, a spasso sottobraccio al suo innamorato a immaginare, sognare, progettare il futuro insieme e ad attenderlo con trepidazione, e provò un senso di compassione per lei.

«Così, quando sono rimasta sola, ho lasciato la cascina dei miei e sono venuta a vivere qui, vicino alla piazza, in queste due stanze. Poi è arrivato don Franco. All'inizio era spaesato e ha trovato molte difficoltà. Sapete, qui la gente è un po' strana… non che sia cattiva, ma… ecco è fatta a modo suo, e nessuno avrebbe permesso a una sua familiare di fare da perpetua a un prete giovane. Ma qualcuno doveva pur aiutarlo quel pover'uomo e così, non so nemmeno io come, poco alla volta ho cominciato a prendermi cura prima della chiesa e poi di don Franco. Le faccende domestiche non erano proprio il suo mondo e io…»

Il caffè aveva finito di passare e lei si fermò per versarlo.

«E che tipo era don Franco?» domandò Julie, ringraziando con un cenno del capo per la tazzina che le era stata servita.

Pina rimase qualche istante in silenzio, con lo sguardo fisso sulla zuccheriera.

Julie vide che serrava le mascelle.

Dalla caldaia della stufa il ciocco si fece vivo con un paio di scoppiettii ovattati.

Julie si scusò.

«Le domando perdono, forse la mia domanda l'ha turbata.»

Pina scosse la testa.

«È che... sono un po' confusa. Certi momenti mi sembra che lui sia là, nella canonica, a leggere i suoi libri come faceva sempre a quest'ora del pomeriggio. Poi, un istante dopo, mi rendo conto della realtà e il cuore si stringe come se volesse smettere di battere, oppure mi sembra che anziché poche ore siano trascorsi anni, secoli, ma... mi creda, è un conforto parlarne.»

Si fermò per un sorso di caffè, imitata da Leo, che ne aveva già bevuta una mezza tazza e lo trovava decisamente buono.

«Ecco, don Franco era uno di poche parole e dai gusti semplici, facile da accontentare. Mai una volta che avesse criticato ciò che facevo. E poi era buono, e non solo per la nobiltà dell'animo, ma anche per le sue azioni.»

Si fermò un istante per appoggiare con cura la tazzi na e riprese.

«Non era ricco, ma dava una mano a tutti quelli che gli si rivolgevano. A me, che ho una pensioncina, davvero una piccola cosa, mi ha sempre aiutato, ma lo faceva in un modo tutto suo, indiretto per così dire. Mi pagava le bollette, le piccole riparazioni, la legna, sapeste quanto costa al miria e ogni anno aumenta, e anche il cibo lo compravo sempre per due. Oh, beninteso, non è che mi tenessi dei soldi dalla spesa!»

Il tono era quello di chi voleva ben sottolineare una realtà incontestabile. Poi, dopo un leggero sospiro, annuendo leggermente, aggiunse: «Era stato lui a volerlo.

'Eleonora', mi diceva, lui era il solo a usare il mio vero nome, 'prendi sempre tutto doppio, perché anche tu devi mangiare.' Ecco, don Franco era così».

Incuriosito dalla frase della Pina, Leo decise d'intervenire. Troppe domande gli frullavano nella testa.

«Davvero una persona unica, e chissà quanti si sono rivolti a lui per un aiuto...»

«Eh, può ben dirlo! Don Franco ha dato una mano a molta più gente di quanta ne ho conosciuta e, a volte, c'era qualcuno che io, personalmente, avrei scacciato, ma lui no! Lui accoglieva tutti...»

«Anche tipi poco raccomandabili?» la interruppe Leo rizzandosi contro lo schienale.

Pina fece un cenno affermativo con il capo.

«E ne ricorda qualcuno, soprattutto negli ultimi tempi?»

Senza rendersene conto, aveva assunto il tono che usava negli interrogatori. Julie gli lanciò un'occhiata severa guardandolo di traverso, ma lui non se ne accorse.

«Ora che mi ci fa pensare direi di sì, uno c'è stato. Uno che non conosco, ma mi ricordo il fatto. Erano in canonica e mancava poco alle sei. Il sole era tramontato da un po' e fuori era quasi scuro. Io avevo finito di sistemare i fiori nella chiesa e andavo a salutare, quando ho sentito che c'era qualcuno.

«Non so di che cosa parlavano, ma quando sono arrivata ho soltanto sentito un uomo con una voce ruvida che diceva 'E tornerò presto!', ma con un tono che mi ha messo paura e allora mi sono fermata. Poi ho sentito che sbatteva la porta e sono tornata in chiesa, l'ho attraversata in fretta e ho sbirciato dalla piccola finestra che c'è di fianco al portone. I vetri sono piccoli e colorati, ma uno, in basso, è trasparente perché qualche balordo l'ha rotto con un sasso e allora don Franco l'ha fatto sostituire. Sa che è costato…»

«Dunque ha potuto vedere attraverso il vetro», la interruppe Leo, per nulla interessato al prezzo.

Questa volta Julie allungò la punta del piede fino alla sua caviglia.

«Eh sì!» riprese la Pina. «Dicevo che ho guardato da quel vetro e l'ho visto attraversare il sagrato. Camminava veloce e aveva un giaccone nero o blu scuro, sa, era già quasi notte e a quell'ora i colori… comunque somigliava tanto ai vostri, e teneva il bavero rialzato.»

«Ha potuto vederlo in volto?»

Pina scosse la testa.

«Quando sono arrivata era già a metà del sagrato, ma posso dirle che era alto più o meno come lei», specificò indicando Leo con l'indice deformato dall'artrosi che le segnava le giunture, «anche se era più grosso, e poi non aveva le spalle larghe come le sue.»

«Era grasso?»

Pina si strinse nelle spalle come per scusarsi. «Non saprei. Si vedeva poco e poi quei giacconi…, ma grosso era grosso, di questo sono sicura.»

«E questo quando è successo?»

«Sabato scorso, appena tre giorni fa», rispose Pina sicura, senza pensarci su.

«E come ha trovato don Franco? Intendo dire, era nervoso, turbato, preoccupato…»

Pina rimase qualche istante in silenzio.

«Ora che me lo fa notare, mi ricordo che sì, era un po' diverso dal solito. Ecco, direi pensieroso e taciturno. Oh, non che don Franco fosse un chiacchierone. Anzi, come ho detto, parlava poco, ma quella sera il suo silenzio mi è sembrato un po' diverso dal solito. Ricordo anche che gli dissi dei fiori che avevo sistemato in chiesa e lui, anziché rispondermi il solito 'Bene, brava', si limitò a una specie di mugugno, come se non avesse sentito ciò che avevo detto.»

«Ha raccontato questo fatto ai Carabinieri?» domandò ancora Leo.

Pina assunse l'atteggiamento di una bimba dispiaciuta per una mancanza. Poi scosse la testa.

«Quel capitano, quello che sembra un armadio, mi ha messo paura e… mi sono agitata», aggiunse con tono di scusa. «Perché, è una cosa importante?» domandò poi candidamente.

«Piuttosto», si limitò a bofonchiare Leo, che aveva cominciato a tormentarsi il mento.

A quella parola, Pina ebbe quasi un sobbalzo, come se d'un tratto avesse fatto una scoperta terribile. Gli occhi le si allargarono un po' e le labbra si aprirono appena. Poi, con un filo di voce e un tono angosciato, quasi balbettò: «Ma… lei pensa che…»

«Non gli dia retta», intervenne Julie, «lui è fatto così. È stato quarant'anni nella polizia. Ha una specie di deformazione professionale e ogni sua conversazione sembra un interrogatorio. Stia tranquilla, ne parleremo noi ai Carabinieri.»

Pina parve più sollevata e dal suo viso scomparve l'espressione turbata.

«So chi siete», disse poi, guardandoli con quegli occhi marroni e un po' opachi.

«Piuttosto, prima ha detto che era lei a occuparsi degli addobbi della chiesa», aggiunse Julie per distogliere l'attenzione di quella povera donna da pensieri terrificanti.

«Eh, sì!» confermò lei con una punta di orgoglio e, indicando il piccolo giardino di fianco all'ingresso, aggiunse: «Vede, lì coltivo i fiori che poi metto sull'altare. Riesco a farlo per quasi tutto l'anno, tranne proprio i mesi più freddi. E poi, se non ho nulla di fiorito, vado nei campi a raccogliere qualcosa, oppure chiedo a certe mie conoscenti e solo quando non c'è proprio più niente tiro fuori quelli finti, ma...» e lasciò all'intuito di Julie immaginare le parole di commento.

Poi rimase qualche istante in silenzio e, come parlando tra sé, si domandò: «Chissà che ne sarà ora della chiesa?»

Dieci minuti più tardi, lungo la strada che li riportava a casa, Julie riprese Leo.

«Ma sai che sei stato davvero crudele?»

Lui si fermò e la guardò con meraviglia.

«Crudele? E con chi?»

«Ma con la Pina!» ribadì lei. «Anzi, aggiungo che sei stato anche un po' fetente. Ma che ti è saltato in mente di partire con l'interrogatorio sul tipo che ha visto in canonica? Non ti sei reso conto dello stato in cui era quella povera donna?»

«Ehi, ehi, ferma!» la pregò Leo con i palmi delle mani rivolti verso il suo viso. «Io ho solo approfondito un particolare, una cosa che potrebbe essere utile alle indagini...»

«D'accordo, ma che bisogno c'era d'insistere fino ad angosciarla? Non bastava andare a riferire tutto a quel Turrotta?»

«Ma che dici? Ho soltanto fatto qualche domanda, approfondito un po' la questione...»

«Ho lavorato anch'io quarant'anni al Quai, e so riconoscere il tono da interrogatorio.»

«Ah, perché...»

«Proprio così! Eri secco, deciso, con un che di spietato nella voce.»

«Oh, andiamo Julie! Non è che quella donna gracile e provata dal dolore ti ha impietosita più di quanto tu possa ammettere?»

Lei abbasso appena gli angoli della bocca, come faceva sempre quando vagliava rapidamente i ricordi.

«E va bene», ammise alla fine, «le domande non erano importune, ma il fatto è che quella donna sola, indifesa, fragile…»

«E bisognosa», aggiunse Leo.

«Mi fa tenerezza. È come un pulcino disorientato che ha perso la sua chioccia.»

Leo si fermò trattenendola per un braccio. Si erano appena accesi i lampioni e un cono giallo e caldo li illuminava. La strada non era ancora affollata dal traffico del rientro, e in quell'istante il silenzio era profondo. Prese le mani di lei tra le sue, le rivolse uno sguardo appena velato e l'attirò a sé.

Poi le appoggiò le labbra sull'orecchio. Nessuno, all'infuori di lei, doveva udire quel «Ti amo», sussurrato con dolcezza.

Capitolo 6
Pedala Giuàn

«*Ah, putain!* È di nuovo lui», biascicò Leo udendo il rumore di mitragliatrice dell'Itom.

Nuvole scure coprivano il cielo e creavano una luce falsa che sembrava mangiarsi i colori, velando tutto di un grigio uniforme e triste che faceva sembrare il freddo ancora più crudele. Era giovedì mattina e Leo aveva deciso di uscire per la corsa prima di dedicarsi alla spesa che avevano trascurato da un paio di giorni. Julie aveva compilato una lunga lista che cominciava con il latte e finiva con il detersivo per la lavatrice. Troppa roba per lo zainetto e la bici, e così aveva sostituito il giro in due ruote con i tre quarti d'ora di corsa.

Il giorno prima, mercoledì, con il sole che la faceva ancora da padrone, avevano trascorso la giornata impegnati in lavori di campagna e le commissioni si erano accumulate. Leo ne aveva approfittato per rastrellare foglie, bruciare ramaglie, vangare un po' d'orto e liberare un angolo della recinzione dall'edera che vi si era arrampicata. Julie, invece, era rimasta tutto il giorno a dissotterrare bulbi e a sistemare la protezione delle piante dal gelo.

Era anche passato alla stazione dei Carabinieri per riferire a Turrotta il colloquio con la Pina, e ne aveva ricevuto in cambio un «grazie» sincero. I telegiornali avevano dato la notizia dell'omicidio e alla radio il Mastino aveva dichiarato che, al momento, si stavano ancora vagliando gli elementi a disposizione – un modo elegante per dire che non sapevano che pesci pigliare – anche se l'unico movente che si poteva escludere era il furto, poiché dall'abitazione della vittima non risultava mancare nulla.

Per tutto il mercoledì, i pensieri di Leo erano stati occupati da don Barile e da quel personaggio misterioso, ma non era venuto a capo di nulla. Era rimasto a lungo a fissare le ramaglie che si trasformavano in brace, penetrando quel cumulo rosso con uno sguardo vuoto e abbandonato, ma ogni ipotesi che gli attraversava la mente, dal ricatto alla minaccia, fino alla vendetta, naufragava miseramente di fronte alla necessità di acquisire informazioni che soltanto gli inquirenti potevano ottenere. E poi c'erano quei resti di carne che Marri aveva notato nella ferita e su un labbro. Ecco, quell'elemento curioso, strano e inatteso, lo precipitava in un pantano infido in cui, senza le certezze dell'autopsia, era facilissimo arenarsi.

Tutte quelle informazioni gli frullavano in testa come tante palline in un flipper. Si urtavano, rimbalzavano, si muovevano all'improvviso di lato, indugiavano in una piccola ansa per ripartire e rimpallare senza posa, avanti e indietro tra due sponde fisse finché, esaurita la carica, scendevano in basso, dritte verso un punto da cui venivano sparate in un nuovo giro, altrettanto confuso e disordinato. Ogni tanto qualcuna sembrava bloccarsi in una collocazione precisa, una buca o un incaglio, ma la sensazione durava poco, giusto il tempo di venire risputata con forza in quel turbinio senza senso. Tutto era andato avanti finché Leo aveva deciso di staccare la spina, almeno fino all'indomani, quando aveva intenzione di avvicinare Turrotta. In fondo, quella della Pina era un'informazione importante e sperava che, passandola a lui e non al Mastino, gli avrebbe aperto una sorta di credito di riconoscenza.

Da quando aveva udito le mitragliate dell'Itom, Leo aveva rallentato e stava per raggiungere il breve sterrato che conduceva a casa, quando Carlo lo affiancò.

«Ciao, Leonardo!» lo salutò facendo cessare la raffica di scoppi con un'esplosione finale di fumo bluastro e puzzolente.

Leo sventagliò le mani davanti al volto per far circolare l'aria.

Carlo se ne accorse e tentò una giustificazione.

«Eee, lo so! C'ha un problema al carburatore...»

«E piuttosto importante», commentò Leo parlando come in apnea e cercando di non inalare quel puzzo di olio bruciato.

«E dire che l'ho già portato da Gianbeppe, ma... niente da fare. Sembra che c'abbia il cilindro 'un po' scampanato', almeno è come che me l'ha contata ma, eee, mi sa che sono proprio delle balle. I cinque euro però li ha presi e, alla fine, mi ha detto che dovevo cambiare moto. Eh, quel *bagian*! Ma cosa crede? I soldi non crescono mica sugli alberi!» Si fermò un istante per vagliare se la considerazione era opportuna o se, forse, non sarebbe stato meglio girare il paragone sull'insalata. «E poi questo qui», aggiunse battendo una manata sul serbatoio dell'Itom che risuonò cupo, «funziona benissimo da più di quarant'anni e se quel *badola* non è buono a sistemarlo, allora celo scampano io, quel *biucun* di rapa!»

Leo, che si stava sfregando le braccia giusto per sottolineare che aveva freddo, lo interruppe.

«Senti, se vuoi parlare del tuo motorino ci vediamo più tardi da Gelin», e fece per andarsene, ma Carlo lo trattenne.

«Eee, ma cosa dici? Del motorino ti ho contato solo così, perché facevi quelle facce strane», spiegò senza lasciargli il braccio. Aveva un'espressione un po' diversa dal solito e il naso ricurvo, che lo faceva somigliare un po' a un gufo, sembrava quasi adunco per effetto del labbro superiore appena stirato.

Leo conosceva quell'espressione e l'aveva catalogata come sorniona.

«È che c'ho da contarti un'altra nuova!» fece il Talpa, e tacque, in attesa della reazione alle sue parole.

Ecco! pensò Leo ricordando che, anziché limitarsi al solito cenno del capo, poco prima Carlo si era profuso in un vero saluto vocale. Ora la cosa puzzava maledettamente. Sotto la tuta, però, il sudore cominciava a raffreddarsi. Non era il caso di giocare di fioretto, così tagliò corto con un perentorio: «E allora?» che non lasciava spazio alla vanità del Talpa.

Questi non sembrò risentirsi e, dopo una passata delle unghie bordate di nero sulla barba un po' ispida – la sua regola erano due rasature la settimana; il mercoledì e il sabato, per via del mercato –, venne quasi al dunque.

«È che in paese ne è capitata un'altra! Che ne parlano già tutti, anche se è una questione che si sa da poco», e si fermò, rigirando il pezzo di toscano tra le labbra. Con la perizia di un teatrante consumato, centellinava le informazioni e accennava vago senza venire al punto, cercando di stimolare la curiosità di Leo, che però rimase a guardarlo in silenzio.

«Riguarda quel Giovanni Valori, che sono sicuro che tu lo conosci.»

«Mai sentito nominare», rispose Leo, secco.

«Eee, ma sì che lo conosci! Almeno di vista. È quello lì che tutti chiamano 'Pedala Giuàn', sai quello lì... un po' strano», aggiunse battendo un paio di volte la punta dell'indice sulla tempia.

Leo lo conosceva di vista, ma non sapeva che il suo vero nome fosse Giovanni Valori. Aveva anche sentito la storia della sua vita, raccontata a più voci una sera dell'inverno precedente alla piòla.

Era il frutto di una coppia di ubriaconi che l'avevano avuto sulla soglia dei quarantacinque, ed erano già così malandati che si erano accorti di averlo concepito soltanto quando lei era già incinta da mesi. E, per la verità, anche dopo che era nato si erano resi conto solo vagamente della sua presenza. D'altronde, non ne avevano avuto neppure il tempo, poiché erano morti entrambi in un incidente d'auto quando Giovanni aveva pochi mesi. Così l'aveva allevato la sorella del padre che, già vedova, all'inizio si era presa cura di lui per dovere di parentela, incarico diventato meno gravoso da quando l'assistenza aveva cominciato a passarle un assegno che le arrotondava la pensione.

Piccolo e secco, Giovanni aveva preso il fisico del padre, mentre lo sguardo torvo e sospettoso che girava di continuo tutt'intorno, a caccia di ipotetici pericoli, era quello della madre. Aveva la pelle così secca e spessa che sembrava quasi ricoperta di squame, come quella dei coccodrilli, mentre il suo viso largo, e con un'interminabile bocca, era quasi privo di mento.

Nelle prime ore del mattino, Leo l'aveva spesso notato gironzolare alla periferia del paese con una vecchia bicicletta da donna, malamente verniciata di un giallo sporco, che aveva fissata al manubrio una trombetta a stantuffo che Giuàn azionava in continuazione. Il sellino era troppo basso e così, pedalando, assumeva una posizione strana, sgraziata e raccolta nello stesso tempo, che lo faceva somigliare a un ranocchio con le gambe piegate. Una volta Leo aveva anche tentato di avvicinarlo, ma Giovanni non era in grado di sostenere una conversazione.

«Sono un po' sciocchino», gli aveva risposto con un sorriso ebete e lo sguardo sospettoso. Poi aveva pigiato sui pedali ed era schizzato via ripetendo la solita giaculatoria: «Pedala Giuàn! *Sü*, pedala Giuàn!» accompagnata dal verso della trombetta.

Leo sollevò le sopracciglia per indicare che aveva presente di chi si parlava.

«Eee, ci è capitata una brutta cosa. Sai, lui va sempre in giro con quella sua bici gialla…»

Questa volta Leo sbottò.

«O la pianti di girarci intorno o ti mollo su due piedi!» minacciò riprendendo a sfregarsi le braccia.

«Iii, che *piantin d'erba brùsca*!» fece il Talpa trasformando la voce potente e secca in una specie di squittio sgraziato, ma non accennò a proseguire. Anzi, prese il mezzo toscano dalla bocca e lo osservò un attimo prima di rimetterlo tra le labbra, poi infilò la destra nella tasca del giubbotto, prese i fiammiferi e ne sfregò uno. Alle narici di Leo arrivò l'odore acre e pungente dello zolfo che s'incendiava e, di seguito, quello amaro e secco delle prime boccate.

Era troppo, e con un cenno della mano si avviò lungo la strada di casa.

Carlo non si mosse ma, alzando appena la voce, aggiunse: «Allora non t'interessa sapere che ci hanno aperto la gola!»

A Leo sembrò che quelle ultime parole, quell'«aperto la gola», esplodessero nel grigio che li avvolgeva con il fragore di un petardo. S'immobilizzò, poi si voltò piano. Il suo sguardo era così freddo, tagliente e carico di rabbia che il Talpa si preoccupò.

«Eee, guarda che ho solo voluto giocare un po'», si scusò mostrando il palmo della destra.

«Disgraziato che non sei altro. Sai che mi sto congelando, rischio di beccarmi un raffreddore e meni per le lunghe una notizia come questa? A due giorni dall'omicidio di don Barile?» il suo tono era sferzante e il Talpa, già più basso di lui, si fece ancora più piccolo.

«E va bene, ora ti conto tutto», cercò di rabbonirlo.

«Preciso e alla svelta, senza divagazioni, capito?»

«Eee, come vuoi! Ma non è che ci ho tanto da contare, che l'hanno trovato che sarà un'ora e mezza, forse due, nella strada dietro alla cascina dei Turci, quella su, a metà dello stradone per andare a Coazze», aggiunse.

Leo fece segno che sapeva dov'era e Carlo proseguì.

«Un po' dopo la cascina c'è un pezzo lasciato andare, un *gerb* pieno di cespugli e alberelli, con delle *runze* negli angoli e che io ci ho anche fatto un pensiero...»

«Carlo!»

«Eee, sì! Allora, ti dicevo che l'hanno trovato stamattina, in mezzo a quei cespugli.» Poi abbassò appena la voce e il tono divenne confidenziale. «Sembra che dallo stradone si vedeva appena la bici per terra, e uno che veniva giù, per prendere la corriera, ci ha buttato l'occhio. Ma non si fermava mica, che a quello lì della bici non ci fregava proprio niente, ma di fianco spuntava anche un paio di piedi. E di quello sì che ci è importato! Ha capito che c'era qualcosa di strano, perché quei piedi non erano messi normali, come uno che dorme, mi hai preso?»

Leo fece cenno di sì.

«Eee, no! Erano lì, molli, bell'e andati, non so se mi spiego.»

Leo assentì di nuovo con la testa.

«E allora si è fermato e poi giù, dalla riva», spiegò con un gesto della mano, «e quando che è arrivato là, ci è quasi preso un colpo che Giuàn era lì, lungo e disteso in un lago di sangue, con la gola aperta, proprio come il prete.»

Pensando che da lì in avanti quelle del Talpa sarebbero state solo congetture, Leo stava per mollarlo, quando gli tornò in mente il racconto del martedì mattina.

«Anche questa volta la testa era girata all'indietro?» gli domandò con un tono tra il malizioso e la presa per il culo.

Carlo capì l'allusione.

«Eee, non prendertela con me», si schermì, «che io non ero mica là a vedere, e se poi non vuoi che ti conti le cose hai solo da dirlo», aggiunse un po' risentito.

Leo pensò di rabbonirlo. In fondo, lui era stato così fin da bambino; se lo prendevi in castagna s'impermalosiva.

«Ma dài, è che per un po' ci avevo anche creduto alla testa staccata», mentì, «e ora lasciami andare o mi becco davvero un raffreddore.»

«Eee, è che certe volte la gente le conta grosse», fece il Talpa cacciando il sigaro in un angolo della bocca e pigiando con forza lo scarpone sulla pedivella dell'accensione. L'Itom rispose con una nuvola puzzolente che Leo riuscì a evitare solo perché si stava già allontanando.

Una volta a casa, decise che avrebbe rimandato la doccia a dopo. In fondo non aveva poi così freddo, la casa era tiepida e accogliente ed era affamato. Il profumo di caffè liquidò l'ultimo ostacolo.

«Che cosa voleva questa volta Carlo?» domandò Julie togliendo la caffettiera dal fuoco.

Notando che era in ritardo, si era affacciata alla finestra e li aveva visti in punta alla strada.

Leo respirò a fondo.

«Non ci crederai, ma si è fermato per dirmi che c'è stato un altro morto.»

Julie si bloccò con la caffettiera nella destra e la tazzina nella sinistra.

«Un altro assassinio?» domandò, meravigliata e perplessa allo stesso tempo.

Leo annuì.

«È quel tipo un po' suonato, che in paese chiamano Pedala Giuàn, sai, quello piccolo e secco, con la bici da donna di un giallo improbabile...»

«L'ho presente... e com'è stato ucciso?»

«Ecco, questo è strano. L'hanno trovato tra i cespugli, non lontano dallo stradone che porta a Coazze, sgozzato come don Barile.»

«Sgozzato?» ripeté Julie. «Anche lui, ma...»

«È una cosa strana», si limitò a commentare Leo, che si era seduto e aveva preso a carezzarsi il mento.

Julie, che lo conosceva bene, evitò di aggiungere altro e fecero colazione in silenzio. Tanto, quando la mente di Leo seguiva idee, immagini, ricordi era come staccata dalla realtà. In quei momenti la sua attenzione per tutto ciò che gli stava attorno era in pratica nulla; anche se in apparenza dava retta a ciò che gli veniva detto, gli uscivano risposte fumose, inconsistenti, inutili, delle quali poi non ricordava il contenuto.

Anche quando rifletteva, Leo lo faceva in modo vago, quasi casuale. Pur avendo una mente brillante, portata all'analisi e per certi versi precisa, quando nel suo cervello s'insediava un fatto, tutto cambiava. Era come se si aprisse uno scomparto di solito chiuso e abbandonato. Una specie di caveau, impenetrabile dall'esterno, in cui la logica che dominava la fase operativa non poteva entrare e veniva sostituita dall'imperscrutabile mondo delle sensazioni e delle intuizioni.

Ecco, all'inizio di un'indagine Leo si muoveva per sensazioni, finché nella mente non scattava il lampo dell'intuizione. Lui non sapeva come ciò funzionasse, semplicemente accadeva, punto e basta. E anche le volte in cui aveva cercato di sedersi e cominciare a riflettere in modo preciso, scientifico, con metodo, utilizzando addirittura un taccuino come facevano molti colleghi, il risultato che aveva ottenuto era stato deludente. Anzi, più che deludente: era stato un nulla assoluto. Come d'incanto, la sua mente si era bloccata e, allontanando tutto, si era riempita di stupidaggini che non c'entravano un fico secco con ciò di cui si stava occupando, finché, alla fine, aveva lasciato perdere.

In realtà non aveva mai capito come sbocciavano le intuizioni. In genere, però, gli venivano come lampi quando, in completa solitudine o con una presenza assolutamente silenziosa al fianco, stava camminando. Non cambiava se tra la folla parigina, in un giardino, in mezzo alla campagna o in un bosco; l'importante era che il suo corpo fosse in movimento.

Tutt'altra cosa erano invece le fasi successive, quelle in cui all'intuizione seguivano decisioni, comportamenti, azioni, insomma, fatti concreti e organizzati. In quei momenti la sua mente entrava in un altro scompartimento, fatto di logiche stringenti, freddezza e determinazione. E tra le due fasi, spesso, s'intercalavano lunghi momenti d'immobilità quasi assoluta, ore o anche giornate intere in cui s'isolava con lo sguardo fisso, perso chissà dove.

Era sempre stato così, e lo sapevano bene i suoi ispettori, al Quai, dove poteva rimanere immobile per ore, seduto nella poltroncina a carezzarsi il mento o in piedi davanti alla finestra dell'ufficio, guardando in apparenza la Senna che scorreva lì sotto, i movimenti lenti dei pescatori, le coppiette sedute sulle panchine di pietra e i turisti che fotografavano i battelli. A chi interrompeva quella fase erano riservate risposte sgarbate e a monosillabi.

Avevano terminato la colazione quando, davanti alla seconda tazzina di caffè, si decise.

«Faccio la doccia e vado a fare un giretto in bici.»

Julie non accennò neppure alla grande spesa da fare e gli rivolse uno sguardo dolce e comprensivo: sapeva dove sarebbe andato a finire quel «giretto.»

Capitolo 7
Il morto tra i cespugli

Terminata la doccia, Leo era pronto per il «giretto in bici» quando Julie si avvicinò con in mano il berretto a quadri rossi e blu.

«Potrebbe piovere», si era limitata a commentare porgendoglielo.

Alle orecchie di Leo, più che un invito quello suonò come un ordine, anche se mascherato con un tono che sapeva di consiglio.

A lui i copricapi non erano mai andati a genio. Non per motivi estetici, ma per una vera repulsione fisica. Erano la pelle della testa e i capelli, ondulati e ribelli, a rifiutarli. Costretti sotto quelle calotte di stoffa, i peli si ribellavano, liberando dopo pochi minuti ciò che lui percepiva come un esercito di formiche che si sparpagliavano per tutta la testa, provocando un prurito insopportabile. Aveva anche tentato di spiegarlo a Julie, ma lei non gli aveva creduto e aveva liquidato la faccenda dicendo che era solo suggestione. A suo favore sosteneva inoltre che il berretto gli dava un'aria un po' snob, da gentiluomo inglese, e che era il solo rimedio all'uso che faceva dell'ombrello, definito con magnanimità «del tutto saltuario».

E non aveva torto poiché, negli anni, Leo era riuscito a dimenticare un po' ovunque un numero incredibile di *parapluies*, tant'è che, alla fine, anche Julie aveva accettato il fatto che, uscendo di casa, ne prendesse uno solo in caso di rovesci davvero importanti. Così ogni tanto, in occasione di qualche ricorrenza, lui si trovava tra le mani un pacchetto, con tanto di nastri e fiocco, la cui forma ne denunciava chiaramente il contenuto: un berretto con la visiera all'inglese.

Per un po' lui l'accontentava con diligenza e, all'occorrenza, se lo piazzava in testa uscendo di casa, ma al primo risveglio delle formiche – che avveniva pochi metri oltre l'angolo della via dove abitavano – il berretto finiva in tasca piegato in due. La cosa durava per tre o quattro piogge finché, non aveva mai stabilito quanto volontariamente, il copricapo veniva anch'esso dimenticato in qualche bar.

Anche quel mattino aveva ceduto e, mezz'ora dopo colazione, infagottato nel giubbotto imbottito e con le mani protette da un paio di guanti dello stesso marrone dei polacchini, stava risalendo lo stradone che collegava Giaveno a Coazze con il berretto a quadri rossi e blu ben calcato in testa. Il cielo si era ancor più rabbuiato e un grigio che si mangiava la luce la faceva da padrone, tanto che si era domandato se fosse il caso di portare una torcia per segnalare la sua presenza agli automobilisti, ma poi aveva lasciato perdere. Il tratto trafficato era breve, e già a metà circa del rettilineo che usciva dal paese avrebbe abbandonato l'asfalto per proseguire sullo sterrato.

La sua bici, nera e un po' démodé, ricordava quella usata dai vigili urbani fino a una trentina d'anni prima ed era l'ideale per quelle strade bianche, con la ghiaia infida, pronta a bucare le gomme con i copertoni sottili. Le ruote spesse aumentavano sì la fatica, ma sembravano fatte apposta per spostarsi in campagna, e poi, privilegio della modernità, tutto si facilitava con i cambi a manubrio.

Superò la cascina che gli aveva indicato Carlo e proseguì diretto verso il torrente. In lontananza si vedeva la fila di alberi che ne seguivano il corso e formavano una specie di barriera, una linea di demarcazione tra l'acqua corrente e i prati. Dopo un centinaio di metri, la strada svoltava aggirando un piccolo promontorio. Appena superò la curva, Leo vide la fila di auto e furgoni. Erano tutti scuri, con i colori che andavano dal nero delle auto dei Carabinieri al blu della BMW del medico legale; tra loro, spiccava il candore dell'ambulanza.

Scese dalla bici, liberò i capelli liquidando il battaglione di formiche e proseguì a piedi, spingendo con la destra appoggiata nel centro del manubrio. Non era molto distante dalla scena. Da dove si trovava, sulla destra poteva vedere la strada asfaltata che si avvicinava ai cespugli, e immaginò che quello fosse il punto da cui erano stati scorti bici e piedi. Avanzò di qualche metro e, oltre le auto, gli apparve la figura minuta del medico legale china sul cadavere, che aveva le gambe di traverso sulla stradina e il resto del corpo nascosto dai cespugli. Attorno si aggiravano le tute bianche degli uomini della Scientifica e, più indietro, Turrotta e il tenente che Leo aveva già visto a Cette, in piedi, di fianco alla figura squadrata del Mastino. Più lontano, quattro carabinieri, tra cui Leo riconobbe quel lungagnone di Laviello, si aggiravano tra i cespugli, ognuno con un bastone con cui frugavano in cerca di qualcosa.

La prima auto che Leo incontrò fu il fuoristrada verde chiaro del dottor Marri. Era abbondantemente schizzato di fango e ne riconobbe le ammaccature sui parafanghi e sulla portiera destra. Un po' discosta dalle altre, l'auto era infilata di traverso sul ponticello in cemento che dava accesso a un campo. Prima ancora di notare la testa calva del dottore, che spuntava appena dietro allo spigolo posteriore del fuoristrada, Leo percepì l'odore del toscano e vide le piccole nuvole azzurrognole che si allargavano in aria.

Marri non parve sorpreso di vederlo. Anzi, Leo ebbe l'impressione che lo stesse aspettando.

«Speravo proprio d'incontrarla», lo salutò sfilando il sigaro dalle labbra, «questa mattina ho visto quel suo amico, Carlo, davanti al giornalaio», ammiccò strizzando l'occhio destro, «dove già si commentava la notizia.»

«L'ho saputo prima delle otto», precisò Leo strappando un sorrisetto al dottore.

Rimasero qualche istante in silenzio, Leo con lo sguardo fisso sulla scena, Marri intento a spegnere il sigaro sotto la punta del piede e a infilarne subito un altro tra le labbra.

«Mai visto il Mastino così in fibrillazione. Sta sparando cicchetti a tutti», disse infine il dottore parlando di sbieco, con il mezzo toscano nell'angolo della bocca.

«Be', due sgozzamenti in tre giorni sono un bel problema...»

«E senza una traccia da seguire», aggiunse Marri, «anche se questa volta ho sentito Fieschi accennare all'omicida seriale.»

Il dottore era così. Quando c'erano termini italiani per indicare qualcosa, rifiutava gli anglismi.

«Secondo lui, i lembi della ferita divaricati come nel caso del don sono un comportamento tipico, una specie di firma e, d'ora in avanti, sembra che i loro sforzi andranno in quella direzione...»

Leo non nascose un'espressione perplessa.

Marri si fermò facendo scorrere il mezzo toscano tra le labbra.

«Per la verità, gli ho anche sentito dire al tenente che non intendeva trascurare altre linee d'indagine, ma il suo tono mi è sembrato meno convinto di quando ha parlato dell'omicida seriale.»

Trascorse qualche istante di silenzio, poi, sempre con lo sguardo rivolto verso il gruppo di uomini che si affaccendavano intorno al cadavere, Marri aggiunse: «Sa che Fieschi è un po' infastidito dal fatto che lei collabora con Di Giovine, vero?»

«Ora è in Colombia», rispose Leo annuendo.

«Ciononostante…» commentò Marri accendendo il sigaro.

Leo aveva capito il suggerimento che stava dietro alle parole del dottore; Fieschi era più nervoso del solito, dunque meglio stare alla larga.

«Ma che stanno cercando?» domandò indicando con un cenno del mento i carabinieri sparsi tra i cespugli.

Prima di rispondere, Marri aspirò un paio di brevi boccate.

«Il pezzo di legno o di ferro, insomma, l'oggetto con cui è stato colpito quel poveraccio.»

«Colpito? Credevo fosse stato sgozzato.»

«Certo», rispose il dottore. «Chissà dove ho la testa! Mi deve scusare, ma ho qualche problema a casa.»

Leo non domandò se si trattava della salute della madre né lui aggiunse altro; tornò piuttosto all'omicidio.

«Era la prima cosa che avrei dovuto dirle: tra i due omicidi c'è una differenza.»

Leo lo guardò con attenzione.

«Questo è stato prima tramortito e poi, una volta privo di sensi, sgozzato, mentre il don…»

«Era già morto», concluse Leo come parlando tra sé.

Marri tirò una lunga boccata dal sigaro ed espirò una grossa nuvola di fumo. Nell'aria si sparse l'odore forte del toscano.

«Si è fatto un'idea dell'ora della morte?»

«Considerando le temperature rigide, ma soprattutto le abitudini di Giuàn, che non stava fuori la notte, direi ieri sera, prima di cena.»

«Vive con la zia», borbottò Leo, «e mi domando come mai...»

«Come mai?» ripeté Marri incuriosito.

«Sì, il motivo per cui ieri sera, non vedendolo rientrare, la donna non si sia preoccupata.»

«In genere le direi che queste sono cose da poliziotto, e dunque toccherebbero a lei, ma questa volta sono in grado di risponderle, perché ho sentito un pezzo della conversazione tra Turrotta e Fieschi. Ebbene, la zia cena alle cinque e mezzo e poi si corica, lasciando al nipote la tavola imbandita. Lui arriva, mangia e sale nella sua stanza, che è nel lato opposto della casa rispetto a quella della donna. Stamattina, quando Turrotta è andato a darle la notizia, lei era ancora a letto e credeva che il nipote fosse già in giro o stesse ancora dormendo.»

«Insomma, si vedevano di sfuggita», borbottò Leo.

«Così sembra», confermò Marri.

«Non le nascondo che questa faccenda m'incuriosisce.»

«Che cosa in particolare?»

«Il fatto che le due morti hanno punti che non combaciano. Intanto sono avvenute con modalità diverse...»

«Perché il don era già morto quando è stato sgozzato?»

«Non proprio. Vede, questa è stata una vera aggressione e l'omicidio è avvenuto soltanto dopo, quando

Giuàn era già a terra, privo di sensi…» e si fermò un istante guardando Marri.

Il dottore confermò con un cenno del capo.

«E dunque», concluse, «nella piena disponibilità di chi lo aveva aggredito.»

«Ma sa che non ci avevo proprio pensato? Certo, con la botta che gli è stata rifilata Giuàn era completamente privo di sensi e dunque potevano fargli qualsiasi cosa.»

Si fermò per una breve tirata, giusto per non lasciar spegnere il sigaro, e aggiunse: «Dunque l'omicidio è stato realizzato con premeditazione e agendo con freddezza!»

Leo annuì con sguardo assente.

Marri aspirò un altro paio di boccate in silenzio, senza muoversi. Poi distolse lo sguardo dal gruppo e lo rivolse a Leo.

«Non credo di divulgare un segreto di Stato e, comunque, se così fosse non me ne fregherebbe un bel niente, perché lei mi è simpatico e gode della mia stima. Perciò due cose gliele voglio dire. La prima riguarda il referto dell'autopsia del don. Me ne ha parlato il collega», spiegò indicando la figura esile del medico legale con le dita che stringevano il sigaro.

Lo sguardo di Leo tornò vivo e lo fissò con espressione incuriosita.

«Sa, quei pezzetti di carne che aveva nel collo e agli angoli della bocca, ricorda?»

Leo annuì.

«Ebbene, il suo stomaco era completamente vuoto.»

«Vuoto…» ripeté Leo che aveva cominciato a grattarsi il mento.

Marri annuì.

«Il don non aveva ancora cenato, ma c'è di più! Il collega dice che i resti trovati nella bocca e nell'esofago sono inequivocabilmente di salsiccia. Salsiccia con semi di finocchio...»

«Dunque quello era il suo primo boccone...» mormorò Leo.

«Il primo o il secondo», aggiunse il dottore, «comunque quella è stata la massa che lo ha strozzato. Anzi, l'autopsia conferma che il don era già bell'e fritto quando gli è stata tagliata la gola...»

Man mano che Marri parlava, le pieghe verticali tra le sopracciglia di Leo si approfondivano sempre più.

«Ma, e qui sta la stranezza, il quantitativo di salsiccia presente nel cavo orale, nell'esofago e nella trachea era modesto; troppo poco per soffocare un uomo. E con questo, lascio a lei il mistero e la saluto», concluse aprendo la portiera del fuoristrada.

Si era appena seduto quando si rivolse ancora a Leo togliendo il sigaro di bocca.

«Ah, secondo me i lembi della ferita di questo qui sono stati divaricati, come per il don, ma nessuno ci ha frugato dentro», e mise in moto.

Leo lo salutò distratto. Nella mente, le parole di Marri avevano lanciato palline che producevano un turbinio confuso e disordinato a ogni rimbalzo. Con movimenti improvvisi e casuali le sferette vagavano tra nuove idee, ipotesi, congetture, immagini, suoni, profumi e sensazioni in modo del tutto casuale, senza un ordine preciso, governate dal caso o calamitate da elementi o ricordi che avevano qualche cosa di simile. A cominciare dai moventi, fino al modo in cui erano stati commessi i due delitti – anche se, tecnicamente e dal punto di vista giuridico, quello di don Barile non era stato omicidio ma vilipendio di cadavere, Leo lo considerava alla stessa stregua –, tutto era vago, confuso, una scena dai contorni indefiniti che non riusciva a mettere a fuoco. Non aveva la più pallida idea di quanto tempo ci sarebbe voluto prima che qualche pallina si fermasse in un buco, e sapeva che in quel momento non era questo il modo migliore per procedere, così cercò di spostare la concentrazione su qualcos'altro. Avrebbe riordinato tutto quel casino che gli si stava creando in testa più tardi, con calma.

Mezz'ora dopo i rilievi erano terminati e il corteo si era allontanato, con tanto di cenno di saluto del Mastino in transito e occhiata d'intesa di Turrotta.

Rimasto solo, Leo decise di dare uno sguardo alla scena. Appoggiò la bici a un palo della luce e si avvicinò ai cespugli dove, in terra, era evidente una larga pozza di sangue rappreso.

Intorno, qualche guanto monouso abbandonato formava sul terreno chiazze bluastre e artificiali. L'erba era abbondantemente calpestata e anche i cespugli intorno erano stati piuttosto strapazzati. Gli schizzi di sangue erano giunti lontano dal punto in cui era caduto il corpo e Leo ne notò fin sui rami, sui tronchi e sulle poche foglie che ancora erano rimaste attaccate. A un paio di metri di distanza, si vedeva anche la vaga impronta che la bici gialla aveva lasciato sull'erba. Era indietro rispetto alla posizione del corpo, come se, arrivando, Giuàn l'avesse posata e avesse proseguito a piedi per quel breve tratto. Osservò con più attenzione il terreno tra l'impronta della bici e il sangue, ma non notò nulla di particolare, nessun segno di trascinamento. Giuàn aveva camminato. *Ma di sua volontà o costretto?* si domandò Leo. *Chissà che cosa l'avrà spinto ad abbandonare la bici?* pensò ancora, abbassandosi verso la macchia di sangue. Così facendo, sfiorò il ramo di un prugnolo e la manica del giubbotto rimase impigliata in una spina. Come un lampo, nella sua mente balenò un'idea.

Senza più badare al terreno, esaminò i cespugli che si affacciavano su quella microscopica radura e notò ai margini tre prugnoli. Facendo attenzione a non calpestare il sangue rappreso, esaminò i loro rami, uno a uno. Erano sottili e flessibili. Su alcuni, oltre a qualche foglia secca, c'erano ancora frutti bluastri e avvizziti ben protetti dalle lunghe spine.

Aveva esaminato il primo e stava terminando il secondo quando, all'improvviso, qualcosa attirò la sua attenzione. Era lì, su uno dei rami più bassi, quelli seminascosti dall'erba.

Leo prese un fazzoletto di carta dalla tasca e allungò la mano con cautela, cercando di non provocare movimenti. I fili d'erba gli solleticavano il palmo e le spine, minacciose e pronte a conficcarsi nella carne, gli carezzavano il dorso scavallando le vene bluastre, una dopo l'altra. Alla fine lo raggiunse, allargò appena le dita, poi le strinse e, con grande lentezza, ritrasse la mano. Infine si rialzò e osservò da vicino ciò che aveva raccolto: un filo di lana nera.

Infilò una mano nella tasca interna del giubbotto, prese la custodia della carta d'identità e l'aprì. All'interno c'erano due piccole buste di plastica, un'abitudine che gli era rimasta dai tempi del Quai. Vi fece cadere il filo e rimise la busta in tasca, poi si guardò ancora intorno. Nessuna casa, la cascina era fuori vista e anche lo stradone per Coazze s'intravedeva solo per un brevissimo tratto. Fece ancora un giro tra i cespugli, più per uno scrupolo di coscienza che con la speranza di trovare qualche cosa sfuggita a quelli che l'avevano preceduto.

Alla fine prese la bici e si diresse in paese. Ora la sua mente era occupata dalle parole della Pina: «Aveva un giaccone nero, di lana…»

Capitolo 8
Una piccola verifica

«Eee ma che c'hai? Vai a un funerale?»

La domanda di Carlo, sottolineata da un riso tossicchiato, sorprese Leo, che fermò la rotazione dalla gamba già quasi all'altezza del sellino e tornò con entrambi i piedi per terra.

«Ero sovrappensiero», tagliò corto, ma la sua speranza di liquidarla così, alla spiccia, era vana.

D'altronde, non ci voleva un'intelligenza superiore per abbinare la sua presenza lì, alla stazione dei Carabinieri, con gli omicidi di don Barile e di Pedala Giuàn. Bastava combinare un minimo d'intuito con la curiosità, qualità quest'ultima che a Carlo non difettava.

Dopo il ritrovamento del filo di lana nera impigliato nella spina del prugnolo, Leo aveva inforcato la bici ed era filato dritto alla caserma dei Carabinieri, che si trovava quasi al centro del paese. Era un edificio anonimo di metà Novecento affacciato sull'Ollasio, uno dei torrenti che attraversavano Giaveno. La facciata era di quel giallastro anonimo, stanco e sbiadito che sapeva di militare, segnata da triangoli nerastri, lunghi e sottili, che colavano di fianco ai davanzali come il trucco sfatto su un volto decadente. Era circondata da un alto muro, protetto sulla sommità da tre giri di filo spinato. Aveva un colore marrone, che sapeva di dimenticato, ed era fissato ad aste di ferro inclinate verso l'esterno che la ruggine si stava mangiando da anni.

Leo si era fermato davanti al portone, verniciato di recente di un verde marcio opaco. La telecamera che lo sormontava, piazzata proprio sotto la pensilina, l'aveva fissato, seria, con quel led rosso vivo.

Poco dopo, il cancello si era aperto mostrando il sorriso cordiale di Laviello.

«Buongiorno, signor commissario», l'aveva salutato con il rispetto dovuto a un superiore, «desidera conferire con l'appuntato?»

Non che ci volesse un'aquila per capirlo, ma Laviello c'era arrivato senza che lui lo dicesse, cosa che lo metteva un passo avanti a un paio di suoi colleghi.

Leo aveva annuito, evitando di ricordargli che, ormai, il «signor» poteva al massimo precedere «Delfos» e non certo il ruolo che aveva rivestito, ma aveva lasciato stare. Si erano avviati lungo il passaggio che conduceva alle rimesse e, poco dopo, avevano deviato nel vialetto in discesa che raggiungeva l'ingresso della caserma, con il portoncino grigio, blindato, e le finestre del piano terra difese da robuste inferriate. Quelle del secondo piano, dove si trovavano gli alloggiamenti, erano invece chiuse con gelosie dello stesso verde del portone d'ingresso.

Il vialetto scendeva dritto, interrotto dai bordi di pietra dei lunghi gradini, ed era affiancato da una striscia d'erba, intervallata da quattro grandi cespugli di ortensie che il maresciallo Di Giovine curava di persona. Prima di partire non le aveva potate e tutte mostravano ancora i fiori a forma di palla ormai secchi, con colori tenui, sbiaditi. L'erba, invece, toccava a turno a uno dei subalterni, con l'esclusione di Turrotta.

Davanti alla porta blindata, Laviello aveva suonato e, prima dello scatto, aveva fatto un cenno al piantone che era venuto a controllare attraverso lo spioncino.

Di installare anche lì una telecamera ancora non se ne parlava, nonostante la caterva di moduli di richiesta che ogni anno Di Giovine compilava.

Entrando, erano stati accolti da un odore di caserma che mescolava in dosi uguali sudore, lucido da scarpe, indumenti mal asciugati, olio per armi e una sensazione umida che sapeva di zuppa e sugo di pomodoro. Avevano attraversato un atrio angusto e senza finestre arredato con una panca di metallo, che neppure il sedile e lo schienale di formica verdina riuscivano a rendere accettabile, e un portaombrelli dall'aspetto traballante.

Avevano salutato con un cenno il piantone, che aveva risposto a Leo portando quattro dita alla fronte senza alzarsi dalla scrivania, e avevano poi proseguito nel breve corridoio con le pareti dipinte di un color nocciola d'ordinanza.

Nemmeno il tempo di chiudere la porta ed era comparso Brik, che li aveva salutati con una scodinzolata decisa, stringendo in bocca uno dei pupazzetti di plastica che popolavano il suo cesto. Laviello si era abbassato e l'aveva ricompensato con una carezza che il bassotto aveva apprezzato tanto da mollare in terra il giocattolo.

«Bravo, Brik, mi hai portato l'orso», si era complimentato Laviello grattandolo sotto il mento, «vuoi uscire?»

Brik aveva risposto con un'altra scodinzolata che esprimeva il suo compiacimento.

«Va bene. Aspetta finché non ho accompagnato questo signore e ti porto a fare un giretto.»

Il cane, che aveva capito solo la prospettiva dell'uscita, si era affrettato nel suo rifugio per tornare subito con il guinzaglio tra i denti.

«Intelligente, vero?» aveva constatato Laviello con la stessa punta d'orgoglio di un padre che vede il proprio figlio compiere una prodezza.

«Più di molti esseri umani», ammise Leo.

In realtà Brik era il cane di Turrotta o, meglio, suo e della ex moglie, che avevano deciso una separazione singolare. Non avevano figli e la sola creatura di cui si occupavano era quel salsicciotto con il pelo ispido e le zampe storte che avevano deciso di gestire con una sorta di affido condiviso, ovvero due giorni a testa, alternativamente. Così, quand'era il suo turno e non era di riposo, per non lasciarlo solo a casa, Turrotta si portava Brik in caserma con il placet del maresciallo e la felicità degli altri uomini che l'avevano adottato.

Lasciato Leo dall'appuntato, Laviello si era dileguato, pronto a mantenere la promessa fatta poco prima.

Durante l'assenza di Di Giovine, Turrotta aveva preso quello che, secondo lui, doveva essere l'atteggiamento del capo e si aggirava impettito come un tacchino, trattando tutti con un certo distacco. Aveva anche cambiato postura e ora se ne stava lì, davanti a Leo, eretto e un po' inclinato all'indietro, con le braccia piegate e i pugni appoggiati sui fianchi. Secondo lui, in quel modo avrebbe potuto guardare tutti dall'alto in basso, ma l'intenzione si scontrava con una realtà alta a malapena un metro e sessantacinque. Così, quando si era trovato davanti la spanna con cui lo sovrastava Leo, e si era reso conto che per arrivare a fissarlo negli occhi rischiava il ribaltamento, aveva liquidato i convenevoli con una stretta di mano ed era tornato a rifugiarsi sulla poltroncina dietro la scrivania, opportunamente rinforzata con uno spesso cuscino.

Senza preamboli, come sua abitudine, Leo gli aveva consegnato la busta di plastica con il filo di lana.

Appena l'aveva avuta tra le mani, Turrotta era sobbalzato.

«E questo da dove minchia salta fuori?» aveva quasi sbraitato.

«Era attaccato a una spina di un prugnolo accanto a dov'è stato trovato il corpo di Giovanni Valori.»

«Straminchia!» sbottò di nuovo Turrotta aggiungendo all'espressione preoccupata anche un tono meravigliato. «E questo sì che sta un bel problema!»

«E perché?»

«Commissà, addosso il Valori c'aveva solo il maglione marrone, e in più stava sotto al giaccone che teneva lo stesso colore.»

Per uno come Turrotta, già piuttosto in fibrillazione per lo stravolgimento che quei due fatti di sangue avevano portato nella sua vita, proprio ora che il maresciallo Di Giovine era in congedo, quel filo rappresentava nello stesso tempo una notizia positiva e un fastidio. Da un lato, poteva significare un passo avanti nelle indagini. D'altro canto, conoscendo il caratteraccio del Mastino, già immaginava il cazziatone che si sarebbe dovuto sorbire poiché a loro era sfuggito.

Quelle due sensazioni turbinarono contemporaneamente nell'animo e nella mente di Turrotta. Passaggi rapidi, sovrapposti e ingarbugliati, che in pochi istanti si risolsero con il prevalere della seconda. E allora, già quasi sentendo nelle orecchie il ringhio metallico del Mastino, cercò una via d'uscita. Prese la busta, vi puntò contro l'indice grassoccio e, osservando il filo nero con sguardo professionale, obiettò che poteva essere impigliato là da chissà quanto tempo.

Ma Leo l'aveva subito stroncato.

«Penso che questo potrà stabilirlo la Scientifica. Se era là da qualche tempo, avrà tracce di polvere, della stessa polvere che si trova in quel posto, le pare?»

Turrotta l'aveva fissato preoccupato; le sue speranze si stavano dissolvendo e il «Già» che gli era uscito aveva un tono insieme asciutto e deluso.

«Naturalmente è solo una coincidenza che quell'uomo, quello che ha visto la Pina e di cui le ho riferito l'altro giorno, avesse un giaccone di lana nero.»

Leo non sapeva perché gliel'avesse ricordato. In fondo, pur con tutti i suoi limiti, Turrotta non era uno sciocco, e di certo si era ricordato di quell'uomo non appena aveva visto il filo nero, ma Leo si era sentito un po' la causa dell'espressione quasi sofferente che era comparsa sul volto dell'appuntato. Così, per allontanarlo da quei pensieri fastidiosi, aveva cercato di portarlo a considerare il fatto sul piano strettamente professionale.

E poi, con noncuranza, aveva aggiunto che, per quanto lo riguardava, quel filo poteva anche averlo trovato un carabiniere, magari lo stesso appuntato, tornato sul luogo per controllare un particolare.

La cosa aveva funzionato e Turrotta aveva ripreso la solita espressione seria, con lo sguardo un po' vacuo, quasi bovino. A quel punto, Leo aveva deciso che poteva anche rischiare di domandare un favore.

«So che quello che sto per chiederle è una cosa un po'… al limite del regolamento, ma m'interesserebbe dare un'occhiata alle fotografie scattate al cadavere. È possibile?»

Aveva parlato con tatto e diplomazia. In fondo, ciò che chiedeva a Turrotta era un favore del tutto personale, qualcosa che non avrebbe potuto fare senza un'autorizzazione del capitano Fieschi, ma il caso aveva già deciso.

Con una smorfia di dispiacere, l'appuntato aveva scosso la testa.

«Proprio perché è lei, mi creda, vorrei accontentarla, ma ancora non le tengo. Che vuole», aveva concluso sbirciando l'orologio da polso, «a quest'ora saranno appena arrivati a Torino.»

Leo se n'era andato masticando una sensazione a metà tra l'amareggiato e lo scontento e, risalendo il vialetto, aveva risposto con un cenno assente al saluto di Laviello, che usava Brik per fertilizzare le ortensie del maresciallo.

Non poter esaminare le foto faceva mancare un elemento essenziale per proseguire nelle analisi, e si stava domandando quando avrebbe potuto verificare quel particolare, quando il Talpa l'aveva raggiunto.

«Eee, ora che ti guardo meglio, non c'hai la faccia da funerale, ma quella di uno che ci girano le palle!»

«Ma no, è che mi hai colto di sorpresa e sai che a me non piace», tentò di scusarsi Leo, «ma tu, piuttosto, da dove arrivi?»

«Da là», rispose Carlo puntando un'unghia con il bordo nero verso la salita. «Sono andato dall'armaiolo...»

«E che ci fai dall'armaiolo?»

«Ho comprato due scatole di colpi.»

«Perché, hai una pistola?»

Il Talpa ridacchiò e scosse la testa rotonda.

«Eee, macché pistola! Io c'ho un bel fucile, una doppietta, sai di quelle a due colpi, con le canne vicine...» mimò appaiando indice e medio.

«Non sapevo che andassi a caccia.»

«E non ci vado. Non ci ho mica la licenza, io. Eee, con quello che costa, e poi per prendere che cosa, qualche cinghiale puzzolente? Nossignore. Io con il fucile ci tiro ai topi.»

«Vengono dal rio che passa accanto a casa tua?»

«Vedessi che roba! Ce n'è che pesano mezzo chilo che neppure Taric, che anche se è un volpino di coraggio ne ha, vuole darci contro. Vengono per il pastone delle galline e, certe volte, mi mangiano perfino i piccoli dei conigli, quegli slavaroni, e allora, verso sera o al mattino presto, mi apposto e ne faccio fuori qualcuno.»

«E poi hai anche il granturco», aggiunse Leo.

«Eee, quello tira solo quelli più piccoli e a loro ci pensano Taric e Gemboro…»

«Che sarebbe?»

«Ma il gatto, no? Quello è un *falabrach*, ma con i topi, quelli piccoli dico, si diverte. Li tira per aria e poi li blocca con una zampa, finché si stufa e li liquida. È un rosso, e si sa: i gatti rossi sono buoni da topi.»

«E così spari solo ai topi», concluse Leo.

Carlo gli rivolse uno sguardo d'intesa.

«Vieni dall'altra parte della strada», disse piano. Poi, quando furono sul marciapiede opposto, lo prese sottobraccio e risalirono per una decina di metri finché raggiunsero l'Itom, parcheggiato di traverso tra due furgoncini.

«Eee, non volevo risponderti là, che quelli lì potevano sentire», spiegò a voce bassa indicando con il pollice il portone dei Carabinieri. Poi lo trasse vicino a sé.

«Sai, in confidenza, se dalle mie parti capita un fagiano o anche una lepre, io ci tiro senza troppi complimenti.»

Leo annuì, con l'espressione di chi sa tenere un segreto.

«Ma negli ultimi tempi, lepri e fagiani non durano più del primo giorno di caccia e le uniche che ogni tanto mi passano davanti sono le minilepri, ma lì c'è poco da mangiare; due coscette che fanno ridere. Ma tu perché eri dai Carabinieri?» Secondo lui, la confidenza che aveva appena fatto poteva ben venir barattata con qualcosa di altrettanto personale.

«Volevo levarmi una curiosità», rispose Leo, vago.

«Sarebbe?»

«Volevo vedere una foto del cadavere di Pedala Giuàn.»

«E ci sei riuscito?»

«Macché! Non le hanno ancora trasmesse.»

«Eee, ma allora posso aiutarti!»

«Aiutarmi? E come? Non hai mica le foto.»

«Be'! Io non ce le ho, ma il mio amico, quello che scrive sul giornale della valle, lui ce le ha di sicuro. Quelle della canonica no, perché là non hanno lasciato entrare nessuno, ma queste qua c'è da giurarci che ce le ha. Il morto era lì, all'aria aperta, lo potevano vedere tutti e lui, con quelle diavolerie… sì quei cosi che si mettono alla macchina…»

«Teleobiettivo», suggerì Leo.

«Appunto! Con quel robo lì lui può fare le foto anche da lontano. Vieni, dài, abita giusto qua dietro», e s'incamminò in un vicolo laterale.

Mezz'ora più tardi salutavano il giornalista. Carlo, rosso come un peperone per i tre grappini che si era scolato, Leo con un'espressione soddisfatta; il cadavere di Giovanni era troppo distante dalla spina su cui aveva trovato il filo di lana.

Capitolo 9
La spesa a Cette

«Guarda che se non ti va di fare gli acquisti qui, possiamo anche lasciar perdere», disse Leo imboccando la breve salita che portava a Cette.

«E perché mai? La merce è la stessa, e un posto vale l'altro», rispose Julie.

Leo era tornato dopo mezzogiorno, troppo tardi per la grande spesa, ch'era stata rimandata al pomeriggio.

Julie aveva aperto un vasetto di sugo, preparato durante l'estate con i pomodori del loro orto, e l'aveva profumato con le ultime foglie che ancora resistevano su un basilico ormai quasi scheletrito. Aveva anche aggiunto un pizzico di timo, appena un paio di foglioline per non coprire i sapori, ma per dare al tutto un vago tocco di Provenza.

Quando avevano cominciato a pranzare, a Julie era bastata un'occhiata per capire che la mente di Leo stava seguendo qualche misterioso sentiero. Lo sguardo era vuoto, assente e lui mangiava meccanicamente, senza vedere ciò che aveva nel piatto. In quelle condizioni era del tutto inutile intavolare anche solo un abbozzo di conversazione. Tutto ciò che si poteva ottenere erano risposte laconiche, poco più che monosillabi, o brontolii che trascinavano con sé parole lontane, quasi sempre prive di una vera attinenza con l'argomento.

Pur punta dalla curiosità, Julie aveva dunque evitato d'insistere sull'omicidio di Giovanni Valori. In quella fase era anche impensabile limitarsi a domandare informazioni sulla nuova vittima. Per il momento doveva accontentarsi delle quattro frasi con cui Leo aveva liquidato la faccenda mentre apparecchiava il tavolo. E definire vere frasi quei sintetici accenni, in cui erano stati condensati alla rinfusa la vittima, Turrotta, Marri e il filo di lana, era già una forzatura linguistica, quasi un disonorare il concetto stesso di pensiero. Anche lei ricordava le parole della Pina a proposito della presenza in canonica del tipo grosso, con il giaccone nero, e si stava domandando se c'entrasse qualcosa. Se avessero il fondato sospetto, o addirittura la prova, che quell'uomo fosse stato là, sul luogo del delitto e se fosse coinvolto in qualche modo. Tutte domande inutili in quel momento. E così, in attesa che Leo uscisse dall'isolamento, avevano pranzato in silenzio.

Alla fine però lui si era riscosso.

Era successo al momento del caffè quando, all'improvviso, le aveva proposto di fare la spesa a Cette.

«Anche là c'è un negozio, e mi pare ben fornito.»

Lei aveva preso atto del suo ritorno tra i vivi e aveva accettato senza obiettare.

Quell'arrendevolezza aveva dato la stura alla loquacità di Leo che, finalmente, le aveva raccontato nei dettagli ciò che era successo la mattina.

«Dunque tu pensi che ci possa essere un legame tra l'uomo che ha visto la Pina e quel filo di lana?»

Leo aveva appena sollevato le spalle.

«Non penso niente, mi limito a elencare fatti che potrebbero sostenere diverse ipotesi.»

«E sarebbero?»

«Ecco, questo è ciò che mi tormenta. Da tre giorni tutta la faccenda mi frulla in testa in maniera confusa, e ogni strada che mi si presenta è di una brevità impressionante, perché va a finire sempre nello stesso punto: il movente. E poi c'è stato quest'altro omicidio... ma, mi domando, chi diavolo potrebbe aver voluto la morte di un mezzo suonato, forse neanche in grado di distinguere tra fantasia e realtà? Che legame c'è tra don Barile e questo Giovanni?... Sempre che ce ne sia uno. Sai, in fondo il sospetto che ha Fieschi di un omicida seriale che, per così dire, si firma squartando la gola alle vittime e divaricando la ferita non è poi così assurdo, anche se don Barile è stato mutilato da morto, mentre questo poveraccio è stato prima tramortito e poi ucciso. E questo perché?» aveva concluso allargando le braccia.

Poi, passandosi una mano sulla guancia, aveva aggiunto come parlando tra sé: «Eppure, continuo ad avere la sensazione che la chiave del mistero sia proprio lì, a Cette», e si era alzato per sparecchiare.

Erano arrivati alle prime case della borgata e Leo si sentiva un po' imbarazzato. Così, per togliersi il fastidio, affrontò subito l'argomento in modo diretto, come sua abitudine: «So come la pensi su questo genere di cose...»

«Quale genere di cose? Stiamo semplicemente per fare qualche compera e quattro chiacchiere con i titolari di un negozio, in un posto dove è avvenuto un fatto di sangue. Forse che, in questo modo, ciò che facciamo si trasforma automaticamente in un'indagine?»

Leo fu sorpreso da quelle parole. Aveva ben presente il loro proponimento di eclissarsi il più possibile in un tranquillo anonimato campagnolo, e che il coinvolgimento in un'altra indagine rischiava di aumentare la loro notorietà in paese. Che Julie avesse cambiato idea? Che quei due omicidi avessero stimolato anche la sua voglia d'indagare? D'altronde, dopo le vicende di Eriberto Diaz e del cadavere mutilato, la loro vita era diventata meno riservata, più pubblica in qualche modo, e di loro, di Leo soprattutto, si era parlato in giro. Per un po' gli omicidi e il suo passato erano stati un argomento che aveva tenuto banco nelle chiacchiere ai bar, al mercato e sul sagrato della chiesa, ma quella curiosità quasi morbosa, quegli sguardi indagatori, quei mormorii appena accennati al loro passaggio erano durati finché il loro passato non era stato ricostruito e i ritagli dei giornali francesi, che qualcuno aveva scovato chissà dove, dopo essere passati di mano in mano, non erano tornati ad ammuffire nei cassetti. Poi, pian piano, la curiosità della gente era scemata fino a scomparire perché, in fondo, i fatti di sangue portano in sé qualcosa di sozzo e, con il passare del tempo, anche soltanto parlarne rievoca quella sensazione che nessuno ha più desiderio di sentirsi appiccicata addosso. E così i *fransés*, come chiamavano Leo e Julie, ormai definitivamente inquadrati, erano tornati alla tranquillità del loro nuovo mondo fatto di fiori, orto, frutta, passeggiate e, ora, anche qualche saluto in più.

Allora si prosegue, pensò Leo, e aveva già aperto bocca per dirglielo quando lei aggiunse qualcosa.

«E poi, con tutto il can-can che ti si è rovesciato addosso dopo le vicende di Diaz e del morto senza testa, mi sembra che abbiamo ben poco da tener riservato.»

Erano arrivati sulla piazzetta di Cette e Leo parcheggiò la Peugeot davanti al minimarket, un emporio con una grande vetrina che i borghigiani, magnanimi, chiamavano «supermercato».

«Allora siamo intesi. Tu ti dedichi alle compere e io ti aspetto al bar», disse Leo spegnendo il motore.

«D'accordo», rispose lei, «ma non ci metterò molto. Oltre a questo negozio, che mi pare abbastanza spopolato, non c'è che la macelleria.»

Leo rimase a guardarla mentre sfilava davanti al vetro dell'auto, alta, snella, con quel portamento elegante e leggero, i capelli grigi tagliati corti che scomparivano nel bavero rialzato del cappotto color cammello, e la trovò ancora molto attraente. Poi scese anche lui e attraversò la piazza diretto al Bar Sport, che si trovava di fronte alla macelleria Sicchetti, una porta e una vetrina sormontate dall'insegna scritta in giallo oro sullo sfondo granata.

Il bar era un locale piuttosto anonimo, dove l'unica nota di colore era il rosso brillante, quasi sfacciato, della grossa stufa a pellet che occupava l'angolo a destra dell'ingresso e creava un tepore piacevole in quell'ambiente che odorava di fumo, vino e ragù. Per il resto, c'era una mezza dozzina di tavoli con le gambe di metallo lucente e il piano di formica grigia, affiancati da sedie costruite nello stesso modo che ricordavano l'arredo delle stanze di ospedale. Anche il bancone, sistemato proprio di fronte all'ingresso, aveva quell'aria fredda e un po' decadente degli arredi anni Sessanta, che sembravano buttati giù in fretta e senza un particolare gusto, con l'attenzione rivolta soltanto alla funzionalità. Sulla parete di sinistra, un cartello di metallo reclamizzava gelati confezionati che dimoravano in un frigorifero azzurro con il coperchio trasparente. Là dentro, la sola nota davvero moderna era quella stufa a pellet, un oggetto di cui, in paese, si cominciava appena a parlare.

Lo accolse un tipetto segaligno che dimostrava una sessantina d'anni o forse qualcuno in più, Leo non avrebbe saputo dire, con le ossa delle spallucce rachitiche che spuntavano come due chiodi da un cardigan blu scuro che aveva conosciuto tempi migliori. Le uniche note vigorose di quell'uomo erano i capelli e la barba. Cespugli di peli arruffati, a metà tra il grigio e il rossastro, che gli ricoprivano il cranio e buona parte del volto, rendendo la testa sproporzionata rispetto al resto del corpo.

Quando Leo entrò lo vide alle prese con un travaso di bottiglie senza l'uso dell'imbuto e, finché non ebbe terminato la delicata operazione, non gli badò, limitandosi a rispondere appena al saluto.

«Che cosa posso servirle?» domandò infine, rivolgendogli uno sguardo acquoso che rendeva impersonali i piccoli occhi azzurri. Aveva parlato con un tono professionale, e la voce calda sembrava un invito ad appoggiarsi al piano del bancone.

«A quest'ora...» accennò Leo, indeciso. Intanto aveva cominciato a sbirciare le bottiglie di liquore alle spalle dell'uomo, tutte ben spolverate e con i vetri riflessi nel grande specchio che occupava mezza parete, nella remota speranza di trovare un Calvados.

Stabilito che l'unica opzione francese era una bottiglia di Pernod, aveva deciso di scegliere qualcosa di leggero e poco alcolico, evitando la serie di grappe che, dietro l'aspetto ingannatore dell'innocente trasparenza acquosa, celavano la vera natura di strumenti di tortura per stomaco ed esofago.

L'uomo lasciò passare qualche secondo, poi intervenne.

«A quest'ora... in genere si va sul caffè, oppure un digestivo o, magari, un bicchiere di buon vino», aggiunse accompagnando il «magari» con quel rapido luccichio dello sguardo che Leo conosceva bene.

«Vada per il vino», acconsentì, ricevendo in cambio un sorriso che increspò ancor più la ragnatela di rughe in cui erano intrappolati gli occhi del barista.

«Ottima scelta», commentò l'uomo. «Se permette, suggerirei un grignolino. Viene da Castagnole e non è troppo forte, giusto per quest'ora.»

Leo accondiscese con un cenno della testa e l'uomo si chinò sotto il bancone. Si udì lo scatto di una maniglia e poi il suono, prima ovattato e poi metallico, della spessa porta che si richiudeva. Quando riemerse stringeva nella destra una bottiglia marrone con il tappo infilato per metà.

Appoggiò la bottiglia sul bancone e prese due bicchieri rotondi, con il gambo sottile. Ne controllò la pulizia e li riempì lentamente per i due terzi.

«Non è una bella cosa bere da soli», si limitò a commentare.

Leo, che aveva già previsto tutto, era rimasto impassibile.

«Allora, alla salute signor…» disse rivolgendo appena il bicchiere verso l'uomo.

«Erminio», si affrettò ad aggiungere il barista, «Erminio Delaurenti… alla sua», e, ricambiato il cenno, ingollò un lungo sorso che svuotò quasi del tutto il bicchiere. Poi protese il labbro inferiore e pulì la punta dei baffi su cui era rimasta qualche goccia di vino.

Per un po' rimasero in silenzio e il locale fu pieno soltanto del ronzio della stufa, interrotto a intervalli regolari dal rumore metallico della ghiera di scarico e da quello un po' farfugliato dei pellet che rotolavano nella caldaia.

«Giornata morta», buttò lì Leo, tanto per avviare la conversazione.

Sul volto di Erminio comparve una smorfia ironica.

«Giornata?» ripeté. «Qui è da una vita che c'è la morta!» e approfittò di quell'annuncio per consolarsi, svuotando del tutto il bicchiere. «Proprio così! E se non fosse per quel paio di mesi d'estate, quando ci sono i villeggianti, e quel poco che riusciamo a tirare su col mangiare...»

«Ah, perché voi...» disse Leo muovendo le dita davanti al naso, «mi stavo proprio domandando che cosa fosse questo profumino. Ragù, vero?»

«Ha un buon fiuto», confermò l'uomo riempiendosi di nuovo il bicchiere. «È mia moglie. Sa, è una cuoca davvero in gamba, sprecata per questo posto», e scosse appena la chioma grigio-rossastra. «Qualche anno fa, quando eravamo più giovani, avevamo anche pensato di aprire una trattoria giù, in paese. Io in sala e lei in cucina. Oh, sarebbe stato un piccolo locale, una dozzina di coperti, non di più. Il giusto per vivere dignitosamente», aggiunse svuotando per metà il bicchiere.

Leo lo guardava con benevolenza. Il tono con cui parlava aveva il sapore stanco della tristezza mescolata all'amaro della sconfitta.

«Ma poi siete rimasti qui», osservò con voce comprensiva.

«Eh, sì!» sospirò Erminio, stringendosi ancor più in quelle spallucce rachitiche. «Per certe scelte ci vogliono coraggio e un po' di pazzia. Sa, quella voglia di buttarsi a capofitto nel buio, una pazzia, appunto, come quella che c'hanno i giovani», aggiunse con una vena di rammarico.

Allungò il braccio e prese il bicchiere bevendo un altro sorso, come per darsi coraggio.

«Noi c'avevamo già i nostri bei cinquant'anni e i locali, in paese, costavano cari. E metterci nei debiti... Così siamo rimasti qui», terminò sospirando ancora. Poi, colto da un improvviso guizzo di orgoglio, raddrizzò la schiena e, afferrato tra le dita il bicchiere panciuto, aggiunse: «Ma non abbiamo rinunciato alla nostra passione e, come vede», fece indicando con un gesto vago il profumo di ragù, «a pranzo e a cena qualcosa da mangiare lo prepariamo sempre...»

Il ritorno sul ragù capitò a proposito. Erminio stava parlando di cose che a Leo non interessavano e stava cercando lo spiraglio per cambiare discorso. Colse al volo l'occasione.

«Certo che con la carne di Sicchetti avete materia di prima qualità», commentò indicando con un cenno del mento la macelleria dall'altra parte della strada.

Erminio staccò dalle labbra il bicchiere ormai vuoto.

«Può ben dirlo! Gerardo conosce il suo mestiere e sa scegliere bene le bestie. Una qualità che gli ha insegnato il padre Oreste, che ha aperto la macelleria nel Trentatré, otto anni prima che io nascessi. Sa, quelli erano tempi...»

Spazientito da quel profluvio di parole che andavano sempre in una direzione diversa da quella che lui desiderava, Leo tagliò corto.

«Don Barile era tra i vostri clienti?»

«Eh, sì, poveretto. Che Dio l'abbia in gloria!» rispose l'uomo e afferrò di nuovo la bottiglia di grignolino. L'accenno al don aveva scatenato in lui un ricordo affettuoso, pieno di rispetto, degno di una bevuta commemorativa.

Fece per rabboccare il bicchiere di Leo, che riuscì a sottrarsi appoggiando le dita sul bordo e lui, come se niente fosse, spostò con naturalezza il collo della bottiglia verso il proprio riempiendolo un'altra volta. Poi, attraverso il vetro brunastro, controllò il livello del liquido. Ne rimanevano sì e no tre dita. Inutile riporla; di lì a poco l'avrebbe di sicuro liquidata.

Bastò quella domanda perché il discorso si spostasse sui due omicidi. Erminio aveva soltanto sentito di Pedala Giuàn, ma non conosceva i particolari, tranne il modo in cui era stato ucciso.

«Proprio come il povero don Franco», commentò scuotendo mesto la testa, ma con un tono tutt'altro che contrito, di quelli che si usano per invitare l'altro a raccontare.

Leo capì che, con un paio di informazioni di poco conto, avrebbe potuto conquistare la gratitudine di quell'ometto, il cui sguardo ora brillava di curiosità.

«Eh, sì», confermò, «anche lui con la gola tagliata, come don Barile, anche se l'omicidio non è stato commesso in casa, ma in campagna.»

«Vuol dire in mezzo ai prati?» domandò Erminio, bloccando a mezz'aria il bicchiere che stava avvicinando alle labbra.

Questa non è la prima bottiglia della giornata, pensò Leo, notando che l'ometto già cominciava a strascicare qualche parola più a lungo del normale.

«L'hanno trovato riverso tra i cespugli nella zona che da Giaveno sale verso Coazze, poco dopo la cascina dei Turci, ha presente?»

Erminio fece cenno di sì. Poi, senza trascurare la bevuta che aveva momentaneamente sospeso, attaccò: «Lo chiamavano Pedala Giuàn, che poi era la frase che ripeteva in continuazione quando andava in bici, proprio come una giaculatoria. Il suo vero nome, però, era Giovanni Valori e abitava proprio qui, a Cette. Sì, insomma, poco lontano, su di là», spiegò accennando con la mano, «nella cascina della zia che l'aveva tirato su...»

Aveva iniziato bene e Leo lo lasciò proseguire senza interromperlo, anche se di com'era cresciuto Giovanni, in fondo, a lui non fregava granché. Ma era fatto così. Deciso e quasi scortese quando gli interessava mantenere la conversazione su un binario preciso, mentre quando voleva soltanto accumulare informazioni diventava paziente e perfino tollerante. In questo caso, però, ascoltava le parole come un rumore lontano e indistinto di cui afferrava soltanto il senso generale. E anche il suo sguardo, ogni tanto, mutava fino a diventare assente e vuoto, come se si allontanasse, salvo tornare bruscamente al presente quando si toccava un punto interessante.

«E poi quella trombetta dal suono sguaiato», stava dicendo Erminio, «quel *peee*, *peee*, noioso. Un vero fastidio che non mancava mai di sparare ogni volta che passava qui davanti...»

«Spesso?» domandò Leo piazzando i suoi occhi scuri sul volto del barista.

Erminio sollevò le spalle: «Tre volte alla settimana! Non so se aveva itinerari precisi, non mi è mai capitato di vederlo in giro, ma qui davanti passava sempre negli stessi giorni e alla stessa ora...»

«E cioè?»

«Alle sei e mezzo di sera, proprio quando cominciavo a preparare per la cena. Oh, ma parlandone come da vivo e con tutto il rispetto, credo proprio che lo facesse apposta a rompere le balle, come se si divertisse a spaventare la gente.»

«E in quali giorni passava?»

«Lunedì, martedì e giovedì.»

«Chissà dove andava?» domandò Leo come se stesse borbottando qualcosa senza importanza.

«Ah, questo proprio non lo so, ma da quella parte c'è la cascina dove abitava», ripeté indicando con la piccola mano una direzione alla sua destra, «e, ogni tanto, mi è anche capitato di vederlo girare verso la canonica: da lì si vede il sagrato», spiegò indicando questa volta la finestrella di fianco al banco dei gelati, alla sua destra.

«Andava a far visita a don Franco?» domandò Leo.

Erminio aprì le mani e allargò un po' gli occhi: «Il sagrato si vede bene, ma il vicolo della canonica per nulla».

Leo si sporse un po' sul bancone e guardò attraverso il vetro.

«Eh, già! Da qui si vede soltanto chi attraversa il sagrato… e lei poteva scorgere don Franco quando veniva verso il bar, di lui si dice che apprezzasse la buona tavola…»

Sul volto di Erminio comparve una smorfia di soddisfazione.

«Altroché! Guardi, a dirla tutta, quello era il solo vizietto di quel sant'uomo. Oddio, se poi il piacere della tavola si deve proprio considerare un vizio», aggiunse con tono assolutorio, calcando esageratamente su quel «proprio». Tracannò un altro mezzo bicchiere e il tono divenne confidenziale: «E poi, non per vantarmene, ma come ho già avuto modo di dirle mia moglie è davvero una cuoca eccellente».

«Veniva spesso a mangiare qui?»

«A pranzo anche due o tre volte la settimana. Sa, per lui facevamo un prezzo speciale, da amici», sottolineò ammiccando.

«E a cena?»

«A cena invece veniva soltanto il venerdì, per il merluzzo in umido. Mia moglie lo cucina una volta col sugo rosso, un'altra al verde e il terzo venerdì al latte, poi riprende daccapo», spiegò preciso.

Con il timore che si mettesse anche a dare la ricetta, Leo stava per sistemare quel deragliamento, ma Erminio tornò da solo in carreggiata.

«Perché don Franco era uno che rispettava le tradizioni e il venerdì, se non proprio digiuno, almeno faceva vigilia. Ah», aggiunse poi sollevando l'indice, «era a cena anche un giovedì sì e uno no, quando Gina faceva la trippa coi fagioli. Era proprio un patito. Si figuri che ne voleva sempre una gamella da portarsi a casa. Per il sabato, diceva, e poi aggiungeva che il frigorifero era stata l'invenzione che aveva salvato l'umanità. Noi...»

«È stato a pranzo anche lunedì?» domandò Leo dando uno strattone alle redini.

Erminio scosse la testa con gesto deciso.

«Nossignore! Lunedì non è passato di qui... anzi, a dire il vero non l'ho visto nemmeno in piazza.»

Leo, che da un po' teneva d'occhio la finestra accanto alla porta, vide Julie che gli mostrava la sporta di paglia da cui spuntavano scatole di fiocchi di mais, pacchi di spaghetti e i tappi colorati dei flaconi in plastica dei detersivi e, nell'altra mano, un paio di sacchetti bianchi tesi all'inverosimile.

«Le chiedo scusa, ma mia moglie mi reclama», disse indicando con lo sguardo la finestra, «quanto le devo?»

«Ma s'immagini, offre la casa. Mi ha fatto piacere parlare con lei.»

«Allora vuol dire che verremo a cena una di queste sere», ringraziò Leo avviandosi verso la porta.

Aveva fatto appena due passi quando Erminio lo bloccò con un'esclamazione.

«Aspetti! Mi sono ricordato una cosa. Non è vero che lunedì non ho visto don Franco. Alla sera ho notato che suonava alla porta di Gerardo, proprio lì», indicò il portoncino di metallo grigio di fianco alla macelleria. «Era già notte e faceva freddo. In più c'era un bel vento e don Franco era così imbacuccato che quasi non lo riconoscevo, ma era lui, senz'ombra di dubbio!»

«Che ora era?» domandò Leo con la mano appoggiata sulla maniglia.

«Poco prima delle sette.»

«E ha avuto risposta?» domandò Leo cominciando ad aprire la porta.

Erminio scosse desolato la testa.

«Eh, questo non lo so, non ci ho fatto caso. Sa, a quell'ora cominciamo a servire la cena», e per consolarsi vuotò ciò che rimaneva del grignolino nel bicchiere.

Capitolo 10
Julie racconta

«Sai che mi sono proprio divertita?» commentò Julie in auto, seduta al fianco di Leo che guidava senza staccare lo sguardo dalla strada.

La spesa era stata ben sistemata nel portabagagli, e dai sacchetti e dalla borsa non provenivano sfrugugli, gemiti o tintinnii a denunciare situazioni precarie. Ciononostante, Leo procedeva con una lentezza esasperante. Le ultime parole di Erminio avevano lanciato un'altra pallina nel flipper e lui cercava di arrestarla e metterla da parte, almeno fino all'arrivo a casa. Sapeva di non essere un guidatore attento. Bastava un uccello, una macchia fiorita, una vetrina, una luce particolare, insomma, qualsiasi dettaglio inusuale per distrarlo. Perciò, quand'era alla guida, cercava di rimanere concentrato sulla strada e su ciò che succedeva, ma quella dannata pallina era ciò che di peggio poteva capitargli.

Per qualche secondo provò a fermarla, ma subito si rese conto che era impossibile arrestare quella scheggia impazzita, fuori controllo. Così cambiò strategia e tentò di ignorarla. A quel punto solo la conversazione avrebbe potuto salvarlo, e Julie era ben disposta, almeno a giudicare da come aveva esordito.

«Come sarebbe a dire, ti sei divertita?»

Julie ci pensò un istante prima di precisare.

«Divertita non è proprio il termine esatto. In fondo, ciò che stavamo facendo era qualcosa di molto serio.

Impicciarsi nella vita privata di un morto, senza che ciò sia il tuo mestiere, non è un gioco, ma una faccenda da non prendere alla leggera. Perciò il termine esatto è che mi sono entusiasmata.»

«Ah», fece Leo senza staccare lo sguardo dalla strada.

«Proprio così», ribadì lei. «Ho trascorso tutto il mio servizio al Quai ammuffendo tra provette, preparati e puzze strane senza mai svolgere un'indagine diretta…»

«Tranne…» suggerì Leo con uno sguardo sornione.

«Sì, certo! Tranne quella in cui ci siamo conosciuti», ammise lei con un sorriso complice. Poi riprese il discorso.

«Non che mi sia mai dispiaciuto lavorare con provette e reagenti, ma un'indagine diretta… be', quella proprio non la ricordavo. E la sola volta in cui mi hanno assegnato un vero compito investigativo, come quelli che avevi tu intendo, è stato quando ero in cerca di Serge…»

Leo, che aveva lanciato la palla del ritorno al passato, ricordava bene quei giorni. Erano trascorsi più di quarant'anni. Lui, reduce da una delusione d'amore, stava conducendo una vita strascicata come cuoco nel ristorante dei Le Gueil, miseramente spiaggiato nella periferia parigina. Poi, uno dopo l'altra, nella sua vita erano entrati prima quel minuscolo sorcio, che aveva battezzato Serge, e poco dopo lei, Julie. Quei ricordi gli strapparono un sospiro di nostalgia e lei se ne accorse. Anche a lei era tornato in mente quell'esserino con la coda corta e il corpo grande quanto una noce.

«Serge?» si limitò a domandare.

Leo annuì. «D'un tratto mi è tornato in mente il nostro incontro là, nel vagone della metropolitana, io con

Serge attaccato a un calzino e tu che mi osservavi con lo sguardo di chi aveva capito.»

«Ecco, quella è stata la sola missione operativa che mi abbiano mai affidato; recuperare Serge e riportarlo nel laboratorio da cui era fuggito, per proseguire gli studi sulla sua incredibile capacità di comunicare con gli umani…»

«Già», fece Leo sollevando l'angolo destro delle labbra in un mezzo sorriso ironico, «e abbiamo anche rischiato di rimetterci la pelle, tutti e tre.»

Julie assentì con il capo.

«Serge faceva gola ai servizi segreti di molti paesi, e quella era gente che non scherzava. Per loro una vita non valeva proprio nulla. Ma sai che, a ripensarci, mi vengono ancora i brividi!?» aggiunse con un piccolo fremito.

«Però hai ragione», confermò Leo girando appena lo sguardo, «quella è stata davvero la sola volta in cui hanno permesso a una farmacologa, pur formata come ispettrice di polizia, di mollare i laboratori della narcotici per condurre un'indagine sul campo.»

«Eh, sì!» sospirò lei. «La laurea mi ha segnato il destino, e solo ora mi rendo veramente conto di che cosa mi è stato precluso.»

«Però mi sembra che tu stia un po' equivocando. Siamo andati a Cette soltanto per guardarci intorno…»

«Leo!» sorrise Julie. Il suo tono racchiudeva in sé un intero discorso che poteva ben terminare con «Non prendermi in giro, tanto non ci credo!»

Lui lo capì bene e rispose con un «D'accordo», sintesi di un altro lungo discorso che poteva altrettanto ben terminare con «Hai ragione.»

Parole stringate e dense, spesse, parole che portavano con sé quarant'anni di convivenza e una vita d'amore.

«Comunque, questo giretto mi ha entusiasmata», ripeté lei con un desiderio ormai quasi frenetico di raccontare, «e la prima cosa di cui ti voglio parlare è una sensazione.»

«E da quando in qua un investigatore dà importanza alle sensazioni?» domandò Leo senza considerare che quella regola, per lui, proprio non valeva.

Julie non gli badò.

«Là dentro, nell'emporio intendo dire, si respirava un'aria strana, una specie di diffidenza diffusa, satura di preoccupazione. C'erano solo due persone, una cliente e la proprietaria, ma se tu avessi visto il modo in cui mi hanno guardata...»

«Invidia per la tua bellezza», insinuò Leo semiserio. «Sai, le donne...»

«Piantala, o finirai col farmi arrossire. E comunque in loro non ho destato invidia e neppure sospetto, ma negli sguardi che si sono scambiate, credendo che non le notassi, ho letto il disagio della paura, e solo quando hanno sentito il mio accento francese hanno capito chi fossi...»

«E in quel momento...»

«... le loro espressioni si sono distese», concluse lei. Poi, dopo qualche istante, aggiunse: «Leo, in giro c'è paura!»

«Paura?»

«Quella che crea l'ombra di un assassino senza volto, libero tra noi.»

Leo si limitò a guidare in silenzio con un'espressione perplessa che Julie, attenta anche lei alla strada, non notò.

«In quell'emporio, che soltanto lì hanno il coraggio di chiamare supermercato, non ho saputo su don Barile molto più di quanto ci ha già detto la Pina; persona buona, serena, amato e benvoluto da tutti, sempre pronto ad aiutare chi ne aveva bisogno. Ecco, però, su quest'ultimo punto l'altra cliente, che era alla cassa prima di me, ha aggiunto che secondo lei non era prudente. E quando ho domandato il perché, è stata la proprietaria a rispondere, dicendo che non sceglieva bene le persone da aiutare e che a volte giravano certe biffe… Ma che significa 'biffa'?»

«*Drôle de type*», spiegò Leo.

«Ah», fece lei soddisfatta, «ecco perché ha aggiunto che, secondo lei, era stato 'qualcuno di quelli lì a sgozzarlo', e queste sono state le sue esatte parole.»

«Insomma, anche lì pensano a un balordo», mormorò Leo.

Julie non fece caso alle sue parole.

«Una cosa però mi ha colpita. Sempre la proprietaria, un donnone di quelli decisi, dai modi spicci, ma con una gran voglia di chiacchierare, mi ha detto che don Barile era un vero patito delle salsicce, soprattutto quelle di Sicchetti, il macellaio.»

«E tu?»

«Appena uscita dall'emporio mi sono fiondata in macelleria.»

Leo commentò con un sorrisetto sornione.

«E lì ho saputo che sono la specialità del signor Sicchetti…»

«Gerardo», borbottò Leo.

«Eh?»

«Gerardo, è il nome di Sicchetti», spiegò, fermandosi all'attraversamento pedonale prima della piazza.

Julie fece un cenno con il capo.

«Sono la loro specialità, dicevo», riprese lei, «e sembra che ne vendano una gran quantità. Pensa che, per acquistarle, viene anche gente da fuori. Anzi, pare siano proprio le salsicce la fonte principale dei loro ricavi, almeno così ho capito dalla moglie quando ha detto che 'in questa borgata sembra si siano concentrati tutti i vegetariani di Giaveno', e poi ha aggiunto 'per fortuna ci sono le salsicce', ma con un bel sospiro.»

«Sembra che tu e quella donna siate entrate in sintonia», osservò Leo.

«Margherita, si chiama Margherita», precisò Julie, «e che vuoi, visto il modo in cui sia lei sia il marito avevano incensato quelle benedette salsicce, ho chiesto se potevo averne un paio, cogliendo però il macellaio in contropiede, si dice così, vero?»

Leo semplicemente annuì.

«Eh, vedi che imparo qualcosa anche guardando la televisione», si beò lei. «Sì, perché le aveva finite e...»

«Ma tu hai sbattuto le ciglia di quei tuoi occhioni e messo su un'aria dispiaciuta.»

Julie sorrise. Leo aveva ragione. Era proprio andata così.

«Alla fine, visto che non c'erano altri clienti, il macellaio se n'è andato nel retro e me ne ha preparate due apposta. Così, io e la signora Margherita siamo rimaste sole. Ci siamo messe a chiacchierare e lei mi ha spiegato che il marito ne confeziona un buon numero il lunedì, nel giorno di chiusura, in modo che durino almeno fino al giovedì, altro giorno dedicato alla preparazione. Poi il discorso è caduto su don Barile...»

«Anche lui le apprezzava?»

«Eccome se le apprezzava! Quella al finocchietto, poi… ne andava addirittura pazzo, ha detto Margherita, e ha anche aggiunto che proprio lunedì sera si era sentita suonare il campanello poco prima di cena. Lei non aspettava nessuno e si era meravigliata di quella scampanellata un po' insistita, come di qualcuno che aveva premura. Ebbene, si è affacciata alla finestra della cucina per controllare chi fosse e, con suo grande stupore, ha visto che era proprio don Barile.

«'Margherita, è in casa tuo marito?' le aveva domandato.

«'Non c'è, è andato in città, ma non dovrebbe tardare', aveva risposto lei.

«'È cosa di poco conto', aveva detto il don, 'mi serve solo una salsiccia bella grossa.'

«'Una salsiccia? Ma il negozio è chiuso…' aveva obiettato lei, che non aveva voglia di scendere.

«Ma il don aveva insistito. 'È un'emergenza! È per il segretario del vescovo… ci tengo a fare bella figura.'

«Margherita aveva ceduto ed era scesa. Don Barile l'aveva seguita nel retrobottega, e lei gli aveva dato una delle quattro salsicce che stavano su un vassoio appoggiato sul tavolo di marmo.»

«Gli ha dato una salsiccia?» quasi gridò Leo, prendendo in pieno una grossa buca che li fece sobbalzare.

«Fa' attenzione! Così non arriveremo mai a casa!»

«È che mi hai sorpreso», si scusò riprendendo la guida tranquilla senza più aprire bocca. Ogni tanto staccava la sinistra dal volante per carezzare la barba sul mento.

Quando furono in piazza, anziché proseguire verso sud, Leo invertì la rotta.

«Ma di qui non si va a casa», osservò Julie.

Leo aveva tolto la mano dal mento.

«Torniamo a Cette.»

«Dimenticato qualcosa?»

«Mi è venuto il desiderio di far visita alla zia di Giovanni Valori.»

Julie lo squadrò perplessa.

«Ma ti sembra una buona idea? A quella povera donna, che non conosciamo nemmeno di vista, hanno comunicato appena poche ore fa che il nipote è stato ucciso. Sarà sconvolta, non credi? Probabilmente ci sarà qualcuno che le tiene compagnia e poi non credo proprio che abbia voglia di parlare con due perfetti estranei come noi.»

«Hai ragione», ammise Leo rallentando. L'osservazione di Julie l'aveva fatto sentire come un invadente ficcanaso, «non è una buona idea».

La delicatezza di Julie aveva suscitato in lui un improvviso desiderio di calore, intimità, affetto.

Appena superata la piazza, anziché proseguire dritto verso la collina a nord, Leo svoltò diretto alla periferia del paese.

«Ehi, guarda che anche di qui non si va a casa!»

Lui non rispose e proseguì lungo una stradina che serpeggiava tra prati e campi. Il sole era già tramontato e l'oscurità stava scendendo con la rapidità dell'autunno inoltrato.

«Ma...» disse lei con tono velato di malizia appoggiandogli la testa sulla spalla, «guarda che siamo un po' attempati per questo genere di cose...»

«Lo troveresti davvero sconveniente?» domandò lui infilando l'auto su un piccolo ponticello d'accesso a un prato.

«Affatto! È che a casa abbiamo un lettone così comodo…» mugolò mentre le dita di Leo, infilate tra i capelli, le carezzavano dolcemente la nuca.

«Lo so», mormorò lui sfiorandole l'orecchio con le labbra.

Poi le guance scivolarono piano una contro l'altra finché le labbra s'incontrarono e tutto scomparve in un bacio senza fine.

Capitolo 11
Un incontro particolare

Julie era ripartita con la Peugeot e Leo era rimasto solo su quella strada solitaria, che correva attraverso prati e campi resi deserti da un'oscurità precipitosa. Per qualche istante, Julie aveva pensato che la deviazione verso la campagna fosse soltanto il frutto del desiderio di Leo di rimanere un po' solo per poter camminare e riflettere, a modo suo, s'intende. Poi, però, quel bacio lungo e tenero che regalava insieme dolcezza e passione aveva scacciato ogni suo dubbio. Quello era davvero un bacio desiderato, rubato al resto del mondo, uno di quei momenti d'intimità che da sempre esplodevano tra loro così, all'improvviso, senza un motivo, una provocazione, un invito, scatenati soltanto dal profondo e caldo desiderio di sentirsi vicini in tutto.

Alla fine, quando le loro labbra si erano separate, erano rimasti per qualche minuto in silenzio, Leo con il braccio attorno alle sue spalle, lei con il capo appoggiato al suo petto, entrambi colmi della pienezza dell'intimità. Poi lui era sceso dall'auto e lei era scivolata al posto di guida. Si erano scambiati appena uno sguardo e lei era ripartita, diretta a casa.

Leo vide i fanali posteriori della Peugeot che svanivano in quell'oscurità sempre più fitta. Aveva bisogno di camminare lasciando che il guazzabuglio dei pensieri gli rimbombasse nel cervello in quella vaghezza che era il suo modo di riflettere, se così si poteva definire.

Nella campagna era calato il silenzio che segnava il passaggio tra il giorno e la notte. Uno dopo l'altro, i rumori che avevano dominato fin dal mattino si erano spenti. I trattori e le vacche erano rientrati nelle cascine, le cornacchie e i merli erano già sui posatoi notturni e i cani, intenti a divorare la zuppa o già chiusi in casa, si erano zittiti. Anche l'acqua, che ruscellava nel fosso accanto alla strada, sembrava produrre un suono diverso, più soffocato e morbido, quasi un frusciare delicato. Tutto era sospeso in quel momento indeciso e, per quei pochi minuti in cui la luce decideva di andarsene definitivamente, a Leo sembrò di entrare in qualcosa d'impalpabile, etereo ed evanescente, un mondo sospeso che viveva in quel tempo indefinito che avrebbe potuto durare da pochi minuti all'eternità.

S'incamminò di buon passo respirando l'aria che saliva dal suolo e che, con il freddo, strappava un profumo di humus alla terra umida e un altro più dolce a un'erba non ancora addormentata. Dopo pochi istanti cominciò a percepire il rumore cadenzato delle suole dei polacchini che smuovevano il pietrisco accumulato sul bordo della strada. Pochi passi, e il rumore e i profumi mutarono. Ora la strada era ricoperta dalle foglie della fila di pioppi svettanti al di là del fosso e, sotto i passi di Leo, producevano scrocchi improvvisi che liberavano l'odore amaro e pungente del tannino.

A poco a poco, nella sua mente cominciarono a turbinare fatti, domande, ipotesi. A cominciare dall'uccisione di Giovanni Valori.

Perché? si domandava e, come tappi di bottiglie di spumante, nel suo cervello cominciarono a saltare brandelli di risposte, che in fondo erano però altrettante domande. C'entrava con la morte di don Barile? Valori era stato da quelle parti? Sapeva qualcosa? Forse aveva visto o riconosciuto qualcuno. Ma… no! Non si sarebbe mai fatto avvicinare da uno che sapeva essere un assassino. A meno che lui credesse che quella persona non c'entrasse con la morte del parroco. Ma come aveva fatto l'assassino a incontrarlo proprio lì, in quel posto isolato, a quell'ora tarda? Non poteva essere stato un caso…

«Un caso», borbottò evitando per un pelo l'inciampo di un ramo che era caduto di traverso su quel lato della strada.

Come per don Barile. Ma se chi è entrato in canonica voleva soltanto la sua morte, perché darsi la pena di aprirgli la gola? E perché dilatare i lembi della ferita?

Come nell'incontro di due nuvole, questo pensiero cominciò a confondersi con la storia di Giovanni fino a formare una massa compatta e senza colore, dai contorni indistinti e dai contenuti sempre più imprecisi.

Perso nei suoi flash, continuava ad avvicinarsi a casa. La stradina sinuosa era sfociata in quella, più grande, che collegava le sette frazioni della piana con il paese, e il buio era interrotto dalle luci dei lampioni in corrispondenza delle borgate, isole giallastre intervallate da lunghi tratti bui.

Ora la sua mente era occupata dal movente. Che cosa aveva spinto l'assassino, o gli assassini, a uccidere Giovanni e a entrare nella canonica? D'un tratto provò un senso d'impotenza. Ah, se ci fosse stato Fabio! Con lui avrebbe potuto parlare, raccontare i suoi dubbi, confrontarsi e, magari, indirizzarlo a indagare verso una direzione che il Mastino sembrava trascurare.

«*Merde*!» imprecò tra i denti con la frustrazione di chi, sapendo bene che cosa fare, si trova nell'impossibilità di ampliare il proprio raggio d'azione. Niente indagini bancarie, niente visite in canonica, difficile anche scoprire gli itinerari di Giovanni, i luoghi che frequentava...

«Già», borbottò ciondolando la testa, «come diavolo poteva sapere l'assassino che Giuàn sarebbe passato di lì proprio a quell'ora? E nei suoi percorsi c'erano altri punti isolati dove sarebbe stato possibile aggredirlo, o quello era il solo posto dove poteva incontrarlo da solo?»

In quel momento avrebbe dato un mese di pensione per poter ricostruire i percorsi di Giuàn, ma per quella cosa ci sarebbe voluta la collaborazione di Fabio Di Giovine.

A quel punto la mente gli si fermò come alla fine di una pellicola. Tutto divenne buio; le idee, le immagini, perfino la strada, e tornò a percepire soltanto il fruscio delle suole sul brecciolino accumulato sul bordo. Non era certo la prima volta che gli capitava, e sapeva bene che era del tutto inutile cercare di riportare la mente sull'argomento. Doveva soltanto lasciare che si staccasse di nuovo dal corpo e qualcosa sarebbe riaffiorato dalle nebbie in cui si muovevano i fatti.

Aveva appena superato l'ultima frazione prima di Tetti Bassi, quando le immagini ricomparvero. Non erano veri ricordi, ma ricostruzioni della sua fantasia, e ruotavano tutte sulle gole aperte. Marri gli aveva detto che erano state tagliate tutte nello stesso modo, ma perché Giuàn era stato prima tramortito? L'assassino, o gli assassini, avevano anche intenzione di tramortire il don ma poi, trovandoselo già bell'e morto, si erano limitati ad aprirgli la gola, come fosse una specie di rito? Macabro, certo, ma tanto era bastato perché il Mastino cominciasse a pensare a un omicida seriale. Sì, un'ipotesi fondata, ma non era, non poteva, non doveva essere la sola. Intanto, entrambi i moventi erano ancora sconosciuti, e si poteva spaziare dalla vendetta allo sfregio, dal rancore al rito e, infine, davvero non era stato portato via niente dalla canonica? Forse nulla di valore, ma davvero là dentro, in canonica, non c'era nulla d'importante?

Per Giovanni, poi, il ventaglio si allargava ancor di più e arrivava fino all'eliminazione di un testimone o di un complice scomodo. Insomma, il mazzo di carte era decisamente spesso, ma il Mastino, almeno stando a ciò che gli avevano riferito, ne aveva scelta una, quella dell'omicida seriale, la sola che, secondo lui, spiegava insieme le modalità dei due omicidi e l'apparente assenza di un movente.

Eppure, Fieschi era un ottimo investigatore e, se si era sbilanciato, o aveva in mano validi elementi oppure quelle affermazioni facevano parte di un gioco, una strategia che Leo non riusciva ancora a immaginare.

Avvolto in una sensazione che sparpagliava i suoi pensieri in direzioni confuse e vaghe, aveva attraversato il tratto buio tra la borgata e Tetti Bassi ed era ormai in prossimità del lampione che segnava il bivio per casa sua, un disegno chiaro in fondo alla strada inghiaiata. Al piano terra due finestre erano illuminate, e lui già riusciva a scorgere Julie che si muoveva dietro ai vetri della cucina.

Intanto, con la mente sempre piena di immagini sparate come lampi di flash, non si rese conto della sagoma nera che stava uscendo da dietro al tronco della quercia dall'altra parte della strada.

Capitolo 12
Un uomo, all'improvviso

Perso com'era nei pensieri e nelle immagini di quella complicata vicenda, a Leo occorse qualche istante per rendersi conto della presenza di quell'uomo che lo attendeva da più di un'ora nascosto dietro l'enorme albero che copriva di ghiande metà della carreggiata.

Prima, quando la Peugeot aveva rallentato per svoltare nella via, con la manica destra macchiata dal verde dei muschi che ricoprivano la corteccia, l'uomo si era sporto dal suo nascondiglio, pronto a muoversi. L'auto aveva compiuto la manovra con lentezza, mostrando nell'abitacolo la sola Julie e, appena se n'era reso conto, con uno scatto improvviso, l'uomo si era ritratto tornando nell'ombra del tronco rugoso.

Ora però si muoveva con calma. Aveva calcolato il tempo giusto per intercettare Leo prima che arrivasse al bivio. Stava per attraversare il piccolo fosso che costeggiava la strada quando, dalla parte del paese, comparve la luce bianca di un fanale e l'aria si riempì di scoppi secchi e ripetuti, come un rumore di mitragliatrice. Carlo stava rientrando a casa.

Il fanale si avvicinava e Leo si era fermato.

L'uomo tornò a eclissarsi dietro il tronco.

A meno di tre metri, il Talpa vide Leo e con un gesto istintivo bloccò le ruote dell'Itom che sfregarono l'asfalto con un rumore di cartavetro. Gli si fermò accanto, e subito furono avvolti dalla nuvola puzzolente che usciva dalla marmitta del motorino. Con una smorfia, Leo si mise ad agitare la mano davanti al naso.

«Eee, è che c'ho la guarnizione della testa che perde un po'», rispiegò Carlo da sotto il solito casco giallo. Non si stava scusando per il disagio. Il tono era quello di chi annuncia un lavoro da fare. Finalmente spense il motore e anche la nuvola cominciò a disperdersi.

Aveva sulle spalle un grosso zaino impermeabile, di tela grigioverde e bello gonfio, con il lembo superiore sollevato attraverso cui facevano capolino un pacco di spaghetti e la punta di un salame. Gli spallacci stiravano il giubbotto mettendo in evidenza la curva del ventre.

Leo ricambiò quella specie di saluto con un cenno della testa.

Carlo si mise ad asciugare gli occhi con un fazzoletto a quadrettini blu.

«Eee, è che l'aria fredda mi fa colare gli occhi», spiegò.

«Be', mi sembra un po' tardi per girare in motorino», osservò Leo per pura cortesia.

Carlo allargò le braccia.

«È che il trattore non va.»

«E come mai?»

«Cuscinetto di una delle ruote davanti», sentenziò con il tono del meccanico consumato. «Ma da qui a due giorni arriva il pezzo, che sono già d'accordo con Güstu, il meccanico, sai quello che c'ha la *boita* giusto...»

«Ho capito», lo fermò Leo, anche se non sapeva di chi parlasse, ma soltanto per bloccare sul nascere tutta la sciorinata sulla genealogia, ascendenti e discendenti compresi, e sulle vicende della vita di Güstu di cui non gl'importava proprio niente. Quelli erano argomenti su cui il Talpa, ferratissimo, era capace di andare avanti per interminabili quarti d'ora senza rendersi conto dello sfinimento di chi lo ascoltava.

«E poi c'è che sono andato a fare la spesa», aggiunse indicando lo zaino.

Leo stava per dirgli che era piuttosto tardi per fare acquisti, ma evitò, tanto sapeva che quello zaino era stato appoggiato in un angolo della piòla di Gelin per tutto il pomeriggio.

«Eee, comunque fossi in te non me ne starei in giro da solo a queste ore», proseguì Carlo.

Leo gli domandò che cosa intendesse dire.

«Ma che ci è del pericolo», rispose con naturalezza.

«Pericolo? Ma che stai dicendo?»

«Ma dove vivi? Allora… non hai sentito niente? Il notiziario!»

Leo, che ascoltava di rado telegiornali e giornali radio, fece cenno di no.

«C'è qua in giro uno che mazza la gente», aggiunse guardandosi intorno con sospetto. «Un sera… sera… coso, lì.»

«Un serial killer.»

«Eee, proprio così!» esclamò il Talpa battendo una manata sul manubrio.

«L'hanno detto i Carabinieri?»

«Macché! Anzi, loro c'hanno ben le balle in giostra perché sembra che a qualcuno ci sia scappato di dirlo. E così i giornalisti c'hanno chiesto alla Pina, la perpetua, e lei ci ha detto di un tipo grosso, che gira con un giaccone nero», disse riportando fedelmente la descrizione che Leo e Julie avevano già udito. «E adesso me ne vado, che è già tardi per la cena. Stasera Gelin c'aveva minestra di zucca e riso al latte, e a me proprio non mi piace, e poi Taric e Gemboro mi aspettano.»

Senza aggiungere altro, spinse con il grosso scarpone la pedivella dell'avviamento e mise in moto. L'Itom rispose attaccando a mitragliare e sputacchiando sbuffi di fumo puzzolente. Si salutarono con un cenno e Carlo ripartì.

La sgasata di partenza aveva creato una nuvola che si era allargata occupando tutta la strada, e Leo si era spostato per evitare di respirare quella puzza. Nello stesso momento, dall'altra parte della cortina la sagoma scura lasciava il riparo della quercia e attraversava il fosso.

Senza capire da dove fosse sbucata, Leo si trovò quasi di fronte a quella figura immobile, con i contorni appena sbozzati nella luce resa vaga dai rimasugli del fumo dell'Itom. L'ultimo lembo del cono di luce del lampione li illuminava entrambi. L'uomo indossava jeans scuri, un giaccone nero a doppio petto, come quello che usano i marinai. La testa era rimasta nell'ombra, invisibile, ma le mani erano penzoloni lungo i fianchi.

Per qualche secondo rimasero immobili e in silenzio, e i soli suoni che si udivano erano gli scoppiettii dell'Itom, sempre più lontani.

Leo ebbe subito la sensazione che quell'uomo fosse lo stesso che aveva descritto la Pina e a cui, poco prima, aveva fatto riferimento anche Carlo. Non ne aveva la minima prova, tuttavia il suo istinto di poliziotto l'aveva messo in allerta. Quel tipo poteva essere pericoloso e, senza pensarci, in lui scattarono i meccanismi di difesa che conosceva bene. Non dovette deciderlo e nemmeno pensarci su. La sequenza di cose da osservare e la preparazione allo scontro erano parte della sua mente.

Non è armato, registrò per prima cosa notando le dita distese. Ma poteva avere un'arma in tasca; la distanza era sufficiente perché potesse estrarla. Non doveva perdere di vista quelle mani nemmeno per un istante, per nessun motivo. Un conto era affrontare un avversario a mani nude, un altro una persona con un coltello o una pistola.

L'uomo sembrava indeciso e Leo notò che le nuvolette di vapor acqueo che gli uscivano dalla bocca quando respirava erano meno frequenti del normale.

È eccitato, pensò valutando il vantaggio di quella situazione.

Se l'avesse assalito, i suoi gesti sarebbero stati veloci ma meccanici, a scatti. Inoltre, la mente di uno che assale sovraccarico di adrenalina manca di lucidità, non controlla del tutto i movimenti che, per chi è abituato a interpretarli, diventano prevedibili e lenti, e questo era un altro vantaggio. Vide che aveva il piede e il lato destro appena spostati in avanti e calcolò la distanza che li separava. Poco più di tre metri, lo spazio che avrebbe percorso in tre passi. Si sarebbe mosso prima con il sinistro per arrivare a colpire con il destro.

A quel punto Leo sapeva che cosa fare, anche a mani nude. Nell'istante dell'attacco, gli sarebbe andato incontro facendogli perdere un passo e disorientandolo. Ormai lanciato, l'uomo avrebbe tentato di recuperare la posizione per portare comunque l'attacco con il lato destro, ma così facendo si sarebbe disunito quel tanto che bastava perché la punta del piede di Leo, sparata a tutta forza, gli arrivasse dritta tra le gambe. Il dolore l'avrebbe costretto a piegarsi e, abbassando la testa, avrebbe incrociato in pieno mento il montante sinistro di Leo, portato con tutta la forza del sovraccarico prodotto dalla gamba che tornava a terra, un colpo che avrebbe all'istante doppiato con un destro alla tempia, in semirotazione. Risultato: mento incrinato, qualche dente spaccato, perdita dei sensi. Leo era in posizione, con i muscoli contratti, pronti a scattare, e la mente vuota, concentrata solo su quel corpo grosso che gli stava davanti.

Trascorse ancora un paio di secondi, poi l'uomo si mosse, ma non come aveva previsto Leo. Senza avanzare di un solo centimetro, l'uomo sollevò le mani dai fianchi e le distese alla luce, con il palmo all'insù, mentre la voce roca pronunciava il suo nome: «Commissario Delfos…»

«Che vuoi?» rispose Leo senza rilassare i muscoli. L'aveva affrontato direttamente usando il tu, come faceva con i sospettati al Quai.

«La prego, non abbia timore! Ho bisogno di lei», aggiunse con tono appena implorante, spostandosi in modo da portare il volto alla luce.

Leo vide allora un uomo sulla cinquantina, con i capelli appena brizzolati che spuntavano sotto un berretto di lana nera. L'espressione del viso, pienotto con il mento sfuggente e la fronte alta, era quasi supplichevole, anche se quel naso rosso e massiccio, che sembrava un peperone appiccicato a forza sopra una bocca dalle labbra sottili, lo faceva somigliare vagamente alla maschera di un clown.

Quell'uomo, che gli si rivolgeva in cerca di aiuto, suscitò in Leo uno strano sentimento protettivo. Tuttavia ancora non allentò la tensione. In fondo, chi gli assicurava che non fosse una trappola? Che quei modi neutri, un po' impacciati, remissivi e quasi supplichevoli non fossero un trucco per poterlo cogliere di sorpresa?

«Ti ascolto», disse spostandosi appena, in modo che tra loro rimanessero comunque circa tre metri.

«Lei sa chi sono?» domandò l'uomo.

Leo fece con la testa un gesto vago.

«E sa anche ciò che sta succedendo», aggiunse, «ho sentito il suo amico che glielo spiegava.»

«So che i Carabinieri ti stanno cercando.»

«È vero», ammise l'uomo con quella voce roca che sembrava trasformarsi in metallo nel freddo della sera. «Non so il perché, ma mi hanno collegato dapprima con l'omicidio di don Franco, e ora di quel povero Cristo…» lasciò la frase in sospeso, espirando un lungo sospiro che formò una nuvoletta biancastra davanti alla sua bocca.

«Davvero non hai idea del motivo?»

L'uomo scosse la testa con la lentezza di un bue, fissando Leo con lo sguardo amaro di chi è abituato alla sconfitta.

«Mi deve credere, io non c'entro niente con tutto questo. Il don lo conoscevo, è vero, e sono anche stato a trovarlo sabato pomeriggio, ma le giuro che quella è stata l'ultima volta che l'ho visto!»

Finalmente la sua voce era mutata e ora il tono sembrava quasi accalorato.

«Ma ti hanno sentito dire che saresti tornato, e con una voce minacciosa.»

«È vero, non lo nego. Mi ero rivolto a don Franco con risolutezza, ma è perché mi doveva del denaro…»

Più valutava quell'uomo, più Leo si convinceva che stesse dicendo la verità. Parlava sicuro, senza tentennamenti, come chi non ha nulla da nascondere, e ora il suo tono sembrava franco.

«… per un lavoro che avevo fatto.»

«Che genere di lavoro?»

«Il trasloco di una persona che lui aiutava. Mi aveva dato un acconto e avevamo stabilito il saldo per questo giovedì, ma io avevo bisogno di denaro subito.»

«E così...»

«Sono andato da lui sabato pomeriggio, per chiedergli di anticipare il pagamento...»

«Era solo?»

L'uomo scosse la testa.

«C'era anche quel tipo che hanno trovato morto questa mattina.»

Leo fece un cenno di assenso. La strada era deserta e immersa in un silenzio profondo come il buio che ormai avvolgeva tutto, tranne quel piccolo cono di luce giallastra in cui le parole dell'uomo sembravano ruotare, racchiuse da pareti invisibili.

«Stavano mangiando e don Franco ha smesso per parlare con me. Ha capito subito le mie necessità, ma non aveva con sé l'intera somma...»

«Quant'era?»

«Ottanta euro. Me ne aveva già dati venti. Comunque, alla mia richiesta, ha aperto il portafoglio e mi ha dato qualche banconota...»

«Cioè quanto?»

«Trenta. Il resto gli serviva perché doveva pagare anche qualcun altro.»

«Ti ha detto chi?»

«No.»

«E allora che hai fatto?»

«Li ho presi. Per il momento potevano bastare e ci siamo accordati per anticipare il saldo a martedì. Lui ha accettato e io me ne sono andato. E questo è tutto, mi creda! Può domandarlo a...» stava per aggiungere «al tipo che mangiava col don», ma si interruppe scuotendo la testa, sconsolato.

«Ma perché hai usato un tono minaccioso?»

L'uomo si strinse nelle spalle: «Le assicuro che non era così, parlare deciso mi viene naturale...»

Leo annuì.

«Chi è che doveva traslocare?»

«Non lo so. Io sono soltanto andato all'indirizzo che mi aveva dato al borgo del Ferro. Nell'appartamento non c'era nessuno. Avevo le chiavi e mi sono limitato a portare giù le scatole e i mobili che avevano sopra un biglietto. Era roba piccola e bastavo io solo.»

«Se le cose stanno così, va' dai Carabinieri, non hai nulla da temere», suggerì Leo.

«Eh, la fa facile lei», sospirò di nuovo l'uomo, producendo un'altra nuvoletta biancastra, «ma io so bene come vanno queste cose. Per uno come me, che è stato in galera, non c'è ascolto, ma soltanto condanna», aggiunse con tono rassegnato.

«Guarda che il capitano Fieschi è un'ottima persona, davvero in gamba nel suo lavoro...» tentò di ribadire Leo, ma l'uomo scosse la testa, mesto.

«Venticinque anni fa, in una rissa, ho ucciso un uomo con una coltellata alla gola e sono fuori solo da sei mesi... Quelli vogliono beccare un assassino, e un ex galeotto è la persona che fa per loro. Inoltre io non ho una dimora fissa e credo proprio di non aver alibi per le ore in cui sono stati commessi i delitti, ma mi creda, io non c'entro niente con queste morti.»

«E perché ti sei rivolto a me?»

«Non ho nessuno di cui mi posso fidare. Venticinque anni sono tanti e, quando esci, il mondo è tutto diverso. Non riconosci più nulla, neppure i posti che ti erano familiari, e poi… sembra che tu abbia scritto in faccia la tua colpa. Tutti ti evitano come se fossi un appestato.»

«Tutti tranne don Franco…»

«Tranne lui. Capisce? Era la sola persona che mi ha dato una mano…»

E dunque perché ucciderla? pensò Leo mentre l'uomo proseguiva.

«Conosco la sua fama e so che lei è un uomo giusto… la prego, mi aiuti!»

Leo stava per spiegare che lui non c'entrava niente con quell'indagine, ma un'auto in transito sulla strada rallentò proprio in corrispondenza del bivio. Ciò lo distrasse un istante. Quando si voltò, l'uomo era già uscito dal cono di luce e la sua figura si stava dissolvendo nel buio della notte.

Capitolo 13
Una verifica urgente

«Buonasera commissario, che piacere rivederla», salutò Pina con la sua voce un po' aspra.

Quando Leo aveva suonato il campanello, lei aveva acceso il piccolo lampione che sormontava la colonnina di mattoni a cui era fissato il cancelletto d'ingresso. Poi dietro ai vetri erano comparsi i capelli bianchi e corti e il volto rugoso, con la pelle sottile e trasparente che la distanza e la luce fioca rendevano quasi cerosa.

Dopo l'incontro con l'ex galeotto, Leo aveva subito deciso di verificare un particolare. Quell'uomo disorientato, ma non certo rassegnato a quello che immaginava fosse il suo destino, aveva suscitato in lui un sentimento strano, un misto tra compassione e simpatia. Forse si era anche sentito un po' in colpa per la diffidenza che aveva provato non appena gli era comparso davanti, e che gli aveva impedito di vederlo per quello che era in realtà: una persona che cercava aiuto. L'aveva invece inquadrato come il ricercato dai Carabinieri e aveva subito pensato a come poterlo neutralizzare. La sua reazione era certo giustificata, ma ciò non bastava a tacitare il vago senso di colpa che lo infastidiva. Così, alla fine, oltre alla compassione e alla simpatia, quell'uomo si era anche conquistato il diritto a un aiuto da parte di Leo. Una promessa silenziosa che non aveva manifestato apertamente, ma non aveva importanza. Ciò che aveva deciso dentro di sé, per lui era come una parola data.

Appena l'uomo si era allontanato, si era affrettato verso casa. Aveva percorso il vialetto lastricato di pietre ma, anziché entrare, aveva costeggiato il muro esterno fino alla finestra della cucina.

Julie era voltata di spalle e stava mondando l'insalata. Lui aveva tamburellato con le nocche sul vetro e lei si era affacciata.

«Devo andare in paese», aveva detto.

Lei conosceva bene quel tono che non prevedeva approfondimenti e si era limitata ad assentire con il capo. Poi, però, l'aveva trattenuto con un gesto ed era sparita in salone.

Quando era tornata gli aveva allungato il mazzo di chiavi.

«È meglio se prendi l'auto, non ti pare?»

Lui le aveva sorriso e aveva guidato fino a Cette.

A quell'ora la piazzetta della borgata era deserta e i soli segni di vita erano le sagome che si muovevano dietro ai vetri del Bar Sport e i fanali delle auto che sfilavano lungo la strada. Aveva parcheggiato e poi si era addentrato nel vicolo silenzioso dove abitava Pina. Aveva suonato, dopo pochi istanti si era acceso il lampioncino e, dietro ai vetri, era comparso il suo volto. Quando l'uscio di casa si era aperto, lungo la lama di luce che arrivava fino al cancelletto era spuntata la figura fragile, avvolta nello scialle di lana a strisce rosa e grigie, con le gambe sottili che spuntavano dalla gonna lunga. Come sempre camminava veloce, a piccoli passi, e il fondo della gonna, che ondeggiava appena, sembrava farla lievitare sulle pantofole di panno marrone.

«Mi deve scusare», disse mentre infilava la chiave nella toppa, «ma l'apertura elettrica si è guastata da qualche giorno e Paolo non è ancora venuto a sistemarla.»

Leo si domandò quanto tempo sarebbe passato prima dell'arrivo dell'elettricista, ora che l'aiuto del don era venuto meno.

«Ma la prego, entriamo! Fa freddo qui fuori», lo invitò, e senza attendere risposta si avviò verso la porta d'ingresso.

«Solo si assicuri che il cancelletto sia ben fissato», aggiunse senza voltarsi, «a volte quella serratura fa le bizze.»

Obbediente, Leo provò a smuovere il battente.

«È ben chiuso», la rassicurò raggiungendola.

Erano davanti alla porta e Pina gli cedette il passo.

Entrando in cucina, Leo fu investito da una vampata di calore che sapeva di verdure e profumava di legno.

Lei si affrettò a chiudere.

«Altrimenti il caldo se ne va», spiegò togliendosi lo scialle, «ma prego, si accomodi e mi dia il giaccone», aggiunse sollecita, «altrimenti quando uscirà si prenderà un malanno. Il freddo non perdona, specie in questa stagione.»

Leo obbedì e lei prese una gruccia, vi distese con cura il giaccone e l'agganciò con garbo all'attaccapanni, accanto al paletot grigio.

In quella cucina con il tavolo coperto dalla cerata a fiori sbiaditi, la stufa di smalto bianco e la credenza marrone con i vetri a rombi verdi, piombati, c'erano due elementi nuovi rispetto al martedì. L'odore forte della zuppa di cavolo, che Leo intuì si trovasse in quella pentola di terracotta appoggiata sul piano di marmo del tavolo accanto alla credenza, e il televisore acceso. Il piccolo monitor era fissato a una mensola che sporgeva nell'angolo di fondo, a sinistra, in modo che si potesse vedere comodamente dai due lati del tavolo più vicini alla stufa.

Sedendosi, Leo vide sullo schermo una scena che gli sembrò ambientata in un paese tropicale.

Una telenovela, pensò.

Pina si accorse dello sguardo rivolto al televisore.

«Mi tiene compagnia», spiegò con un tono che sapeva un po' di scusa, e pigiò il tasto di spegnimento del telecomando con la punta un po' ricurva dell'indice.

D'un tratto la stanza tornò ad animarsi dei rumori che Leo già conosceva: il crepitio del legno nella caldaia della stufa e il ticchettio, monotono e regolare, dell'orologio a pendolo appeso a metà della parete di fronte, di fianco alla fotografia di una chiesa e al calendario di Frate Indovino.

Leo, che già sentiva scottare la pelle del viso, scelse la sedia più lontana dalla stufa.

«Sa, ora le giornate sono così lunghe e… tristi», esordì Pina con un sospiro, sedendo proprio accanto allo sportello della caldaia. «Io ho già cenato, ma se gradisce un po' di zuppa», propose indicando con la mano la pentola di terracotta, «senza complimenti. C'è cavolo, patate e fagioli. Tutta roba dell'orto.»

Leo declinò.

«Lei è molto gentile, ma Julie mi aspetta per cena…»

«Mi spiace, ma non bevo vino», si scusò con un certo imbarazzo, «e non ho nemmeno un aperitivo da offrirle… magari un caffè, una tisana…» rilanciò.

«Un bicchiere d'acqua andrà benissimo.»

«Con un goccio di menta?» propose lei con tono premuroso e una punta di speranza nella voce. L'acqua così, da sola, sembrava onorare troppo poco l'ospite e quel goccio di menta l'avrebbe almeno un po' arricchita, tacitando l'imbarazzo della Pina per quel poco che aveva da offrire.

A quell'ora, appena prima di cenare, Leo non aveva alcuna voglia di guastarsi il palato con il sapore forte della menta, ma capì che rifiutando ancora l'avrebbe messa in imbarazzo.

Pina si alzò e prese due bicchieri. Poi aprì la credenza, vi infilò la mano e ne venne fuori con una piccola bottiglia dalla quale versò un po' di liquido verde scuro. L'appoggiò sul tavolo, prese una caraffa e andò al rubinetto.

«Sa che lei è capitato proprio a proposito?» disse riempiendola d'acqua.

«Davvero?»

«Eh, sì! Perché voi, lei e sua moglie intendo, di queste cose ne capite e allora…»

«A che cosa si riferisce?» domandò Leo un po' disorientato.

«Ma a tutte quelle cose lì… quelle cose di legge…»

«Guardi che non sono un avvocato…» l'avvertì Leo.

Sul volto della Pina si disegnò un'espressione delusa.

«Ma se si tratta di argomenti che conosco sarò ben lieto di aiutarla», aggiunse in fretta.

Le rughe della Pina si distesero mentre mescolava la bevanda con il cucchiaino.

«Vede, il fatto è che don Franco ha lasciato uno scritto che dispone dei suoi averi…»

«Un testamento.»

«Non so se sia un vero testamento, ma l'aveva scritto su un foglio di carta protocollo. Lo teneva piegato in due in una grande busta gialla nel cassetto della scrivania e un giorno me l'ha mostrato.

«'Eleonora', lui era l'unico che mi chiamava col mio vero nome, 'qui c'è scritto che, alla mia morte, avrai diritto a ventimila euro', aveva detto.

«Io ho risposto che non erano cose da dirsi, e che lui sarebbe campato fino a cent'anni e invece...»

Si fermò con lo sguardo fisso sul liquido verdastro. Leo vide che stava cercando di dominare l'emozione e rimase in silenzio.

«Capisce», riprese infine, «io non ho nemmeno idea di quanto siano. Sa, con questa nuova moneta non mi ci raccapezzo proprio, ma mi sembrano un sacco di soldi e quando si saprà la cosa non vorrei che in giro si pensasse...»

Rimase qualche istante come sospesa, un po' per cercare le parole giuste, un po' per vincere l'imbarazzo. Alla fine le venne fuori soltanto un «sì, insomma si pensasse che io abbia raggirato il povero don Franco, o ancora di peggio...» e non andò oltre.

«Ma che dice», la rassicurò Leo, «e poi ventimila euro non sono una grossa cifra.»

«Davvero?» domandò lei che sembrava più confortata.

«Per dirla in vecchie lire, sono meno di quaranta milioni.»

«Quaranta milioni!» esclamò lei, sgranando gli occhi per la meraviglia. Poi aggiunse un «Oh, madonna santa!» mormorato con il tono di chi sta entrando in un guaio.

Leo capì che quaranta milioni Pina non li aveva mai visti in tutta la sua vita. Probabilmente, per lei centomila lire erano già un capitale e quaranta milioni erano qualcosa che superava la portata della sua immaginazione.

«Lo dice lei che non è una grossa cifra», sospirò infine, «ma qui… ecco, la gente ci mette poco a parlar male…»

Leo avrebbe voluto aggiungere che la notizia era di quelle destinate a passare in secondo piano, inosservate, ma non poteva, non voleva mentirle illudendola. Sapeva bene come funzionavano quelle cose. Bastava un giornalista senza argomenti perché la faccenda del testamento saltasse fuori, giusto per ravvivare l'interesse agli articoli. Al resto, aveva ragione la Pina, avrebbe pensato la maldicenza della gente.

«In ogni caso, mi creda, non è affatto una cifra ragguardevole. Importante sì, ma tutto sommato più che normale in un lascito testamentario», ripeté nel tentativo di rassicurarla. Quella donna minuta, che ora gli sembrava anche un po' ingobbita, gli ricordava una vecchia zia, delicata e gentile, fragile nella sua ingenuità, e suscitava in lui una tenerezza che aveva il dolce sapore della nostalgia.

«E poi lei la consideri una specie di liquidazione per tutti gli anni spesi a mantenere bella, pulita e addobbata la chiesa.»

Il concetto piacque alla Pina che si raddrizzò all'improvviso. Gli occhi un po' acquosi si strinsero appena e il capo ondeggiò in segno di assenso. Il ragionamento di Leo aveva aperto uno spiraglio, una possibilità praticabile.

«Per caso lei sa quali erano le altre disposizioni del testamento di don Franco?»

«Oltre alla donazione per me, tutto il resto va alle missioni della Consolata.»

«E ha idea di quanto fosse il patrimonio di don Franco?»

La Pina scosse la testa.

«Non ho mai sentito di case, terre o boschi. Io mi credevo che avesse solo i vestiti, i paramenti sacri e il calice con cui celebrava la messa. Poi, quando mi ha detto del testamento…»

Leo non insistette.

«Ora devo andare», disse senza però alzarsi, «anche se in realtà ero venuto per domandarle due cose.»

«E io che le ho fatto perdere tempo con le mie faccende…» si preoccupò lei in tono di scusa.

«Invece mi ha fatto piacere parlare con lei, e poi devo domandarle cose di poco conto.»

Pina si assestò meglio sulla sedia, nell'atteggiamento di chi presta la massima attenzione.

«La prima cosa riguarda sabato scorso, quando quell'uomo con il giaccone nero è venuto in canonica…»

Pina assentì con il capo.

«Sembra che fosse passato per riscuotere un pagamento», spiegò Leo rimanendo sul vago riguardo alla fonte dell'informazione, «ma oltre a lui so che don Franco doveva pagare anche qualcun altro. Per caso, lei sa di che cosa si trattasse?»

Pina si strinse appena nelle spalle, diventando ancora più minuta. A Leo sembrò un gattino seduto su una sedia enorme.

«Mi spiace», si scusò, «ma non so… ultimamente ci sono state almeno tre persone che sono venute a fare dei lavori.»

«E lei ricorda chi fossero?»

Pina strinse appena le sopracciglia e allungò le labbra:

«Be', sì! C'è stato Paolo, l'elettricista, che è venuto a cambiare un portalampada in chiesa, ma è stato già pagato, di questo mi ricordo bene perché sono stata io a consegnargli i soldi. E poi sono venuti Battista a buttare giù una pianta nel giardinetto, e Severino a sostituire il vetro della finestra della canonica, sa, quel ventaccio dell'altra settimana l'aveva fatta sbattere e il vetro in basso si era rotto. È venuto due volte, la prima per prendere le misure e poi…»

«Già, il vento», ribadì Leo cercando d'interrompere la spiegazione della sostituzione del vetro.

«Proprio. Ma non so nulla sul loro pagamento. Ecco, forse era uno di loro due…»

Leo sapeva dove trovare sia il vetraio sia il giardiniere e non insistette.

«Bene», si limitò a commentare, «e ora ancora una cosa; nelle ultime settimane ha per caso sentito parlare di un trasloco?»

Pina annuì muovendo la testa su quel collo sottile e rugoso che somigliava a quello di una tartaruga.

«Ne ho sentito parlare sarà quindici giorni fa, forse meno, non ricordo più bene. Riguardava una certa Filomena… non so il cognome, ma è un donnone sulla sessantina, con il viso schiacciato e i capelli tinti di scuro.»

«Sa dove abita?»

«Giù in paese, nel borgo del Ferro», disse indicando con la destra. «Non so l'indirizzo preciso, ma è una delle case che si affacciano sul lavatoio. Ha presente?»

Leo fece cenno di sì. Il borgo del Ferro era il quartiere che costeggiava l'Ollasio, a est della piazza. Un tempo lì si trovavano le officine dei fabbri. Di quei piccoli ambienti, neri di fumo e pieni dell'odore amaro del carbone mescolato a quello freddo e un po' untuoso del ferro, non ne esisteva più nessuno. Erano diventati tutti rimesse, tranne uno, che si affacciava sullo slargo del lavatoio, dove lavorava un meccanico.

Leo cambiò argomento.

«E di Giovanni Valori che mi dice? Frequentava don Franco?»

Pina annuì.

«Anche lui faceva dei lavori?»

Un sospiro mentre la testa negava piano.

«Quel poveretto non veniva in chiesa. Oh, non che fosse uno di quegli agitati senza Dio, ma la zia, lei sa che l'ha tirato su lei…» si fermò un istante per controllare il cenno del capo di Leo, «la zia, dicevo, non ha mai voluto saperne della religione. Che vuole, è fatta così, e ha tenuto alla larga dalla chiesa anche il nipote. Sa, era un po'…» e fece un gesto vago con la mano vicino alla tempia.

«E allora, don Franco…»

«Si era persuaso che avrebbe potuto avvicinarlo alla religione e così, approfittando del fatto che la zia teneva Giovanni a stecchetto, era riuscito a convincerlo a venire in canonica a fare merenda una volta la settimana. All'inizio Giovanni era stato un po' diffidente, ma don Franco ci sapeva fare e, alla fine, non mancava un solo sabato…»

«Dunque era quello il giorno in cui si vedevano?»

Pina annuì.

«Era puntualissimo. Arrivava sempre alle cinque e venti e rimanevano per mezz'ora a mangiare pane, burro, marmellata e a bere il caffelatte, e per tutto il tempo don Franco ne approfittava per raccontargli storie della Bibbia ed episodi del Vangelo. A Giovanni piacevano, perché don Franco glieli presentava come fossero delle fiabe e lui, che era come un bambino, stava ad ascoltarli a bocca aperta. Sì, insomma…»

«Quindi si sono visti anche sabato scorso?» domandò Leo che non la stava più ascoltando.

«Come le ho detto, Giovanni non sgarrava mai, nemmeno quando pioveva o c'era la neve… ma perché me lo domanda?»

Anziché rispondere, Leo pose un'altra domanda: «A che ora mi ha detto di aver visto quell'uomo grande e grosso che si allontanava dalla canonica?»

Pina si fermò e lo guardò con quegli occhi un po' acquosi.

«Erano quasi le sei.»

«Giovanni se n'era già andato?»

«No. Lui se ne andava sempre dopo il rintocco delle sei.»

Come in un film, nella mente di Leo esplose l'immagine di Giovanni, don Franco e il tipo grosso in canonica.

Si accomiatò stringendo con delicatezza quelle dita sottili e nodose, che sembravano minute come le zampette di un passero tra le mani grosse e forti di Leo.

Pina fece per prendere lo scialle, ma lui la fermò.

«Fa freddo!»

Lei capì e gli consegnò la chiave.

Leo uscì, aprì il cancelletto, tornò indietro, gliela restituì e si accomiatò.

Uscendo, si assicurò che il cancelletto fosse ben chiuso.

Dieci minuti dopo parcheggiava la piccola Peugeot grigia davanti al portone dell'officina nel borgo del

Ferro. I pochi spazi disponibili erano tutti occupati, ma il meccanico non avrebbe riaperto fino all'indomani mattina. Scese e rimase tranquillo, appoggiato alla portiera dell'auto in attesa che comparisse qualcuno. Non poteva suonare il primo campanello che gli capitava e domandare se, per caso, conoscessero una certa Filomena. Quella era una prerogativa che soltanto uno con un distintivo poteva permettersi senza correre il rischio di beccarsi per risposta un «fanculo», per di più a quell'ora, in cui la gente era a tavola per la cena.

L'attesa fu breve. Appena qualche minuto e sul balcone del primo piano comparve una giovane donna con il grembiule a fiori che si mise a scuotere la tovaglia oltre la ringhiera. Leo la conosceva di vista.

«Buonasera», salutò spostandosi di un paio di metri in modo da finire sotto la luce di un lampione.

«Buonasera», rispose lei riconoscendolo a sua volta.

«Posso disturbarla per un'informazione?»

«Dica.»

«Sto cercando una certa Filomena… sulla sessantina, capelli scuri, che dovrebbe abitare da queste parti…»

La donna si mise a raccogliere la tovaglia. «Certo che la conosco, ma purtroppo casca male. Abitava proprio là», aggiunse indicando con un dito la casa d'angolo, «al terzo piano, ma ha traslocato.»

«Davvero?»

«Non ricordo di preciso, ma sono pochi giorni, una decina o giù di lì. Vede, non saprei neanche dirle dove è andata. Forse il vicino…»

Leo fece un gesto vago.

«La ringrazio, ma non è nulla d'importante», e, salutando con un cenno della mano, salì in auto.

Alle otto e mezzo entrava in casa. Richiudendo la porta, udì la voce di Julie. Stava parlando al telefono.

«Scusa, cara, ma ora ti devo proprio lasciare. Ho appena sentito che Leo ha parcheggiato e non c'è nulla di pronto per cena.»

La voce proveniva dal fondo del grande living dove si trovavano tavolino, poltroncina e telefono. Quello era il solo apparecchio della casa e, nonostante le velate proposte di Julie, di un cordless non si era ancora vista l'ombra. Appese il giaccone al portamantelli nel piccolo ingresso ed entrò.

Julie aveva appena riagganciato e stava in piedi accanto al tavolino.

«Era Marie-Louise», spiegò voltandosi verso di lui.

La luce della lampada le illuminava la testa sullo sfondo della parete chiara e disegnava contorni precisi. A Leo sembrò di ammirare le perfezione di un cammeo.

Marie-Louise era l'unica vera amica di Julie, e viveva in Costa Azzurra da una quindicina d'anni. Non si vedevano spesso e a Leo, abituato alla sintesi, le loro telefonate sembravano sempre lunghissime, interminabili.

«Sai, in questi giorni Antibes è bellissima. Spopolata ma ancora tiepida e inondata di sole. Pensa che oggi pomeriggio il termometro segnava sedici gradi. Capisci? Sedici gradi!» ripeté.

Leo colse nella sua voce una punta di nostalgia, quasi un desiderio inespresso.

«Ti piacerebbe andare a trovarla?»

Julie sorrise senza rispondere.

Erano arrivati in cucina. I mobili avorio risplendevano sotto la luce bianca e calda che si diffondeva dal paralume di maiolica.

«Allora ti prometto che quando questa faccenda sarà finita…»

«Ah, perché dunque dobbiamo considerarci immersi in questa vicenda?» lo interruppe lei guardandolo con finta severità.

Leo rimase un istante indeciso se concludere la proposta o raccontarle dell'incontro con l'ex galeotto. Alla fine, stabilì che il viaggio ad Antibes era stato deciso – d'altronde tra loro non servivano lunghi discorsi per intendersi – e parlò dell'incontro con l'uomo dal giaccone nero, e del modo in cui l'aveva pregato di aiutarlo.

Appoggiata al piano scuro della cucina, Julie lo ascoltò attenta e in silenzio.

«Tu gli credi?» domandò infine.

Leo sollevò appena le spalle.

«Non so che risponderti. A pelle direi di sì. La faccenda del trasloco è confermata, ma…»

«Ha ammesso di non avere uno straccio di alibi né per la sera di lunedì e neppure per quando è stato ucciso Giovanni.»

«Prima di cena», disse Leo ricordando le parole del dottor Marri.

«Appunto!» sottolineò lei. «E poi c'è la testimonianza della Pina e il tono minaccioso che ha usato con don Franco, e ora anche il fatto che Giovanni era presente all'incontro tra i due.»

Con le dita della sinistra che tormentavano il mento, Leo sembrava assente.

«Quello è il suo timbro di voce naturale. Ce l'aveva anche quando parlava con me, e non era affatto alterato», borbottò tra sé. Poi, a voce più alta, aggiunse un

«Eppure ho la sensazione che…» e, troncata la frase a metà, si avviò verso il bagno per lavarsi le mani. La sua mente si era all'improvviso persa chissà dove.

Julie cominciò a sfaccendare; in quei momenti era del tutto inutile tentare di coinvolgerlo ancora.

Leo rientrò dopo pochi minuti, quando dalla cucina cominciava a diffondersi il lieve aroma del finocchietto dalle salsicce che friggevano.

Capitolo 14

Notizie dal Talpa

Il tempo si era guastato e per tutto il venerdì non aveva fatto altro che piovere. Ventiquattr'ore di un'acquerugiola fine, così impalpabile da sembrare nebbia e così fitta da catturare anche la poca luce di un sole annoiato che s'impastava con la cortina grigia. Una pioggia tanto insignificante da non far neppure venir voglia di piazzarsi davanti al camino per godersi i crepitii di un bel ciocco scoppiettante, e così uggiosa da trasformare anche il carattere gioioso di Julie in un indefinito anonimato indolente. Quell'acqua interminabile, che non accennava a smettere, dava la sensazione di un freddo umido, penetrante, cattivo, pronto a mordere le carni di chiunque osasse avventurarsi all'esterno.

Leo e Julie erano rimasti tappati in casa, immersi in un silenzio incerto, scandito soltanto dal ticchettio regolare dell'orologio a pendolo. Un suono che aumentava la sensazione di attesa che attanagliava Leo. Senza un motivo preciso, aveva la certezza che sarebbe successo qualcosa. Non sapeva che cosa, ma sentiva che quelle due morti non erano che l'inizio di una vicenda più complicata.

Dopo le enfatizzazioni dei giornali, l'idea di un omicida seriale si era allargata fino a diventare il solo argomento di cui si parlava in paese. La tensione cominciava a crescere e si colorava di un pericolo che, di ora in ora, di bocca in bocca, diventava così reale da acquistare una concretezza quasi fisica.

Leo sapeva che cosa si sarebbe dovuto fare in quel momento dell'indagine. Una fase che definiva «istituzionale», nel senso che il raggio d'azione si allargava; si verificavano situazioni economiche, si rintracciavano telefonate, si spulciava la corrispondenza e si scavava alla ricerca di ogni altro possibile contatto che avessero avuto le vittime, andando sempre più indietro nel tempo. Leo non era nella condizione di poterlo fare né sperava nell'aiuto di Turrotta, ormai tagliato fuori dal Mastino che si limitava a impartirgli ordini senza metterlo al corrente degli sviluppi dell'indagine.

Dal canto suo, lui aveva ormai esaurito i possibili contatti, tutti tranne Felice, il ricaricatore di accendini che ogni giorno apriva il suo banchetto davanti alla panchina di fronte al campanile della piazza di Giaveno. Lo si poteva trovare sempre, salvo le feste e i giorni di pioggia, quelli in cui, diceva, il Signore aveva deciso «che mi debba riposare». E lo faceva nel senso più integrale del termine, senza ricomparire fino al ritorno di condizioni che riteneva accettabili; e poiché pochissimi, forse nessuno, sapevano dove abitasse, lontano dalla piazza Felice semplicemente spariva, come svaporato nell'aria. Dunque, per quelle due interminabili giornate, manco a pensarci di trovarlo. Dannata pioggia che lo costringeva a quell'inerzia forzata.

Alla fine, lui e Julie avevano optato per un buon libro. Ognuno sprofondato nella propria poltrona preferita, accanto alla grande finestra che dava sul giardino, avevano scelto letture differenti che avevano un solo punto in comune: il caldo e il sole. Un desiderio, quasi una speranza inespressa evocata dall'afa dell'Alabama, che trasudava dalle pagine del *Buio oltre la siepe* aperto tra le mani di Julie, e dal sole caraibico di *Isole nella corrente*, su cui si era orientato Leo. Pagine calde, che evocavano sudore, con cui bucare la cortina nebbiosa calata sul paese e immaginare un barbaglio di luce.

Julie leggeva assorta, come al solito con le labbra un po' protese, persa nel racconto e lontana da tutto.

Per un po' anche Leo si era concentrato soltanto sulle righe stampate. Poi la sua mente aveva cominciato a lavorare come se fosse sdoppiata in due parti autonome e separate. Una seguiva le vicende narrate da Hemingway, l'altra, quella che viaggiava sul treno delle intuizioni, funzionava come un'impastatrice, una betoniera come la chiamavano da quelle parti, in cui parole come «don Barile», «gola aperta», «Pedala Giuàn», «salsicce», «frammento di carne», «omicida seriale» e «tramortito» venivano di continuo rimestate in una massa senza forma né consistenza.

Alla sera aveva terminato *In mare* ed era arrivato a metà di *Cuba* – chissà perché, ma i libri di racconti li leggeva a ritroso, cominciando sempre dall'ultimo – ma intuizioni niente, il nulla assoluto. C'era poco da fare. Aveva bisogno di uscire, respirare l'aria fredda e camminare ascoltando il ritmo cadenzato delle suole sul terreno. Solo così poteva venir fuori qualcosa, ma quando se ne rese conto era già tardi, troppo tardi per uscire. La cena incombeva, il buio era spesso, denso, catramoso, e dalla porta d'ingresso filtravano minacciosi spifferi gelidi che non promettevano nulla di buono. Inutile uscire, meglio rimandare tutto all'indomani. Al diavolo la pioggia!

Nella notte il tempo migliorò, e il sabato mattina il grigiore del giorno prima si era dissolto. Il cielo si era rasserenato e la terra si era coperta di una patina di ghiaccio bianco che disegnava in modo preciso i contorni dei fili d'erba e dei rami di cespugli e piante. Uno strato impalpabile ed evanescente che anche il sole a mezzo servizio di quei giorni sarebbe riuscito a cancellare di lì a poco.

Appena sveglio, Leo aveva tratto un profondo respiro carico di soddisfazione: si poteva uscire! I suoi nervi avevano cominciato a solleticare i muscoli che davano al cervello un solo ordine: muoversi. Il tempo d'indossare la tuta e le scarpe e calare il berretto di lana nera sulla fronte ed era fuori, con le mani infilate nei guanti, sulle strade che si snodavano tra prati e campi.

Faceva sempre lo stesso giro, quasi in piano, e l'aveva percorso così tante volte che di quelle strade e di quegli sterrati conosceva ogni buca, ogni sasso smosso, ogni radice sporgente, tanto che si azzardava addirittura a uscire prima che la luce fosse abbastanza buona. Per pura curiosità l'aveva anche misurato; seimilaquattrocentosettanta passi, esattamente tre quarti d'ora di corsa.

Stava rientrando quando sentì il rumore di mitragliatrice dell'Itom del Talpa. Gli scoppiettii erano lontani e al bivio mancava poco. Questa volta poteva svicolare, ma qualcosa lo trattenne. Quel modo di sottrarsi furtivo, come se incontrarlo lo infastidisse, gli provocava un piccolo rimorso di coscienza, un remoto senso di colpa. Certo, Carlo era un chiacchierone, spesso un po' fanfarone e qualche volta esagerato, ma in fondo gli era simpatico e le vicende che avevano trascorso insieme da quando si erano rincontrati, soprattutto quella del cadavere mutilato, avevano suscitato anche in lui un senso di cameratismo forse mai davvero sopito.

Rallentò e si fermò al bivio. Gli scoppiettii si avvicinavano e lui, voltandosi, vide la grande semisfera gialla del casco e il motorino rosso sovrastato dalla figura pesante che si avvicinavano. Lo salutò con un gesto da lontano.

«Eee, Leonardo», rispose fermando il motorino.

Poi chiuse il gas e spense il motore e, d'un tratto, i rumori della campagna riemersero. Per qualche istante Leo rimase in apnea, in attesa che si dissipasse il puzzo che il fumo azzurrognolo sputato dalla marmitta portava con sé.

Chiacchierata di almeno dieci minuti, valutò dal tono della risposta al saluto.

Tanto peggio, se l'era voluta. Per lo meno il freddo non era troppo intenso e, con la maglietta termica che aveva cominciato a indossare, ancora non lo sentiva mordere.

«Vai in paese?» domandò così, tanto per avviare la conversazione.

«Eee, ci sono già stato, che arrivo da là», rispose con un'espressione sorniona.

Il sottogola del casco gli stringeva la pelle sotto il mento e segnava le guance floride dandogli un'espressione strana, come se la parte anteriore del volto si fosse ingrandita e staccata dal resto.

«Be', a contartela proprio tutta, stavo giusto venendo da te, a casa tua», aggiunse slacciando il fermaglio del sottogola.

Le guance tornarono a distendersi e, dell'impacchettamento, rimasero solo due strisce rossastre che dagli zigomi scendevano fin sotto il mento.

«A casa mia?»

«Eh, sì! Proprio da te!» e non aggiunse altro, ma i suoi occhi tradirono una certa soddisfazione per l'aspettativa che aveva creato.

Quando voleva, Carlo sapeva essere perfino un po' fetente.

Leo non abboccò e si limitò a domandarne il motivo.

«C'ho notizie importanti!» e si bloccò di nuovo.

«Davvero?» disse Leo con noncuranza. Conosceva il suo pollo e non voleva dargliela vinta.

«Eh già!»

Leo rimase in silenzio limitandosi ad annuire.

Di fronte a quell'indifferenza Carlo cedette.

«Eee, è che ci hanno tagliato la gola a un altro!»

Questa volta Leo quasi sobbalzò.

«*Enfin!* Un altro», bisbigliò.

«*En*… cosa?»

«Scusa, ma qualche volta il mio cervello va in gita al di là delle Alpi. Significa finalmente, infine…»

Carlo annuì soddisfatto: «Eee, sai che a me mi piace di saperle, le cose», e socchiuse le labbra in un mezzo sorriso, poi sollevò la mano e spinse con le unghie spesse, bordate di terra, il mozzicone del toscano che gli stava sfuggendo dall'angolo della bocca.

«È capitato stanotte, nella campagna dopo Cette, c'hai presente?»

Leo fece cenno di sì. Dopo la borgata il terreno si ondulava un poco, ed era tutto prati e campi, con qualche piccola cascina sparsa qua e là, fino alla lunga linea della collina morenica a nordest.

«È un *maruchìn*… uno di quelli che sono in giro con la borsa e tutte le carabattole, fazzoletti, spugne, accendini… insomma, quella roba lì», spiegò agitando la mano in un gesto sbrigativo, «uno lungo, che camminava gobbo, brutto e che c'aveva tutti i denti gialli.»

A Leo venne in mente un tipo che vedeva spesso nei dintorni della piazza.

«E l'hanno aggredito in campagna?»

«Eee, no, caro mio! Che questo qui stava nella cascina degli Ahlouvin. Sai dov'è?»

Leo fece segno di no.

«È un nome strano, non ti sembra?»

«Sì.»

«Ma non è un nome vero, è uno stranome.»

«Un cosa?»

«Eee, uno stranome, un nome che ci ha dato la gente…»

«Vuoi dire un soprannome.»

«Appunto! Uno stranome!» poi fece una breve pausa. «Anche a te ti piace di saperle, le cose, eh?»

Leo non rispose e, poiché sulle questioni lessicali il Talpa non era un'aquila, lasciò subito perdere tornando al racconto.

«Comunque, il loro vero cognome era Vandi, ma ci avevano dato quello stranome, 'Ahlouvin', perché erano proprio dei *pelapui*…»

«Pela… che?»

«*Pelapui*», ripeté il Talpa con il tono che si riserva a un imbecille. «Così *rancin* che erano anche capaci di toglierci la pelle perfino ai pidocchi, dei *pelapui*, appunto.»

«E questo cosa c'entra con Ahlouvin?» fece Leo che non riusciva a immaginare il nesso.

«Eee, è perché erano tirati che non puoi neanche immaginare», ribadì il Talpa, «al punto che quelli lì pativano perfino a darti un bicchiere d'acqua, figurarsi un goccio di vino. Così la gente ha cominciato a chiamarli

'Ah lou vin!' che lo dicevano come che per loro era darti un bicchiere di veleno. Mi sono spiegato?»

Leo non ci aveva capito granché, ma la cosa non lo interessava e fece cenno di sì.

«Ma gli Ahlouvin sono tutti morti da almeno trent'anni e ci sono rimasti dei parenti alla lunga, ma stanno in America, in Australia o giù di lì», spiegò accompagnando le parole con un cenno della mano che significava lontano. Per lui, che aveva girato un po' il Piemonte solo da militare, l'estero era tutto un «giù di lì».

«E così nella cascina non ci ha abitato più nessuno», proseguì, «e allora quello lì ci è andato a stare dentro. Sai, tutto questo me l'ha contato...»

«Tuo cugino Serafino», tagliò corto Leo che ora cominciava a sentire il freddo.

«Eee, no!» fece il Talpa ondeggiando il capo. «Che è stato Cesco, quello che c'ha le capre al Truc d'Boina, sai chi è, no?»

Questa volta Leo lo sapeva davvero e gli descrisse la persona.

Carlo lo guardò con una certa ammirazione: «Ma allora c'hai delle cose buone lì dentro», ridacchiò indicando con un dito la testa di Leo, poi tornò al racconto. «*Bin*! Anche a questo qui ci hanno tagliato la gola proprio come al *prèive* e a Giuàn, e lo hanno mazzato là dentro, nella cascina.»

«Sai altro?» domandò Leo sbrigativo. Poi, vedendo l'espressione un po' delusa dell'amico, aggiunse: «Ora ho davvero freddo», come per giustificarsi.

Carlo accennò con la testa, facendo ondeggiare la semisfera gialla.

«Te c'hai ragione, che in questa stagione è facile prendersi qualcosa. Allora ti lascio andare a casa», e fece per pigiare sulla pedivella dell'accensione, ma si fermò.

«Eee, c'ho ancora una roba da dirti. Questa me l'ha contata Severino, che ce l'ha contata Arturo, il suo compare che prende la corriera con lui...»

«Allora?» lo spronò Leo che aveva cominciato a sfregarsi le braccia.

«Sì, che nessuno ha visto o sentito niente», e calò finalmente lo scarpone sulla pedivella. L'Itom rispose con una sventagliata più fumosa e puzzolente del solito.

Rientrando a casa, allo sguardo interrogativo di Julie, Leo borbottò un «Bloccato da Carlo» e si fiondò sotto la doccia. Rimase per un po' lasciando scorrere l'acqua calda che lavava il sudore e restituiva calore al corpo. Intanto la sua mente non era occupata dal pensiero del marocchino, ma dal fatto che si era giunti alla terza vittima in meno di una settimana.

«Ora tutti saranno convinti che si tratta di un omicida seriale», borbottò infilando sui jeans la maglia blu a collo alto. Si fermò un istante davanti allo specchio, giusto per sistemarsi un po' i capelli ondulati e controllare la barba che si allungava e cominciava ad avere bisogno di una spuntata.

«Può aspettare ancora un paio di giorni», pensò attraversando il grande salone per raggiungere la cucina.

Il sole dava ai mobili avorio un tono ancora più caldo, quasi sfacciato. Il tavolo era apparecchiato per la colazione e Julie stava versando il caffè. Le si avvicinò e la baciò dolcemente infilando il naso tra i capelli morbidi che sprigionarono un leggero profumo di mughetto.

«Attento, così mi farai versare il caffè!»

«Per un semplice bacio?»

Lei non rispose e si voltò. Un sorriso leggero le illuminava l'ovale del volto e gli angoli della bocca appena rivolti all'insù avevano un che di complice.

«Ma davvero ti emoziona ancora, dopo tutti questi anni?»

«Come il primo giorno», rispose lei sedendosi.

Leo sedette a sua volta, mise una manciata di fiocchi d'avena nella ciotola e vi aggiunse il latte.

«Allora, che cosa aveva questa volta Carlo da raccontarti di così lungo? Un altro omicidio?» domandò in tono divertito.

Leo, che stava rimestando i fiocchi con il cucchiaio, sollevò lo sguardo, un po' stupito.

«Come fai a saperlo, l'hanno detto al notiziario?»

Lei spalancò gli occhioni scuri: «Ah, perché… è vero?» domandò con una nota di vago timore, come se le sue parole avessero evocato uno spirito maligno.

«Purtroppo sì.»

«Ed è stato…»

«Sgozzato, proprio come il don e Giovanni.»

Leo le riferì il colloquio di poco prima finendo con il dire che, questa volta, il Talpa non era poi così informato.

Intanto avevano terminato di far colazione e si erano messi a lavare le stoviglie.

«Mio dio! Tre omicidi in meno di una settimana, e tutti con la stessa modalità…» mormorò Julie appoggiando un piattino sul tavolo.

«Già!» fece Leo alzandosi. «E così ora nessuno leverà dalla mente del capitano Fieschi che si tratta di un omicida seriale», concluse con una punta di rammarico nella voce.

«Be', a questo punto...» disse Julie mentre asciugava le stoviglie. Poi si fermò con il canovaccio infilato in una tazzina e guardò Leo.

«Ho paura che si metta male per l'uomo della Pina», così avevano ribattezzato lo sconosciuto che aveva parlato con Leo due sere prima.

Leo non rispose e sollevò appena le spalle.

«Sai che questa faccenda mi fa paura», gli confidò ancora Julie, prendendo dalle mani di Leo un altro piattino.

«E per quale motivo?» domandò lui guardandola di sguincio, senza smettere di passare la spugna dentro una tazzina.

«Oh, in giro c'è un tipo che sgozza la gente, non so se ti è chiaro!»

«Certo, ma scommetto che non succederà più niente, almeno qui.»

«E che cosa te lo fa credere?» domandò Julie allungando una mano per ricevere la tazzina da asciugare.

Leo rispose con un mormorio vago.

Capitolo 15
La cascina diroccata

Mancavano pochi minuti alle dieci quando Leo parcheggiò la Peugeot 206 in uno slargo della strada che da Cette raggiungeva la collina morenica.

Non sapeva di preciso dove fosse la cascina degli Ahlouvin e non aveva voluto domandarlo al Talpa, giusto per evitare una delle sue interminabili spiegazioni che, per i luoghi, avevano una particolarità tutta loro. Per lui la mèta aveva un'importanza del tutto secondaria, e le indicazioni che forniva partivano da un punto qualsiasi e proseguivano aggiustando il percorso con approssimazioni successive. Vale a dire che, per arrivare in una località a ovest, si poteva partire da uno qualsiasi degli altri punti cardinali e poi percorrere l'intera rosa attraverso strade che spesso soltanto lui conosceva. Il problema stava però nel numero vario, ma sempre incredibilmente elevato, di luoghi, persone e ricordi che popolavano in sequenza il tracciato indicato e che Carlo si sentiva in dovere d'illustrare con dovizia di particolari. Questo era ciò che Leo più detestava. Quelle insulse, interminabili e continue divagazioni, che spaziavano dalle vicende di famiglia all'elenco dei proprietari di una casa, di un campo o di un bosco, narravano fatti avvenuti in questo o in quel luogo o raccontavano storie e aneddoti più o meno verosimili, erano un'insopportabile rottura di palle.

D'altronde, da quanto aveva accennato Carlo, si era fatto un'idea approssimativa del luogo e, guidando, si ripeteva che «dopo Cette, la zona è quasi tutta prati e campi, dunque non dovrebbe essere difficile individuare una cascina abbandonata, e poi ci saranno gente e auto».

Come aveva immaginato, uscendo dalla borgata notò subito la macchia formata dalle auto nere dei Carabinieri, con il furgone grigio della Scientifica, il van nero dei barellieri e qualche altro veicolo che da quella distanza non riusciva a identificare, ma che doveva far parte di quello che lui chiamava «il branco», ovvero tutto l'apparato che si raduna intorno a un morto ammazzato.

All'inizio la strada era abbastanza larga, poi si restringeva e, nel punto in cui deviava verso la cascina, diventava sterrata. Leo lasciò l'auto in uno slargo accanto all'asfalto e si avviò lungo lo sterrato. Davanti a lui la visuale era in parte coperta da una piccola macchia d'alberi in cui s'inoltrò. Attraversandola percepì il profumo dolce e bagnato dell'erba umida che ricopriva la strada, mescolato a quello appena amarognolo delle foglie rinsecchite e non ancora asciutte. Man mano che si avvicinava, attraverso i rami spogli i muri della cascina diventavano sempre più definiti, mostrando lo sfacelo in cui era ridotta.

A giudicare da ciò che ancora era in piedi, non doveva essere stata una grossa proprietà. Una di quelle case coloniche di due o tre stanze, una stalla, un fienile e una tettoia per il ricovero degli attrezzi.

Le sue erano però più intuizioni che deduzioni, poiché dell'insieme dei tetti uno solo resisteva in piedi, sia pur sbilenco e imbarcato. Tutti gli altri erano ridotti a brandelli di pali che spuntavano da muraglie verdi di edera.

«Chissà se c'era anche il recinto per le galline», pensò ricordando la cascina in cui aveva trascorso l'infanzia e che ora abitava con Julie. Dal punto in cui era, non ne scorgeva né i pali né la rete metallica, ma sarebbe stato pronto a scommettere che da qualche parte era esistito.

La macchia era cresciuta in quello che un tempo era stato un frutteto e, mescolato all'intrico della vegetazione, s'intravedeva ancora qualche albero su cui le ultime mele e qualche pera già avvizzita rimanevano disperatamente attaccate ai rami. La boscaglia si era allargata anche oltre il frutteto e si era avvicinata ai ruderi che, con un vigore inaspettato per quelle pietre ormai sbilenche, mantenevano ancora un piccolo spazio libero quasi tutto intorno. In quei pochi metri erano ammassate tutte le auto del branco e un discreto numero di persone in divisa, in borghese o con le tute bianche, che entravano e uscivano dalla cascina seguendo traiettorie precise, oppure stavano fermi a parlare. Nel gruppetto che stazionava davanti al vano aperto di una porta, Leo riconobbe la figura squadrata del capitano Fieschi, quella un po' allampanata del suo vice, il tenente De Maria, e la sagoma bassa e grassoccia di Turrotta, sovrastata da quella dritta ed elegante di un personaggio con un cappotto blu notte che si stagliava nel vano della porta.

Indeciso sul da farsi, rallentò. Non poteva infilarsi in quella confusione di figure istituzionali. Quella era gente che aveva il pieno diritto di essere lì, sulla scena del delitto, e ognuno aveva un proprio compito ben preciso da svolgere, ma lui? Che ci faceva davanti a quel rudere quasi nascosto dall'edera, con i coppi verdastri di muschio e un paio di frassini che spuntavano dai tetti sfondati? Che ruolo aveva? Nessuno. E il fatto che fosse un poliziotto in pensione non faceva di lui un privilegiato! Anzi, se c'era qualcuno che poteva dar fastidio più dei soliti curiosi, quello era proprio lui.

Più di una volta, quando era comparso, gli era capitato di vedere sul viso del capitano Fieschi un'espressione vagamente seccata, una sorta di fastidio che derivava dall'inconfessato timore che fosse lì per osservarlo, valutare, fare paragoni, magari giudicare. Leo, e anche il maresciallo Di Giovine, sapevano che non era così, tuttavia il suo passato di commissario capo della Omicidi di Parigi faceva di lui una presenza ingombrante.

Per un momento pensò di unirsi al gruppetto dei giornalisti che stazionava al margine della radura. Come sua abitudine, Fieschi aveva piazzato un uomo per tenerli a bada fino alla fine delle operazioni. Su questo era intransigente; guai se qualcuno avesse osato disturbarlo prima del suo permesso. In quei casi il suo viso s'induriva, l'espressione diventava ancora più squadrata del solito e nessuno si sarebbe meravigliato se si fosse messo ad azzannare il malcapitato, proprio come fa un mastino.

Stava per muoversi quando gli giunse l'inconfondibile puzzo amarognolo e aspro del toscano. Proveniva da destra, dove svettava un grande castagno. In quello stesso istante, da dietro al tronco si liberò la nuvola azzurrognola di una boccata appena espirata.

Immaginando chi potesse essere, Leo cambiò idea e si diresse verso l'albero.

«Ah, è arrivato finalmente!» lo salutò il dottor Marri sporgendosi.

«Mi aspettava?»

Marri rispose con un piccolo movimento della testa a uovo.

«Sono così prevedibile?» domandò Leo.

Marri sollevò le sopracciglia, protruse appena le labbra e annuì: «Come per i pomodori», sorrise.

Leo accennò appena.

«Se è per questo, Julie definisce la nostra comune passione una vera fissazione.»

«Dopo il don e Giovanni, mi sarei davvero stupito di non vederla comparire», disse il dottore con il mezzo toscano tra le dita.

Poi si fece più serio.

«Ho bisogno di un passaggio per tornare in paese. Sono venuto stamane con l'auto di Turrotta, ma lui è impegnato chissà fino a quando. Qui il mio lavoro è finito da un pezzo e io ho da fare. Non sarà per caso venuto in bicicletta?»

Sorridendo, Leo fece cenno di no.

«Guardi, là dentro non c'è un granché da vedere, intendo più di quanto possa descriverle io stesso. Perciò, visto che Fieschi è decisamente in giornata no, le consiglio di accontentarsi del mio racconto.»

Leo accettò e si avviarono verso l'auto. Sotto le loro suole, il profumo amarognolo liberato dalle foglie si mescolava con quello aspro e tabaccoso del toscano del dottore.

«Per cominciare, le dirò che quel Lasshn, o Lasshen, o come diavolo si pronuncia, insomma, quel marocchino aveva sui quarant'anni…»

«Lo conoscevo di vista», disse Leo per evitare che gli descrivesse quel tipo allampanato, un po' gobbo, con i denti giallastri e gli occhi bovini che girava per Giaveno vendendo la sua mercanzia.

Marri non fece cenno, ma passò ad altro.

«Non saprei da quanto usava quella casa, ma direi qualche anno, almeno a giudicare da come aveva sistemato quell'unica stanza ancora in condizioni di ospitare qualcuno, con il fornelletto a gas per cucinare, un tavolino con due sedie, una branda dignitosa e un contenitore con tanto di rubinetto per l'acqua che faceva scorrere nel lavandino. Pensi che, dopo tutti questi anni di abbandono, gli scarichi ancora funzionano... Ah, c'è anche una specie di mobile chiuso con una tenda, in cui appendeva i quattro stracci che possedeva.»

«Una sistemazione stabile», borbottò Leo a mezza voce.

«Come dice?»

«Niente. Solo che usava quel rudere tutto l'anno.»

«Ci può scommettere! C'è anche una stufetta. Sa, di quelle piccole e basse, rotonde, grigie; di quelle che, se ci metti il carbone, diventano belle rosse. Ma sto divagando e siamo già arrivati all'auto.»

Marri spense il sigaro e sedette di fianco a Leo.

«Non è che ci sia molto da dire. Come avrà sentito in giro, l'hanno sgozzato proprio come gli altri due. Stesso modo, stesso taglio fatto con una lama molto affilata. Un colpo solo. Insomma, gente che sa come si usa un coltello...»

«Analogie?» domandò Leo che, terminata la manovra, aveva avviato la Peugeot lungo la strada per Cette.

«Anche qui un colpo alla nuca e poi... zac!»

«I lembi della ferita sono divaricati?»

«Come per gli altri due.»

«E hanno frugato nella gola?»

«No! Hanno semplicemente scostato i lembi.»

«Come per Giovanni.»

«Che dice?»

«Nulla, riflettevo. Piuttosto, si è fatto un'idea dell'ora della morte?» proseguì Leo alzando il volume della voce.

«Direi prima di mezzanotte e, considerata la presenza del piatto vuoto, ma sporco, ancora appoggiato sul lavandino, direi dopo cena.»

Stavano procedendo verso ovest e, davanti a loro, si allargavano le cime frastagliate della testata della valle, tutte con un berretto bianco di neve.

«Sa se ci sono tracce?» domandò Leo, senza molta speranza.

«Da quel poco che ho udito, non ci sono segni di pneumatici. Con tutta probabilità l'assassino è arrivato a piedi o, se ha usato l'auto, può averla lasciata chissà dove, magari proprio nello slargo dove aveva parcheggiato lei.»

Leo abbozzò un mezzo sorriso.

«Dunque niente tracce di pneumatici, ma hanno trovato una mezza impronta. La parte centrale di una suola Vibram…»

«Non è un granché», commentò Leo. «In questa stagione metà della gente indossa calzature con quella suola», aggiunse con il tono di chi archivia un'informazione senza importanza.

«È proprio la stessa cosa che ho sentito dire da Fieschi, solo che lui l'ha condita con un 'porca troia' da far tremare i vetri.»

Leo guidò in silenzio per un paio di minuti, lo sguardo fisso davanti a sé e la mente che lavorava veloce.

«Ha per caso notato se le cose del marocchino erano in disordine?»

«Intende come se qualcuno vi avesse frugato?»

«Sì.»

«Era tutto in perfetto ordine, perfino il banchetto che portava a tracolla con tutte le sue cianfrusaglie. Oh, quel tipo viveva in un tugurio, ma era ordinato e, a suo modo, anche pulito.»

«Pulito?»

«Sì, nella stanza c'era un grosso catino pieno di acqua insaponata. Quel poveraccio si era appena fatto il bagno.»

Leo rimase di nuovo in silenzio cercando di frenare l'istinto che gli spingeva la mano verso il mento.

Avevano superato Cette e ora stavano percorrendo il lungo viale segnato da una fila di vecchi platani. I rami senza foglie si protendevano sulla strada come dita scheletrite e le cortecce, a tratti sollevate e staccate, dipingevano i tronchi di grigio e verdastro.

Marri notò che Leo si stava distraendo e, nel traffico intenso del sabato mattina, con la gente che affluiva verso il centro per il mercato, era pericoloso.

«Ha poi fatto progressi con la faccenda delle salsicce?» domandò Marri.

La cosa funzionò e Leo si riscosse tornando a concentrarsi, sulla strada e sulla risposta.

«Soltanto che don Barile era un gran goloso e che l'aveva comprata da Sicchetti», disse scuotendo la testa.

Marri sorrise, come per dire che in paese sapevano tutti della debolezza del don e della qualità delle salsicce di Sicchetti, poi si tolse di bocca il mozzicone di toscano, spento per rispetto a Leo, ma che continuava a succhiare come se fosse acceso.

«Una cosa l'ho saputa io», e fece una breve pausa come per studiare la reazione di Leo, che però rimase impassibile, con gli occhi fissi sulla strada.

«Mi pare sia importante», proseguì infine, «ma non me ne voglia se gliela riferisco solo ora. È che l'ho appresa soltanto questa mattina da Turrotta, poco prima che ci incontrassimo.»

Leo annuì appena.

«Parlavamo del don e, non ricordo come, il discorso è caduto sulle salsicce. 'E che, non lo sapeva che era uno goloso? Minchia, bastava guardare che razza di pancia c'aveva', ha sottolineato, come se il suo fosse un fisico da atleta...»

Leo sorrise pensando alla mezzaluna che si protendeva dalla giacca dell'appuntato.

«Io ho evitato di commentare, ma ho accennato al fatto che doveva aver appena addentato una salsiccia. Una cosa normale per un goloso, le pare? Ebbene, alle mie parole lui mi ha guardato con un'espressione da tonto. Oh, non che la cosa gli venga con difficoltà, ma questa volta era davvero sorpreso perché, vede, nella canonica non c'era traccia di salsicce...»

«Che cosa?» esclamò Leo rallentando all'improvviso per la meraviglia. Manovra che gli valse una strombazzata da chi lo seguiva, condita da un «fanculo» seguito da un «rinco...» che si perse nel rumore cittadino mentre l'auto superava con una manovra brusca.

«Non c'erano?» ripeté.

«Proprio così.»

Erano arrivati davanti all'ambulatorio e Leo spense il motore.

«Io gli ho domandato se ne era sicuro», proseguì il dottore, «e lui, sa, con quel suo fare un po' saccente e superiore, mi ha risposto che ne era certissimo, e a riprova ha tirato fuori dalla giacca a vento un taccuino su cui aveva elencato tutto ciò che c'era in canonica. L'ha scorso e, alla fine, ha ribadito che non c'era ombra di salsicce da nessuna parte.»

«Ma poteva averla già mangiata tutta ed essersi strozzato all'ultimo boccone…» ipotizzò Leo, poi scosse la testa; ricordava anche lui che lo stesso Marri aveva detto che nell'esofago non c'era materiale, e anche l'autopsia parlava di stomaco vuoto.

Marri sorrise: «Bene, e con questo la saluto», disse tirando la maniglia, ma Leo lo trattenne.

«Aspetti! Ancora una cosa. D'accordo per la salsiccia, ma la carta?»

«Quale carta?» tuonò il dottore con quel vocione da baritono.

«Quella che l'avvolgeva.»

«Caro mio, per questo deve rivolgersi a Turrotta. Io faccio il medico, mica l'investigatore», e, senza aggiungere altro, uscì chiudendo con decisione la portiera.

Capitolo 16

Quattro chiacchiere con Felice

Quando la figura imponente del dottor Marri scomparve dietro la porta dello studio, Leo rimase immobile, con le dita strette attorno alla chiave, lo sguardo fisso su un punto indefinito oltre il cruscotto e la mente persa in un viavai di pensieri che ruotavano intorno a un punto di riferimento, una domanda che gli era sorta spontanea fin da quando era partito dalla cascina degli Ahlouvin: quale legame univa i tre morti?

Da ciò che ne sapeva, quel Lasshn o Lassehen, o come diavolo si chiamava, era uno che girava con una specie di piccolo banchetto appeso al collo, su cui esponeva la mercanzia, ma non gli era mai capitato di vederlo parlare a lungo con qualcuno, europeo o nordafricano che fosse. Quel tizio si piazzava in un angolo e lì rimaneva, una figura immobile, quasi trasparente dietro quella cassetta con gli oggetti colorati, e le uniche parole che pronunciava riguardavano il prezzo di ciò che vendeva.

Per la verità gli erano venuti in mente alcuni elementi comuni tra il marocchino e Giovanni, ma non facevano che allontanare quei due dal don.

«Due borderline», borbottò pensando a quelli che vivono ai margini della società, ognuno con regole proprie. Ne aveva conosciuti un buon numero e non sempre si manifestavano in modo così evidente, come Giovanni o il marocchino. A volte erano signori distinti o donne precise e curate, che usavano le quattro mura domestiche per crearsi un mondo speciale dal quale era esclusa ogni realtà, tranne quella che loro immaginavano. Gente in apparenza normale, ma che covava nell'animo una diffidenza, quasi una paura di intessere un vero rapporto con gli altri, come se anche solo la parola potesse contaminare il loro mondo, minarli dentro.

Don Barile era invece una persona normalissima, inserito nella comunità, amato e benvoluto da tutti, con una vasta rete di rapporti.

«Chissà se anche il marocchino frequentava la canonica?» mormorò, con le supposizioni che già precedevano le parole. Poi fermò i pensieri. Quello era un particolare da verificare e lo appuntò nella casella della memoria in cui già aveva sistemato due altre domande: se Giovanni e il marocchino si conoscevano, e se i cinquanta euro che don Franco aveva tenuto nel portafoglio erano destinati a Battista o a Severino.

E poi c'erano i luoghi in cui erano stati commessi i due ultimi omicidi: il cespuglieto a nordovest di Giaveno e quella cascina abbandonata, isolata nella campagna, erano posti ben diversi dalla canonica di Cette.

«E il modo...» bofonchiò spostando lo sguardo sulla chiave che spuntava tra le dita senza vederla.

Ecco, il modo era il punto su cui sentiva più forte la stonatura. Non era tanto la botta in testa con cui erano stati tramortiti Giovanni e il marocchino, quanto piuttosto il fatto che le loro gole erano state aperte senza che nessuno vi avesse frugato dentro. E poi, che fine avevano fatto la salsiccia che don Barile aveva addentato, ma non terminato, e la carta in cui era stata avvolta?

La mente turbinava e le palline del flipper che giravano nel suo cervello continuavano a rimbalzare da un lato all'altro senza trovare un buco in cui infilarsi finché, all'improvviso, quando i suoi pensieri erano arrivati al modo in cui erano stati commessi i delitti, il lampo.

«*Ah, putain!*» esclamò a voce alta battendo una manata sul volante. «Sgozzare quei tre non è stato difficile!»

L'aver trovato la porta della canonica aperta, con don Barile in pratica già morto, poteva essere stato un evento casuale, ma erano stati gli omicidi successivi ad aprire lo spiraglio. Il fatto che entrambi gli uomini fossero stati uccisi in luoghi così solitari e isolati da dare in pratica la certezza di non essere notati non quadrava con la mentalità della maggior parte degli assassini seriali che lui aveva conosciuto. Quella era gente che cercava rischi sempre maggiori, sfidava la polizia in un gioco mortale, che provava un sottile e squilibrato piacere nel sentirsi ricercato.

Protetti da un anonimato che in fondo non li soddisfaceva, pur senza ammetterlo con se stessi si aspettavano di essere scoperti e vivevano in una sorta di perfida eccitazione al pensiero del rischio che potevano correre ogni volta che incrociavano un poliziotto. Un'eccitazione malata, che cresceva a mano a mano che i delitti si susseguivano, e li portava a compiere azioni sempre più spregiudicate, a lasciare ogni volta un indizio in più. In genere si trattava di spostati, squilibrati che agivano sotto l'impulso di menti alterate, ma Leo era convinto che il cervello di questo assassino non fosse «fritto», come avrebbe potuto definirlo il Talpa.

«Eh, no! Questo è uno ben lucido, uno che non vuole farsi scoprire», borbottò soddisfatto.

C'era arrivato, aveva infine individuato il punto di contatto, l'elemento comune, anche se, per il momento, non aveva la più pallida idea di dove avrebbe potuto portarlo quella scoperta. Sentiva però con chiarezza che, con l'ipotesi dell'omicida seriale, Fieschi stava prendendo una cantonata.

Anche se in modo ancora un po' vago e impreciso, aveva finalmente bloccato qualcuna di quelle palline e, d'un tratto, tra le dita della destra la chiave tornò a diventare qualcosa di reale. Sistemandosi meglio sul sedile la infilò, accese il motore e si avviò verso il centro del paese.

Era quasi arrivato alla piazza quando alla sua sinistra notò un parcheggio libero. Un rettangolo grigio, delimitato da strisce bianche un po' sbiadite, tra una Panda verde e una Renault blu, uno dei dieci posti ricavati lungo la via centrale. Ed era proprio lì, bello e invitante, un vuoto che domandava soltanto di essere riempito. Trovarne uno libero era di per sé un fatto eccezionale già durante la settimana; al mattino del sabato, poi, con la confusione del mercato e buona parte dei parcheggi occupati dalle bancarelle, era una vera, grande botta di culo.

La decisione fu immediata e i movimenti rapidi. Freccia a sinistra e spostamento sulla corsia opposta. Un'auto che proveniva in senso contrario si fermò. Per l'invidia di quel posto soffiato sotto il naso, gli occhi del guidatore si strinsero e le labbra si mossero mimando un'imprecazione senza sonoro. Il tutto mentre lui accostava tranquillo la Peugeot al marciapiede.

Un minuto dopo, Leo era al fondo della via. Davanti gli si apriva la piazza, con la chiesa sulla sinistra e il campanile in mattoni rossi, squadrato e tozzo, sul lato opposto. Il cielo era limpido e un sole luminoso faceva risplendere i colori dei cappotti, dei giacconi e delle giacche a vento della gente che gironzolava tra i banchi.

Raggiunse i camioncini dei girarrosti e attraversò la bolla d'aria dove ristagnava l'untume della pelle bruciacchiata dei polli, poi s'infilò nella zona dei profumi esotici e misteriosi che salivano dal banco delle spezie, superò l'isola colorata dei fruttivendoli e sbucò in vista del campanile. Felice era là, seduto davanti al suo strano tavolo da lavoro, con la testa china e le mani che si muovevano lente, con gesti misurati, su un accendino rosso.

Nessuno conosceva il suo nome per intero. Era capitato in quel paese ai piedi delle montagne da un giorno all'altro, come per incanto, sbucato dal nulla. Alto, sottile e un po' ingobbito, aveva superato da un pezzo la settantina. E anche il vestito che indossava, grigio, liso e con i pantaloni sformati da cui spuntavano ginocchia ossute appena più piccole delle cosce, aveva un'età e un taglio indefinibili. Le scarpe mostravano tacchi sbilenchi e punte smangiate; i capelli, grigi e un po' disordinati, con la barba mai del tutto rasata, facevano sembrare il suo viso smunto ancor più scavato di quanto fosse in realtà.

Tranne la domenica e i giorni di festa e di pioggia, ogni mattina attraversava la piazza con un borsone di tela blu a tracolla e una valigia, fissata con due elastici a uno scheletro di ferro con le ruote. Camminava con l'andatura incerta e strascicata di chi sembra sopportare una fatica senza fine, superava i due bar sul lato destro e si piazzava sulla panchina tra il supermercato e il campanile, proprio di fronte al sagrato della chiesa.

Ogni giorno, tranne quando faceva freddo e rimaneva imbacuccato, ripeteva lo stesso rituale: giacca sulla gruccia, che veniva appesa allo schienale della panchina, borsone appoggiato di fianco e, infine, muovendo le lunghe braccia con gesti che sapevano di abitudine, cominciava a sistemare la valigia, il cui marrone originario sopravviveva solo in poche isole sparse in un giallastro indefinito.

Era l'inizio di quella che Leo aveva definito una strana liturgia. Per prima cosa, Felice ribaltava l'intelaiatura di metallo e, con un paio di movimenti precisi, la trasformava in un tavolino con le gambe di ferro e il piano formato dalla valigia. Poi apriva la lampo del borsone e prendeva un pezzo di cerata verde che stendeva su quello strano banchetto. Ne aggiustava la forma con cura e tornava al borsone blu da cui estraeva i pochi attrezzi del laboratorio e il foglio che, nel contempo, era prezziario e manifesto pubblicitario dell'attività: ACCENDINI – RICARICA 2 EURO – SOSTITUZIONE PIETRINA 1 EURO.

Già, perché Felice era il miglior ricaricatore di accendini usa e getta in circolazione in Italia e quasi di sicuro anche in Europa, per lo meno in quella occidentale, dove peraltro era forse il solo a praticare quell'arte.

Parlava poco, comunque mai di sé, e perfino sul suo nome aveva steso una cortina di riservatezza impenetrabile. Nei primi tempi, quando qualcuno gli aveva domandato come si chiamasse, aveva risposto con un laconico «Felice» a cui, di fronte all'insistenza dell'interlocutore, aveva aggiunto un «e basta» pronunciato con una naturalezza disarmante e un tono definitivo. E così, per la gente del paese era diventato Felice Ebasta.

Nonostante il sole avesse invaso la piazza già da più di due ore, la temperatura era bassa e l'aria portava con sé il freddo delle nevi che avevano coperto le cime dei monti. Poco prima del supermercato c'era il bar di Mauro, uno dei due che si trovavano su quel lato della piazza. Leo entrò e ne uscì poco dopo reggendo un vassoio con due tazze, una con il caffè per sé, l'altra con il cappuccino per Felice, e un piattino su cui erano appoggiati quattro fragranti croissant, tutto ciò che rimaneva nella vetrinetta di Mauro.

L'ora di colazione era passata, ma Leo non se ne preoccupò. Il caffè e il cappuccino li avrebbero bevuti insieme, lui e Felice, mentre per i croissant... be', la cosa era un po' diversa e un tantino più delicata, perché aiutare quel testone orgoglioso non era impresa facile. Lui rifiutava con sdegno abiti, denaro e perfino l'ospitalità. Insomma qualsiasi forma che, nella sua mente, potesse anche soltanto ricordare l'assistenza. Rifiutava tutto tranne il cibo.

«Pane e sale è il cibo del saggio», diceva e, prendendo in modo molto elastico le sue stesse parole, accettava gli aiuti alimentari ritenendoli un riconoscimento, anzi, un vero omaggio alla sua intelligenza. Così, ogni volta che capitava dalle parti della panchina di Felice, Leo ne approfittava per rifornirlo di un buon numero di croissant che finivano quasi tutti nel borsone.

«L'ho vista entrare da Mauro», lo salutò Felice appoggiando l'accendino rosso sulla cerata davanti a sé.

Le dita, con le unghie spesse e i bordi neri, avevano la pelle bianca e trasparente e la voce, di solito roca e pastosa, aveva un che di nasale, come se si fosse beccato un raffreddore.

«Le va un cappuccino?» propose Leo, posando il vassoio sul sedile della panchina, tra loro.

Felice accennò un sorriso e si strinse nel pesante cappotto marrone, che aveva conosciuto tempi migliori, assestando la sciarpa di lana granata che gli avvolgeva il collo. Poi, con un cenno della mano, lo invitò a sedere.

«È il caso di berlo subito», disse prendendo la tazza ancora fumante tra le mani. Felice non era un tipo cerimonioso.

Leo si accomodò come fossero in salotto, accavallò le gambe e cominciò a sorseggiare il caffè. Felice invece versò due bustine di zucchero nel cappuccino, le sciolse con cura, poi tenne ancora qualche istante la tazza stretta tra le mani per catturare quel po' di tepore che attraversava la porcellana.

Come sempre rimasero in silenzio finché non ebbero terminato. Quella, tra loro, era una specie di cerimonia, quasi un rituale che compivano sorseggiando le bevande con calma. Piccoli gesti e sguardi consumati che creavano un'intimità del tutto particolare, una specie di isola attorno a cui tutto diventava anonimo e lontano.

«È qui per il marocchino e gli altri due?» domandò infine Felice, posando la tazza sul piattino.

Che tipo, Felice! Non aveva pensato neppure per un istante che Leo fosse passato giusto per scambiare due chiacchiere e bere qualcosa insieme. Eppure era già capitato, e spesso, ma questa volta aveva capito le sue intenzioni appena l'aveva visto.

«Ha già saputo?»

Felice non rispose subito. Prima si passò la lingua sul labbro superiore, dove si era fermata un po' di schiuma tra i peli ispidi e duri che aspettavano di essere rasati da qualche giorno, poi lo asciugò con un tovagliolo di carta.

«Con questo freddo finisce che si screpola», spiegò appallottolando il tovagliolo, poi annuì. «Le notizie corrono con la velocità di un fulmine e si allargano come l'inchiostro nell'acqua agitata… dalla paura», aggiunse dopo una breve pausa.

Anche lui parla di paura, pensò Leo, che aveva già udito quella parola da Carlo e da Julie, mentre ripeteva ad alta voce: «Paura?»

Felice annuì e socchiuse appena gli occhi, infittendo ancor più la ragnatela di rughe che li circondava e si allargava fino alle guance.

«C'è una paura strana, pesante, grave, quasi palpabile. Per i giornali la notizia è la caccia all'uomo, mentre le televisioni si sono fiondate sul maniaco omicida e, giorno e notte, pletore di strizzacervelli pontificano diagnosi e sentenze che gli opinionisti buonisti accolgono, i polemici osteggiano, cavillando su questioni di lana caprina, e i perenni incazzati rifiutano con la solita diarrea di insulti volgari pagati duecento euro l'uno e parolacce da cento, che ripetono come una giaculatoria. Mi creda, tutto questo non fa che aumentare la paura della gente, un timore vero, reale, di cui quasi puoi toccare lo spessore e sentire il mormorio e la puzza, rancida come quella del piscio.»

Come sempre, in poche frasi, Felice aveva descritto la situazione del paese. Tre morti sgozzati avevano fatto la fortuna di quegli interminabili ammassi di ciance televisive, che finivano soltanto con l'aumentare il senso d'inquietudine della gente.

Leo si rese conto che Felice si era perfino un po' accalorato, cosa ben strana per un posato e riflessivo cultore del «lascia fare». Uno che, come diceva lui, ormai non si meravigliava più di niente e la cui vera soddisfazione era osservare appartato. Eppure, questa vicenda sembrava aver contagiato anche il suo distacco, scalfito la sua corazza di freddo spettatore.

«Che si dice dei tre?» domandò Leo per sviare un po' il discorso.

La cosa funzionò e Felice tornò al suo solito modo di esprimersi lento, pacato, quasi distaccato.

«Del don, a torto o a ragione, mi pare sia stato già detto tutto, anzi, molto più di tutto. D'altronde, la sua fissazione con le tradizioni era arcinota...»

In silenzio, Leo fece cenno di sì.

«Pensi che anche i vestiti erano quelli di un tempo e credo che fosse l'unico a indossare ancora il tabarro...»

«Tabarro?»

«Un mantello pesante... oh, non che non fosse comodo, ma sono decenni che si vedono in giro solo a Carnevale. Del marocchino invece non ho un granché da raccontare. Lo si vedeva con la sua mercanzia, sa, spugnette, fazzoletti, mollette per il bucato, sempre allo stesso angolo, sotto i portici...»

«Vendeva anche accendini?» buttò lì Leo con un sorrisetto.

«Anche quelli», confermò Felice soffiandosi il naso in un fazzolettone a quadretti nocciola. «Insomma, le solite quattro carabattole senza importanza, ma gli accendini non erano di qualità», ci tenne a precisare con il tono di chi sapeva il fatto suo.

Rimasero qualche istante in silenzio. Il tempo perché Felice potesse sfilare la guaina metallica che proteggeva la pietrina dell'accendino su cui stava lavorando.

Maneggiava quel tubetto di plastica rossa con la delicatezza con cui si tocca una cosa preziosa.

«A volte», proseguì infine, «faceva anche qualche lavoretto qua e là, tipo rastrellare le foglie, togliere erbacce oppure passare una mano di vernice su una cancellata. Insomma, quel genere di cose.»

«Chissà se ha lavorato anche per don Barile?» domandò Leo guardando verso un punto indefinito della piazza.

«Probabile. Il don aiutava volentieri chi si rivolgeva a lui, ma trovava quasi sempre il modo di non farlo pesare. Il denaro è un regalo che può umiliare. Ricevere in mano delle banconote è una questione particolare, ne va dell'orgoglio, della dignità della persona. Ma lui trovava sempre il modo di proporre qualche lavoretto, che poi ricompensava con generosità.»

«E di Giovanni Valori che mi dice?»

Felice abbassò lo sguardo sull'accendino.

«Le solite cose», rispose con un tono ovvio. «Giuàn era come un bambino curioso che attiravi con niente, e questo lo sa anche lei. Credo che l'abbia notato in giro, con quella sua strana bici gialla», aggiunse forando con il punteruolo la base dell'accendino.

Leo ascoltava in silenzio.

«Comunque, di quei due ho sentito raccontare soltanto le solite cose che si dicono quando uno muore. Due frasi in croce in cui si sintetizzano pregi e difetti di una vita. Per il don magari anche qualcuna in più, ma per quegli altri, mi creda, due frasi sono già difficili da mettere insieme.»

Intanto, nel foro che aveva praticato sul fondo dell'accendino, aveva infilato l'estremità del cannello sottile che usciva da una bomboletta di gas e, pigiandone con l'indice il pulsante bianco sull'estremità superiore, stava riempiendo il serbatoio. Attraverso la plastica rossa si vedeva la linea leggermente più scura del livello che saliva.

«In fondo, di quei due, Giuàn e il marocchino intendo, si sapeva ben poco: del don qualcosa in più, ma niente di speciale...» ripeté srotolando un tratto di filo di ferro, poi tacque. Era arrivato al momento cruciale, quello in cui, sfilando il tubicino, si doveva tappare il foro con il filo di ferro. E lo si doveva fare in un battibaleno, altrimenti il gas se ne sarebbe andato e il lavoro sarebbe stato da rifare.

Felice eseguì l'operazione, poi osservò il risultato controluce. Ricarica completa, il livello era poco sotto il bordo superiore. Ora non restava che prendere le cesoie e recidere il filo di ferro, lasciando soltanto un puntino scuro nella base bianca dell'accendino.

«La sola cosa che potrei aggiungere alle chiacchiere del paese è che, rincasando, ho notato più di una volta sia Giuàn sia il marocchino vicini alla canonica di Cette.»

«Anche insieme?»

«Mai!» rispose Felice sicuro. «Ma li ho visti qualche volta parlare tra loro...»

«Oh, questa poi!» sbottò Leo. Dopo la volta in cui aveva tentato invano di scambiare due parole con Giovanni, si era convinto che fosse incapace di entrare in relazione con la gente, tranne don Barile, e ora aveva scoperto che un'altra eccezione era stato Lasshn o Lasshen, come diavolo si chiamava.

«Mi è capitato di vederli proprio là, di fianco alla chiesa, su quegli scalini dove Giovanni si fermava a osservare la gente.»

«Chissà di che cosa parlavano...»

«Eh, questo non saprei dirglielo, ma non erano monologhi del marocchino, perché anche Giovanni interveniva…»

Leo restò in silenzio per qualche istante e Felice ne approfittò per riporre il filo di ferro.

«Mi domando se uno di quei due, magari Giovanni, fosse a conoscenza di qualcosa di cui non si era neppure reso ben conto. Che so, un episodio, una persona, insomma, un elemento collegato alla morte del don e, magari, ne ha accennato all'altro…» borbottò infine Leo.

«È lei il poliziotto», commentò Felice.

«Certo che, gironzolando qua e là, Giovanni avrebbe potuto…»

«Ma guardi che Giuàn non andava in giro a casaccio.»

«Cioè?»

Felice sospese per un momento il lavoro.

«Era un abitudinario», spiegò, «e, anche se sembrava non rendersi conto del tempo, a ore fisse e in giorni fissi lo potevi incontrare negli stessi posti. Qui in piazza, tanto per dire, lo trovavi ogni mattina alle otto, puntuale che ci potevi anche rimettere l'orologio. Arrivava allo scoccare dell'ora e si fermava proprio là, di fianco alla chiesa su quella scaletta che le ho indicato prima. Scendeva dalla bici e si sedeva sui gradini, restandosene a girare quello sguardo ebete da una parte all'altra della piazza. Poi, esattamente quindici minuti dopo, si alzava, inforcava la bici e ripartiva pigiando con foga su quella trombetta fastidiosa.»

Leo lo ascoltava attento, con lo sguardo fisso sulla tazzina e le dita della sinistra che carezzavano la barba del mento.

Restarono in silenzio per qualche minuto. Leo perso a rincorrere quelle nuove palline su cui era scritto

PERCORSI PREVEDIBILI – MAROCCHINO E GIOVANNI – BAMBINO CURIOSO, Felice alle prese con la parte superiore dell'accendino.

«Lavoro difficile sostituire la pietrina», borbottò infine senza distogliere lo sguardo dalla molla grigiastra che stringeva tra pollice e indice. Con l'altra mano aveva impugnato la tronchesina.

«Ecco, ora devo tagliare un paio di spire a questa molla, ma la lunghezza dev'essere precisa. Se l'accorcio troppo, la pietrina sfrega contro la ghiera senza produrre scintille e il gas si accende solo una volta ogni tanto. Se invece la lascio troppo lunga, spinge forte e la rotella gira con difficoltà.» Poi, bofonchiando tra sé, aggiunse: «Eh, sì, lavoro difficile… e delicato! Forse dovrei farmelo pagare di più.»

Leo buttò l'occhio sul cartello dei prezzi che proponeva la sostituzione della pietrina per un euro.

«Chissà se Giuàn era abitudinario anche con i percorsi?» borbottò.

Felice finì di rinfilare la molla nell'accendino prima di rispondere.

«Questo non lo so, ma il martedì, il giovedì e il sabato lo incrociavo sulla strada che scende da Cette, puntuale come le ho detto, sempre alle otto meno venti.»

«Bene, ora la saluto», disse Leo alzandosi, ma Felice lo trattenne. Poi abbassò la voce.

«In paese circolano parecchie voci su questa faccenda. Chi dice che si tratta di uno squilibrato, chi di un maniaco, chi ritiene invece che, sotto sotto, ci sia qualcosa di torbido che ha a che vedere con il sesso, chi parla di vendetta e, ah, qualcuno pensa addirittura che c'entri la religione. Un fatto però è certo; come le ho detto, la gente ha paura. Una paura sorda, irrazionale, che porta tutti a guardarsi l'un l'altro con sospetto, a scrutare le mosse del proprio vicino, a dubitare perfino degli amici.»

Tacque un istante. Poi, fissando Leo, aggiunse: «Brutta faccenda, non le pare?»

Leo non rispose. Si limitò ad annuire serio e si avviò, salutandolo con un cenno della mano. Nella mente, le palline rimbalzavano all'impazzata.

Capitolo 17
Qualche verifica

Lasciata la panchina di Felice, Leo svoltò dietro al campanile e imboccò lo stretto vicolo che risaliva la collina su cui era abbarbicata la parte vecchia di Giaveno. Severino, il vetraio, aveva il deposito proprio a metà strada, in un cortile buio su cui si affacciavano ringhiere arrugginite e un paio di scantinati maleodoranti. Non c'erano molte probabilità che a quell'ora del mattino, e per giunta di sabato, fosse nel laboratorio, ma un tentativo si poteva pur fare, e poi erano solo pochi passi.

Fu fortunato. Superando il passaggio che immetteva nel cortiletto, vide la luce accesa dietro la porta, sormontata dall'insegna su cui spiccava un VETRAIO scritto con un bel rosso cardinale, il solo tocco vivace in quel campionario di tristezza.

Attraversò il cortile ed entrò. Non c'erano campanelli, ma la porta di ferro raschiò sul pavimento producendo un fastidioso stridio metallico. Severino, novanta chili per un metro e settanta, con i capelli dello stesso colore del vetro smerigliato, stava appoggiando un telaio di alluminio sul bancone.

Udendo il rumore della porta si voltò e salutò Leo con un «n'giorno» vago.

Leo rispose e si avvicinò.

«Disturbo?» domandò più per cortesia che per vera curiosità.

«Solo un istante», rispose Severino con voce piatta, e finì di sistemare il telaio sul piano di legno. Poi sollevò lo sguardo e fissò Leo in silenzio, con occhi bovini.

Leo capì che in quel laboratorio non si usava domandare al cliente che cosa desiderasse e proseguì: «Sono qui per un'informazione», attaccò rimanendo sul vago.

Silenzio, ma la testa di Severino si mosse appena, come per dire «L'ascolto.»

«In realtà non si tratta di un lavoro…» proseguì cominciando a specificare.

Il volto dell'uomo non mutò espressione.

Tipo alla mano, pensò Leo senza scomporsi.

«Vede, si tratta di una questione un po' delicata, riguarda don Barile.»

Questa volta il volto rotondo dell'artigiano s'inclinò appena verso destra e le sopracciglia si strinsero.

Leo pensò che si stesse domandando che cosa c'entrava don Barile, ma dalle sue labbra non uscì alcun suono.

«Lei sa che…»

L'altro annuì.

«Ecco, in seguito alla sua morte, Pina, la perpetua», Severino annuì di nuovo, «si è domandata se don Franco avesse lasciato qualche cosa da pagare. Sa com'è fatta quella brava donna; si preoccupa che nulla possa adombrarne la memoria. Così mi ha detto che qualche giorno fa lei ha sostituito un vetro della canonica e mi ha pregato di passare, nel caso fosse rimasto un sospeso…»

Questa volta il vetraio intervenne.

«Ah, la Pina!» esclamò con un sorriso bonario. «Onesta fin nel midollo delle ossa. Eh, ce ne fosse di gente come lei», aggiunse con un mezzo sospiro con cui lasciava intendere che di debitori doveva averne un buon numero, «ma le dica di star tranquilla, don Franco mi aveva saldato il lavoro lo stesso giorno in cui l'avevo terminato.»

«Meglio così», sorrise Leo, «per lei l'omicidio è stato un gran brutto colpo e ora… ma, da quel che mi ha detto, lei non è il solo che aveva lavorato per la canonica. Ha accennato anche a un certo Battista. Per caso lo conosce? Sa, visto che mi sono offerto di fare queste commissioni…»

Severino si strinse nelle spalle, come per dire che dei debiti di don Barile non ne sapeva nulla, ma aprì una possibilità.

«Se intende quello che traffica il legno, lo conosco di vista. Nel giorno in cui ho sostituito il vetro c'era anche lui. Stava abbattendo un albero nel giardinetto dietro la chiesa, ma quando sono andato via non aveva ancora finito il lavoro.»

«Di sicuro era quel Battista cui ha accennato la Pina.»

«Probabile, ma non saprei il cognome…», aggiunse scuotendo la testa, «però abita in una piccola cascina lungo la strada per Avigliana. La trova a destra, prima di scollinare. È uno alto e ben piantato con un cappello di feltro verde che sembra avvitato sulla testa» e, detto ciò, senza più badare a Leo, si voltò e prese un vetro doppio che appoggiò sul telaio. L'udienza era finita.

Dieci minuti più tardi, Leo svoltava nel breve sterrato che conduceva alla cascina di Battista, una piccola costruzione prolungata sui due lati da una tettoia e dalla stalla, sovrastata da balle di fieno disposte con ordine.

Entrando nel cortile, un grosso cane con il pelo che sembrava un campionario di colori si precipitò contro la Peugeot abbaiando furioso, con il piglio di chi doveva subito avvertire quell'oggetto estraneo che lì c'era un proprietario deciso a non cedere un palmo del proprio territorio. E stava anche per ribadire la minaccia, con i denti già appoggiati sugli pneumatici dell'auto, quando si udì un fischio acuto. Come trafitta da un fulmine, la belva s'inchiodò. Poi, a un secondo fischio, modulato in modo appena diverso dal primo, mollò l'impresa e corse alla porta della stalla dove era comparso un omone in jeans, camicia a quadri e un piccolo cappello di feltro verde, alla tirolese, piazzato sulla sommità della testa allungata.

Abbassando appena il finestrino, Leo domandò se poteva scendere e l'uomo rispose con un gesto rassicurante.

«Leo Delfos», si presentò quando fu davanti all'uomo. Non allungò la mano per stringerla; meglio non provocare quel potenziale killer a quattro zampe.

«Battista Franzi», rispose l'uomo con una voce po' raschiosa, fissandolo con gli occhi azzurri.

«Davvero un guardiano coi fiocchi...» sorrise Leo indicando il cane, che continuava a fissarlo in attesa di un cenno di permesso da parte del padrone.

Mossa azzeccata. Battista teneva al suo Tabui – questo, seppe poi Leo, era il nome del cane – e, con il petto gonfio d'orgoglio per quel complimento, annuì soddisfatto come un padre di fronte alla prodezza del proprio figlio.

Leo pensava che quell'approccio avrebbe innescato un inizio di conversazione, ma non fu così. Battista si limitò a guardarlo in silenzio; il che, aveva appurato Leo, era una regola in quelle campagne.

All'apparenza, però, Battista sembrava uno dai modi spicci e diretti, di quelli a cui piace andare dritto al punto, senza troppi giri di parole. Non che Leo avesse avuto modo di testarlo, la sua era più che altro una sensazione sorta quando quell'uomo dai modi calmi aveva richiamato Tabui senza una voce o una parola, ma così, con due semplici fischi. Perciò, evitando le lungaggini di un approccio che l'avrebbe fatto sentire impacciato, affrontò subito l'argomento.

«La disturbo perché sto facendo un piacere alla Pina…»

Battista annuì prima che potesse terminare la frase.

Per un istante, Leo si domandò se stesse aspettando quella visita.

«Vede, la signora è angustiata dal timore che don Franco avesse qualche debito da saldare e…»

«Pensa che non sia stato pagato per quel lavoretto dell'altra settimana», saltò subito alle conclusioni Battista.

Leo annuì.

Battista sorrise.

«Be', ci dica di stare tranquilla che quel lavoro l'ho fatto come un favore a don Franco… e poi, in cambio, mi sono tenuto la legna. Non che ce ne fosse tanta. Il tronco di quel susino era grosso come un pintone di vino e l'avevano potato basso… più che altro c'era tanta ramaglia, ma non importa, il don era un brav'uomo e mi era simpatico e poi, ogni tanto, lui mi comprava della legna», aggiunse indicando una catasta di tronchi che chiudeva l'aia verso occidente.

«Ah, anche il riscaldamento era tradizionale», sorrise Leo.

«Eh, sì! *A la mòda veja.*»

«E così non le doveva niente!»

«Nemmeno un centesimo ma oh, se è per questo, voleva pagarmi e ha anche tirato fuori un pezzo da cinquanta, ma io ci ho detto di tenerselo e di farsi un bel pranzo e una bevuta alla mia salute.»

«E lui?»

«Ha ringraziato e ha rimesso i soldi nel portafoglio. Poi ha fatto un sospirone e ha detto che quei soldi ci servivano per pagare il macellaio. Si vede che c'aveva un debito.»

Cinque minuti dopo, Leo era al telefono del bar all'ingresso del paese.

«Buongiorno, appuntato... sì, sono io... come dice? Ancora nessuna novità riguardo al filo di lana nera? Mi spiace... sì, anch'io non ho scoperto nulla in proposito, ma le ho telefonato per un'informazione, sempre che le sia possibile fornirmela...»

Quel riguardo, espresso con il garbo che si usa tra colleghi, inorgoglì Turrotta e, nel suo cambio di tono, Leo percepì piena disponibilità.

«Ecco, le sembrerà sciocco, ma mi stavo domandando se nel portafoglio di don Barile ci fosse del denaro... sì, resto in attesa.»

Poi, attraverso il ricevitore, sentì il fruscio dei fogli e Turrotta che mormorava «portafoglio» e poi «denaro».

Alla fine la voce tornò perfettamente udibile.

«Sì, sono sempre qui... ma quale attesa, si figuri... certo, ha dovuto consultare i verbali... eh, lo so che sono parecchi fogli, ma il portafoglio?... Ha verificato anche quello? Bene, grazie... Dunque in una scatola metallica c'erano alcune banconote da cinque e due da dieci euro e parecchie monete… sì, Pina ha dichiarato che erano il frutto delle offerte delle messe domenicali, ma nel portafoglio?… Ah! Dunque soltanto un biglietto da cinquanta euro… bene, la ringrazio… No, non ho alcuna idea al riguardo, era una semplice verifica, ma se venissi a sapere qualcosa la terrò informata, stia tranquillo…»

Capitolo 18
La piòla di Gelin

Rientrando dalla piazza, Leo notò l'Itom del Talpa parcheggiato sulle solite macchie d'olio davanti alla piòla di Gelin. Le undici erano passate soltanto da pochi minuti e aveva ancora parecchio tempo prima di pranzo. Una sosta ci poteva stare. Chissà se, là dentro, qualcuno conosceva il marocchino?

Deviò e parcheggiò l'auto accanto al pergolato con i tavoli in cemento che Gelin, con orgoglio internazionale, ma pronuncia tutta valligiana, chiamava pomposamente «deiòr».

Davanti a lui, al centro di quel muro con gli angoli spruzzati di verderame, si apriva la porta con il vetro coperto per metà da una tendina che un tempo era stata bianca e ora sfoggiava un colore indefinibile, sovrastata dalla scritta nera che individuava il locale come CANTINA, anche se, più in basso, un ALIMENTARI di un marrone agonizzante rispuntava timido da sotto la calce stinta. La piòla era in realtà un'unica grande stanza, con due finestre che si aprivano una accanto alla porta d'ingresso, e l'altra dirimpetto, sul cortile interno; al centro, appoggiata su un rettangolo di latta dagli angoli lucidi e consumati, troneggiava la Berta, una stufa di ghisa scura, così chiamata non perché la sua forma ricordava vagamente quella d'un affusto di cannone, bensì in onore di una vecchia fidanzata di Gelin.

L'odore che filtrava dalla base della porta era quello che albergava nel locale da chissà quanti anni. Una miscela indefinibile creata dall'untuoso pungente della nicotina, confuso con l'aspro del vino e condito da un vago aroma di soffritto di cipolla; una base a cui si sovrapponevano l'acido di un'umanità poco avvezza al sapone, l'amarognolo dei ciocchi che scoppiettavano nella Berta e il tanfo pestilenziale di Fulc, il cane di Cens, che sembrava avere il pelo perennemente sporco e bagnato. Anche l'ambiente era lo stesso da sempre, una decina di tavoli sparpagliati a caso tra le chiazze di luce che si allargavano attraverso i vetri impolverati e gli angoli bui. E poi il bancone verde pisello, con la vernice scrostata qua e là, e il piano di marmo da cui spuntavano i colli di vari bottiglioni di vino. Dietro, uno specchio reclamizzava una marca di vermut ormai estinta, seminascosta da bottiglie di grappa e qualche liquore, affiancato a destra da un piccolo scaffale che, impilati in perfetto ordine, esponeva pacchetti di sigari, sigarette e sale, cir condati da scatolette di carne e di tonno e da un paio di confezioni di pasta.

E pure la gente era sempre la stessa. C'erano Cens e il Maestro, eminenze grigie, che giocavano a dama al solito tavolo accanto alla finestra, e poi il Cit, magro e minuto, con la schiena un po' curva, che spingeva in avanti il testolino con i capelli dal colore indefinito, fini e ordinati. C'era il pesante Bruno, l'unico che girava ancora per Giaveno con una vecchia Lancia Fulvia bianca, e Gepu, che scrutava tutto con il solo occhio buono che gli rimaneva, girando in continuazione la testa per inquadrare il bersaglio. Quel giorno, appoggiato al bancone, c'era anche un tipo lungo. Uno che si vedeva ogni tanto, ma solo al sabato e alla domenica, e che Leo conosceva di vista. Era affilato e semicurvo, e il maglione beige aveva così tante macchie scure da somigliare al mantello di una giraffa.

Dietro al banco spuntavano il torace, le spalle larghe e la testa quasi calva di Gelin, il proprietario, perennemente indaffarato a rabboccare i bottiglioni di vino. Lo faceva con gesti lenti e consumati, come fosse un rituale e, non appena terminava un travaso, si fermava ammirando in controluce il lavoro appena finito, con quel volto spigoloso a cui i baffi, grigi e setolosi, davano un aspetto molto serio.

E poi c'era il Talpa. La sua sagoma bassa e rotonda, con il maglione verde scuro teso sul davanti, si stagliava contro la finestra in un controluce che ne metteva in evidenza il piccolo naso, ricurvo come il becco di un barbagianni, e il pezzo di toscano che gli spuntava da un angolo della bocca.

Per la verità c'era anche una decima presenza, ma Leo non la colse al primo colpo d'occhio. Era un bombo, uno solo, ma che per un'inspiegabile ragione compariva ogni primavera e trascorreva i pochi mesi di vita spostandosi con naturalezza da una goccia di vino all'altra senza infastidire nessuno, tant'è che ormai era considerato un *habitué* della piòla. E il fatto strano, sul quale c'erano state discussioni infinite, era che ogni anno ne compariva uno nuovo, ma uno solo. In fondo, però, lui non contava. Era sì presente, ma nessuno, neppure Gelin che aveva modo di osservarlo per tutto il giorno, poteva dire se si rendesse davvero conto di ciò che stava succedendo.

Insomma, tutto era come al solito, eppure, facendo ruotare la porta, la sensazione che Leo aveva avuto scendendo dall'auto si fece più netta. Là dentro si stava discorrendo di qualcosa d'importante e il Talpa era al centro dell'attenzione generale, o quasi, perché Cens e il Maestro proseguivano la partita senza distogliere lo sguardo dalle pedine, mentre Fulc continuava a ronfare appoggiato a un piede del padrone.

L'aver partecipato alle indagini sul cadavere mutilato, ritrovato qualche mese prima in un bosco appena fuori Giaveno, e il riconoscimento dell'importanza della sua collaborazione che Leo aveva espresso proprio lì, da Gelin, davanti a quegli stessi avventori, avevano conferito al Talpa il rango di esperto, con tutto il rispetto e la considerazione che ne derivavano. Era pur vero che lui aggiungeva sempre qualcosa di personale ai suoi racconti – ma erano soltanto particolari, che lui stesso giustificava dicendo che bisognava «pur darci un po' di condimento alle storie» –, che comunque formavano un elemento imprescindibile in quel mondo fumoso, dove la distinzione tra realtà e immaginazione si sdilinquiva sempre più a ogni arrivo dei mezzi litri sui tavoli.

Quando Leo spalancò la porta, finalmente capì. Si parlava dell'ultimo omicidio e la tensione era così forte che quasi la si poteva toccare, tant'è che si accorsero a malapena di lui.

«Eee, vi dico che quel *maruchin* lì era uno a posto», stava pontificando Carlo.

Come si usava da quelle parti, Leo salutò con un cenno della testa ricambiato dagli stessi movimenti di tutti i presenti, tranne Fulc, che nella sua ronfata statuaria si limitò a un impercettibile ondeggio dell'orecchio destro. Anche il Talpa, che di solito in pubblico derogava alle regole dei saluti silenziosi, si limitò a uno sguardo accompagnato da un cenno della mano.

Ciò significava che stava dicendo qualcosa della massima importanza.

«Sissignore, proprio uno a posto», ripeté sollevando e abbassando la testa rotonda. «Me l'ha contato Augusto, che ci ha fatto vangare l'orto e dare una mano di bianco alla cancellata. Quello lì era uno serio, tranquillo, di buon comando e si accontentava di pochi spiccioli...»

«E c'hai ragione», saltò su il Cit con la sua voce chioccia, «anch'io l'ho visto fare dei lavori, perfino su a Cette, dal *prèive*...»

«Oh, se è per questo, anche Pedala Giuàn conosceva don Franco», intervenne Bruno con il suo vocione lento e il bicchiere stretto in mano.

Ecco, era partita la concione. Ora tutti avrebbero detto la loro. Tempo trenta secondi e le voci avrebbero cominciato a sovrapporsi, il volume a crescere e i pugni a percuotere i piani dei tavoli, finché più nessuno avrebbe capito neppure ciò che diceva il vicino. Succedeva sempre così quando c'era un argomento che suscitava l'interesse comune.

Leo sedette a un tavolo accostato al muro, non lontano da quello dei giocatori di dama, e fece cenno verso il bancone con l'indice e il medio della sinistra sollevati.

Gelin rispose con uno sguardo interrogativo accompagnato da un movimento in diagonale della mano, dall'alto verso il basso.

Leo rispose spostando la sinistra in orizzontale.

Poco dopo, Gelin lo raggiungeva con un mezzo litro di barbera e due bicchieri, la comanda di Leo.

Intanto il Talpa aveva ripreso la sua posizione predominante, bloccando sul nascere la gazzarra.

«Eee, ma cosa tavani?» saltò su contestando l'affermazione di Bruno. «Se lo sanno tutti, che quel suonato non andava nemmeno in chiesa!»

«Ma te sei proprio un po' balengo!» lo apostrofò a sua volta Bruno sollevando l'avambraccio sopra la testa. «Se ti dico che l'ho visto uscire dalla canonica, proprio con questi occhi», aggiunse puntandosi l'indice contro il volto.

«Ora che mi viene in mente», intervenne Gepu scrutando intorno con l'occhio buono, «l'ho visto anch'io uscire una volta dalla canonica, e qualche volta ci aveva la bici appoggiata contro il muro, fuori dalla porta.»

«Eee, e questo che c'entra? Che importanza c'ha?» irruppe di nuovo Carlo, seccato da quella testimonianza che confermava l'affermazione di Bruno e lo smentiva una volta per tutte.

«Chissà per quale motivo Giuàn andava in canonica», borbottò Leo. Le sue parole s'infilarono in un istante di silenzio e tutti le udirono.

«Eee, giustappunto!» si corresse il Talpa al volo. A un cenno di Leo si era avvicinato al tavolo per prendere il bicchiere che gli aveva riempito. «È che l'importanza è ancora tutta da stabilire», aggiunse con tono professionale, recuperando così la sua posizione di criminologo. Poi, come un consumato conferenziere, spostò il discorso su un altro aspetto, sul quale avrebbero avuto tutti qualcosa da dire ma che non richiedeva lo sfoggio delle sue doti investigative, e si rivolse a Leo, ma in modo che tutti potessero udire.

«Eee, caro il mio Leonardo, è che questa faccenda ha fatto stringere ben bene le chiappe a un bel po' di gente di qua, specie ora che il capitano… quello antipatico…»

«Fieschi.»

«Quello lì», confermò Carlo accompagnandosi con un cenno affermativo della testa, «ha detto che è opera di un seral chil, chil qualcosa...»

«Serial killer.»

«Che poi sarebbe uno che mazza la gente così come che gli gira, senza un motivo. E sono già tre...»

«Questo però significa che, almeno qui, gli omicidi sono finiti», disse Leo.

Tutti lo guardarono come se avesse sparato una grossa cazzata. Ma come: se non avevano arrestato nessuno, significava che «il *sassino*», come lo chiamavano là dentro, era ancora in giro con il suo coltellaccio, pronto a sgozzare chiunque gli si parasse davanti!

Il Talpa si accorse di quelle occhiate e corse ai ripari.

«Be', certo che quelle morti sono ben strane», buttò lì con il tono di chi sa il fatto suo.

Quello era un altro argomento che poteva deflagrare in un putiferio generale e tutti stavano per partire quando, all'improvviso, la voce un po' nasale di Cens creò il silenzio.

«È tutta una questione elettromagnetica», sentenziò con il dito ricurvo puntato verso il cielo.

Parole che catalizzarono l'attenzione generale, compresa quella di Carlo, che si bloccò con il bicchiere a mezz'aria.

Ad aver provocato quella reazione non era stato soltanto il senso di ciò che aveva detto, ma anche, e soprattutto, il fatto che a parlare fosse stato Cens e che, per giunta, si fosse girato a metà distogliendo l'attenzione dalla scacchiera. A memoria d'uomo, quell'atteggiamento l'aveva assunto due sole volte, nel Novantasette e due anni prima, nel Duemila.

La prima volta era capitato quando un tizio di passaggio – fatto raro, ma ogni tanto accadeva che qualche temerario inconsapevole sfidasse quell'atmosfera rancida, vinosa e tabaccata e azzardasse una consumazione – aveva commesso l'errore di affermare, a voce alta e con il tono di chi la sa lunga, che lo scudetto perso dal Toro nel 1977 era stato tutto merito della Juve. Parole che avevano raggelato l'atmosfera rovente di quella fine luglio e trasformato la stanza in un blocco di ghiaccio immobile. D'un tratto tutte le labbra si erano paralizzate, le braccia cristallizzate e un silenzio grave e minaccioso aveva avvolto ogni cosa. Solo le mosche, insensibili e un po' tonte, avevano continuato a svolazzare, ma quasi in silenzio, e perfino il bombo dell'epoca aveva smesso di succhiare, sollevando la testa dalla goccia di vino.

Con la sua solita lentezza, Cens si era girato completamente, per vedere ben bene in faccia quel deficiente, e alla fine, da quei visceri pieni di vino, catrame e nicotina, era uscito un suono come di un tuono lontano che trasportava con sé la sentenza finale, granitica, inappellabile: «Il Toro quel campionato l'ha perso per sfiga!»

Un numero dispari di occhi – già all'epoca Gepu ne aveva uno solo buono – avevano inquadrato il tavolo dove Cens aveva tolto il dito dalla pedina della dama.

Poi, senza più degnare l'uomo di uno sguardo, era tornato alla partita ordinando a Gelin, «Un mezzo!» derogando, per la prima e unica volta, al solito quartino, segno ch'era davvero incazzato. Quelle parole avevano fatto mutare d'un tratto l'atmosfera, materializzando il puzzo di fumo in una stretta densa e pesante, che attanagliava la gola in una morsa soffocante, e all'uomo di passaggio non era restato che pagare e andarsene senza aggiungere parola.

Tutti, da Gelin, sapevano che Cens aveva due sole cose sacre e intoccabili: il Toro e Fulc, il suo cane. E la seconda volta che Cens si voltò fu proprio a causa di Fulc.

In realtà nessuno, forse nemmeno Cens, sapeva a che numero di Fulc – l'unico nome che lui riteneva degno di un cane – corrispondesse quell'ammasso di pelo pulcioso e puzzolente che sonnecchiava tutto il tempo immobile sotto il tavolo, con gli occhi semichiusi, le orecchie pendule e il muso appoggiato sulla punta di una scarpa. E anche quello, come tutti gli altri cani che aveva avuto, rispondeva a due inderogabili caratteristiche: la razza indefinibile e la mascolinità. Qualità, quest'ultima, di cui Cens andava fiero più di quanto potesse esserlo un nonno, esaltato e nostalgico, alla vista della prima erezione del nipotino.

Era stato per Fulc, appunto, ch'era successo l'altro fattaccio, quando due anni prima Peirot ne aveva messo in dubbio le qualità amatorie. Non che Fulc fosse un riproduttore coi fiocchi o che passasse il tempo a tampinare ogni cagnetta dei paraggi, ma l'aver dubitato delle sue doti di maschio vero, con i controcoglioni e la sana puzza di pelo marcio, aveva suscitato la reazione di Cens che, giratosi di nuovo per intero, aveva rantolato un «Te fai bene a tenere d'occhio le cagnette di casa tua», precipitando il locale in un baratro di occhiate maliziose, sorrisetti e mezze frasi sorte con una spontaneità e un'immediatezza inconsuete. D'altronde, tutti sapevano che Peirot, intesa come creatura a quattro zampe, aveva una sola cagnetta.

L'unico a rimetterci in tutta la faccenda fu il povero Gelin, che da quel pomeriggio perse Peirot come cliente.

Per il resto, il comportamento abituale di Cens consisteva in una composta posizione, appena ingobbita, orientata a fissare la scacchiera su cui faceva scivolare con delicatezza le pedine della dama, e in un mutismo ostinato, interrotto soltanto da laconici «Gelin», bofonchiati senza distrarre gli occhi dal gioco, che significavano «un quartino».

Insomma, anche se questa volta non si era girato del tutto, quella di Cens era una vera e propria arringa, che precipitò la sala in un silenzio inaspettato, profondo e totale, che durò il tempo di due crepitii del ciocco nella stufa.

Il primo a riprendersi fu il Talpa.

«Eee», lo aggredì con il tono accusatore che tradiva il giramento di palle provocato da quella che considerava a tutti gli effetti una vera e propria contestazione, «ma si può sapere che cosa c'hai nella testa? Formiche?» aggiunse, per ristabilire il suo ruolo di narratore e di unico depositario delle verità poliziesche.

Ma, anziché ignorare la provocazione come al solito, Cens non mollò.

«Sissignore!» ribadì con quella voce che sembrava provenire da una scatola vuota. «Campo elettromagnetico», ripeté sicuro, «ve lo dico io!» concluse con il tono che di solito si usava da Gelin per affermare una verità assoluta e incontestabile, un dogma, insomma.

Il Talpa schiumava di rabbia e stava per intervenire di nuovo, ma fu scavalcato da quello con il maglione tipo giraffa.

«E cosa sarebbe 'sto campo ettomagn… sì, là, quella cosa lì?»

Questa volta, dall'altro lato della scacchiera, fu il Maestro a rispondere.

«Certo che siete dei veri caproni», esordì guardandoli uno a uno con severità, come per dire che al mondo ci si può anche interessare di qualcos'altro oltre al calcio, alle donne, alla campagna e ai funghi. «Ma dove vivete? Sembra che stiate in mezzo ai bricchi, dove non c'è la luce e i giornali arrivano una volta al mese!» aggiunse con quella voce catarrosa che rendeva ancora più duro il tono da inquisitore.

Poi drizzò lentamente il fisico da troll, oscurando per più di metà il vetro della finestra che gli si disegnava di fianco, e con un gesto vago aggiunse: «È una cosa che non si tocca, non si vede e non si sente, ma che c'è sempre e ovunque, anche qui, tra di noi…»

Gepu girò intorno l'occhio buono, osservando tutto con sospetto, mentre quello con il maglione da giraffa si toccò le palle.

«È un fluido che ci circonda e ci avvolge tutti, inesorabile e silenzioso, subdolo come un serpente.»

Si fermò un istante per svuotare il bicchiere.

«Gelin…» fece subito Cens.

Tutti gli altri, il Talpa compreso, erano rimasti in attesa del resto della spiegazione e perfino il bombo si era posato.

D'altronde, a parte Leo, che comunque frequentava la piòla saltuariamente e da pochi anni, di tutta la banda il Maestro era il solo che fosse andato oltre le elementari, anzi, ci aveva pure insegnato. Un fatto importante in quella congrega, tanto che tutti avevano quasi scordato che il suo vero nome era Domenico, perché lui era il Maestro, vale a dire il letterato, matematico e pensatore per antonomasia. Chi era stato a casa sua aveva riferito di «due piani della stagera» pieni di libri e lo si vedeva perfino comprare il giornale due o tre volte alla settimana. Insomma, il Maestro era il faro di cultura che spiccava in quel consesso di barbari avvinazzati le cui più alte, e peraltro uniche, letture erano le didascalie dei giornaletti porno a disposizione sui tavolini dei barbieri.

In quell'aria divenuta all'improvviso carica di tensione e sempre più ammorbata dal tanfo del tabacco, continuavano i crepitii del legno nella stufa.

«Ecco», riprese infine il Maestro, «se vi teneste un minimo informati sulle cose di scienza, sapreste che il sole produce un campo elettromagnetico che arriva fino da noi e s'inverte ogni undici anni», e fece ruotare la mano prima in un senso, poi nel verso opposto.

Quello con il maglione da giraffa pensò: *Che cazzo me ne frega di tenermi aggiornato? Tanto prima o poi dici tutto tu*, ma rimase in silenzio.

L'occhio di Gepu, che era tornato sul Maestro, cominciava ad avere l'espressione un po' vuota e persa di chi non capisce un tubo.

«Ebbene», proseguì il Maestro, «proprio quest'anno c'è stata l'inversione del campo magnetico e ciò che prima andava in un modo si è messo a girare all'incontrario...»

Un barlume di comprensione squarciò quelle menti annebbiate dal barbera, e tanto bastò per scatenare il terremoto.

«È vero!» saltò su il Cit. «La Muréla, la più bella delle vacche del Vinci, quella che non ha mai sgarrato un anno, non è rimasta gravida...»

«In compenso ce ne ha fatti due la Giaia», intervenne Gelin.

«Eee, che così quello lì non ci ha rimesso niente», commentò il Talpa, ma nessuno gli badò.

Le parole del Maestro avevano dato la stura al vaso dei fatti strani.

Che ne avessero sposato o meno la tesi, la parola d'ordine era diventata *stranezza*. Quella sì, l'avevano capita tutti, e ognuno si sentiva in dovere di raccontare qualche avvenimento insolito capitato in quell'anno. Si spaziava nei campi più diversi: dai due funghi cresciuti uno sull'altro al verderame, che ormai sembrava nutrire gli insetti anziché distruggerli, finché, passando per la scomparsa dei rospi dalle strade durante le piogge primaverili, si raggiunsero le alte vette scientifiche dell'elettronica, con il frullatore della Rosina misteriosamente resuscitato dopo due mesi di morte apparente.

Alla fine fu il Talpa a riportare un po' d'ordine in quella confusione ormai degenerata in un gigantesco bordello.

Si alzò, tolse il toscano dall'angolo della bocca, si diede una vigorosa grattata alla pancia e, con le gambe appena divaricate, sparò: «Eee, ma che c'entra tutto questo con gli sgozzamenti?»

La domanda zittì di botto l'intero consesso. A quel punto nessuno più ricordava quale fosse l'argomento da cui era partita quell'alluvione di parole.

Allora, nel silenzio generale si levò la voce di Cens che, senza distogliere lo sguardo dalla scacchiera, sentenziò: «Quando cambia il campo, anche gli uomini cambiano!»

Il bombo, che a differenza dei suoi consimili ormai morti da mesi, grazie a una misteriosa quanto inspiegabile ragione fisiologica nella piòla sopravviveva fino a Natale, ebbe quasi un sussulto, ma forse era solo arrivato alla fine della goccia di barbera.

«C'entra, c'entra...» borbottò Gelin da dietro al bancone.

Gepu, che capiva le cose sempre con un minuto di ritardo, si rivolse al Maestro.

«E con questo che vuoi dire?» domandò con l'occhio ormai dilatato dalla disperazione, ma il Maestro, di nuovo concentrato sulla dama, non ascoltava più nessuno.

«Che uno che prima era buono diventa cattivo», spiegò Gelin, visto che nessuno si degnava di rispondergli.

Nel silenzio che seguì, di tipo meditabondo, l'uomo giraffa si toccò di nuovo le palle. Trascorse un minuto durante il quale si poteva quasi sentire il lavorio delle menti. Anche il ciocco aveva smesso di scoppiettare, segno che la Berta andava ricaricata.

Nel suo angolo appartato, Leo aveva cominciato a carezzare il mento con il gomito appoggiato sul piano del tavolo. Certo non prendeva in considerazione quell'ipotesi inverosimile, tuttavia le parole del Maestro avevano lanciato una nuova pallina nel flipper, che aveva messo in movimento tutte le altre.

E se chi ha ucciso don Barile non avesse premeditato un bel niente?

In pochi istanti, quella domanda si trasformò in un'idea che cominciò a rimbalzargli nel cranio, schivando le buche delle risposte per continuare a sbatacchiare da un punto all'altro.

Si alzò e infilò il giaccone di lana blu. Salutò tutti con il solito cenno della testa, lasciò i soldi sul bancone e uscì nel sole freddo, nonostante fosse già quasi mezzogiorno. Lasciò l'auto nel parcheggio e si avviò lungo lo sterrato che costeggiava il torrente. Aveva bisogno di sentire il rumore dei suoi passi sulla terra; era a caccia di un'intuizione.

Capitolo 19
La ronda

Il Sangone scorreva alla destra di Leo. In quel tratto il letto superava un piccolo dislivello e le acque, schiaffeggiando le pietre arrotondate, producevano scrosci fragorosi e violenti che coprivano il rumore dei veicoli in transito lungo la strada asfaltata che correva parallela, a poca distanza dalla sponda opposta. Sulla terra sabbiosa del tratturo che gli si allungava davanti, Leo non udiva nemmeno il suono dei propri passi, soltanto ne percepiva il ritmo cadenzato che ogni tanto si spezzava su un sasso sporgente.

Poco più avanti, in un'ansa dove la corrente quasi si fermava, tra i cespugli della riva vide spuntare la testa affusolata di un airone, con la stria nera e il lungo becco giallastro. Era immobile e teso, pronto a scattare appena un pesce fosse arrivato alla giusta distanza. Di solito si sarebbe fermato un po' a osservarlo, ma in quel momento la sua mente era occupata da tutt'altro e tirò dritto. Le parole del Maestro, «Ciò che prima andava in un verso si è messo a girare all'incontrario», continuavano a tormentare i suoi pensieri.

Proseguì, dunque, ma si allontanò dalla stradina e si addentrò per un tratto nel prato alla sua sinistra per mettere tra sé e l'airone una distanza sufficiente a non disturbarlo.

«Ciò che ha detto il Maestro ci può stare con don Franco, ma con gli altri due che c'entra?» borbottava risalendo sul tratturo un centinaio di metri più avanti.

Una domanda, nessuna risposta. Soltanto barbagli di luce, lampi lontani che non riuscivano a illuminare una verità che sentiva tanto vicina, eppure così nascosta. Giovanni e il marocchino. Che accidenti avevano in comune quei due? Forse qualcosa che avevano visto entrambi o anche uno solo di loro, il quale poi l'aveva raccontato all'altro? Magari conoscevano l'assassino? E se così fosse stato, perché dopo la morte di Giovanni quel Lasshn, o come diavolo si chiamava, non era andato dritto dai Carabinieri? Un tentativo di ricatto? Certo, quella poteva anche essere la verità, e forse era la pista che seguiva Fieschi. Anche lui aveva intuito che c'era qualcosa di nascosto, di confuso, d'inafferrabile dietro la morte di don Barile. E quel suo lasciar trapelare l'ipotesi di un omicida seriale era forse un modo per tentare di calmare le acque? Un trucco per tranquillizzare l'assassino e fargli credere che le indagini si svolgevano proprio nella direzione in cui le voleva indirizzare? Ecco, ora le domande erano numerose, ma di risposte manco l'ombra. E poi c'erano sempre quelle parole del Maestro che continuavano a vagolargli per la mente: «Ciò che prima andava in un verso si è messo a girare all'incontrario». Erano lì, stampate nella sua testa a chiare lettere, così reali che gli pareva quasi di poterle toccare. Parole che sembravano voler riorientare i fatti di cui era a conoscenza, ma non riusciva a capire in che modo, e ancor meno la direzione.

Inutile pensarci troppo.

Camminare, solo camminare, ecco ciò che doveva fare. Un passo dopo l'altro, con i piedi ben piantati in terra e le mani sprofondate nelle tasche del giaccone finché un'intuizione si fosse presentata, improvvisa e folgorante. A quel punto si sarebbe potuto cominciare a ragionare con metodo e rigore, a srotolare pian piano la matassa delle domande e a cercare le risposte con la logica.

Aveva superato un'ansa del torrente quando, da una macchia d'alberi e cespugli alla sua sinistra, sbucarono tre uomini. Tutti indossavano tute mimetiche, come quelle dei cacciatori. Uno, quello più giovane che stava a sinistra, portava occhiali scuri a specchio. In mezzo c'era un tipo sulla sessantina. Basso, tarchiato e con un rimasuglio di capelli grigi rasati a zero, aveva l'atteggiamento del capo. All'altro estremo della triade, un pesante pensionato portava di traverso sulla fronte un basco rosso, sormontato da uno stemma quasi del tutto coperto dalla piega del berretto, tanto che Leo non riuscì a distinguere che cosa rappresentasse. Erano tutti volti sconosciuti, tranne quello al centro. L'aveva notato in piazza, a Giaveno, ma non si erano mai scambiati neppure un cenno di saluto.

Quei tre erano comparsi all'improvviso, come materializzati dal nulla, e ora stavano lì, in mezzo al tratturo, con il volto tirato e le gambe divaricate.

Se fossero stati armati e con gli elmetti in testa, avrebbero anche potuto ricordare una pattuglia di militari di ronda. Ma così, con quei fisici adatti soltanto al divano di casa, l'affettato atteggiamento da duri con il petto in fuori e quella ridicola disposizione che sembrava studiata apposta per intralciarsi a vicenda, avevano un che di patetico.

A Leo venne quasi da sorridere, ma si trattenne. Quei tre l'avevano puntato.

Una volta schierati, quello con i capelli rasati alzò la sinistra facendogli segno di fermarsi.

Leo obbedì e loro avanzarono di qualche passo senza rompere lo schieramento.

L'unico che può rappresentare un pericolo è quello col basco rosso, pensò Leo, notando che tutti impugnavano un randello con la destra. Quello era l'ultimo alla sua sinistra e, nel caso avessero usato i bastoni, gli altri due, troppo vicini, si sarebbero intralciati a vicenda.

Il tempo perché i tre si fermassero di nuovo e, in caso d'attacco, aveva già in mente il piano d'azione.

L'uomo con il basco rosso sarebbe stato il primo su cui intervenire. Si sarebbe mosso allargando il braccio per colpire di lato. *Meno di un secondo*, valutò, ma era un tempo sufficiente per partire dritto, infilarsi sotto il braccio, bloccarlo con la sinistra e, ruotando la testa, piazzare la fronte dritta sul naso di quel macaco; setto nasale fratturato, dolore, disorientamento.

Anche se più che intimorirlo quei tre lo facevano sorridere, la mente di Leo, ancora addestrata come quando era in servizio, si era preparata allo scontro.

A quel punto, dopo aver messo fuori combattimento il tipo con il basco rosso, gli sarebbe bastato ruotare sulla destra e, sfruttando il varco aperto verso gli altri due, infilare il piede sinistro tra le gambe di quello con i capelli rasati che stava in centro. L'uomo si sarebbe abbassato sul suo gancio sinistro e sarebbe finito tra i piedi del terzo che, così sbilanciato e impacciato dal suo stesso bastone, avrebbe indugiato il breve istante per renderlo un bersaglio facile.

«Ah, è lei commissario», lo salutò quello con i capelli rasati, strizzando un po' gli occhi bovini, quando l'ebbe ben inquadrato. «Mi deve scusare, ma era controsole e non l'ho riconosciuta. Vada pure.»

Vada pure? Ma vuoi vedere che questi tre coglioni volevano davvero fermarmi?, pensò Leo, pronto a mandarli a farsi fottere, ma la curiosità lo trattenne. Che diamine stavano facendo?

«C'è qualche problema?» domandò accigliato, guardando dall'alto in basso il tracagnotto.

«Proprio no!» si affrettò a rispondere questi, un po' intimorito dal suo piglio deciso. «È che siamo qui per controllare», aggiunse con tono rassicurante.

«Controllare che cosa?»

«Ma il territorio», rispose quello con il basco rosso con un tono ovvio che la voce fessa rese ridicolo. «Forse non sa che in giro c'è un tipo pericoloso, un assassino che ha già ammazzato tre persone!»

Ecco, ora quel tipo insulso, verso il quale Leo aveva provato un'istantanea antipatia, era cresciuto nel suo disprezzo e gli stava decisamente sulle palle. Ma, in fondo, non era colpa di quell'ometto. L'esplosione di rabbia che aveva colto Leo era soprattutto dovuta alla scoperta che aveva fatto. Quella era una ronda! Quei tre imbecilli che giocavano a fare i marine erano fuori a pattugliare il territorio in cerca di chi? Glielo domandò.

«Abbiamo una descrizione», rispose quello con la testa rasata. «Alto, grosso, vestito di scuro.»

«Tutto lì?»

«Sì.»

Il labbro di Leo si stirò appena in un sorrisetto beffardo: «E con quella descrizione pensate di poterlo intercettare?»

«Sì!» risposero in coro.

«E fermare?» aggiunse con l'espressione di chi ha appena scoperto un'assurdità.

Questa volta il «sì» fu meno sicuro.

«Be', auguri! Ne avete davvero bisogno», e fece per avviarsi.

Il tono che aveva usato, vagamente sarcastico, sorprese quello con la testa rasata, che lo trattenne: «Perché dice questo?»

Leo sollevò appena le spalle.

«Di gente alta e grossa, come me per esempio, ce n'è un bel numero...»

«E vestita di scuro?» partì la voce fessa del tizio con il basco rosso.

Questo, oltre che antipatico, è pure cretino, pensò Leo e non lo degnò di uno sguardo.

Ma quei tre erano tanto sovreccitati quanto incrollabili nelle loro convinzioni.

«Anche se l'identikit non è dei migliori, lo beccheremo comunque», sentenziò quello con la testa rasata, ricevendo cenni di approvazione dagli altri due. «Durante il giorno ci sono in giro sei pattuglie come la nostra e la notte ne abbiamo organizzate dieci», aggiunse con orgoglio.

«In pratica non ci può sfuggire», aggiunse il cretino.

Leo ne aveva abbastanza di quei tre fantocci e, con un cenno di saluto, si girò per tornare all'auto.

Era di malumore e preoccupato.

«Ci mancava solo questa banda di dilettanti a complicare le cose e ad aumentare il pericolo», borbottò tra sé lungo il tratturo. Quei tre, che probabilmente costituivano il prototipo dei vigilanti di ronda, lo preoccupavano. Quello era un lavoro da professionisti, e se qualcuno di quegli sprovveduti avesse mai avuto la ventura di incontrare l'assassino avrebbe rischiato grosso. «Sempre che non ci vada di mezzo qualche innocente…» ringhiò tra sé.

L'airone era ancora là, nell'ansa. Immobile, con il becco proteso e la testa pronta all'azione: per prendere un pesce ci vogliono pazienza e scatto fulmineo.

Rientrando a casa Leo salutò Julie distratto, e andò dritto al telefono senza neppure sfilarsi il giaccone.

Poco dopo, mentre finiva di preparare il pranzo, lei sentì pronunciare il nome di Turrotta.

La conversazione durò pochi minuti, poi Leo riagganciò e lei colse un «*imbécile!*» bofonchiato a denti stretti mentre attraversava il salone. Tra loro avevano deciso di parlare in italiano perché Julie facesse pratica, ma quell'*imbécile*, sibilato a denti stretti e in francese, significava una sola cosa: Leo era davvero incazzato.

Andò ad appendere il giaccone nell'anticamera, poi la raggiunse in cucina.

Julie posò i piatti sul tavolo e lo guardò: «Ma ce l'avevi con Turrotta?»

Leo annuì.

«*Imbécile* anche lui», ripeté scuotendo il capo.

Julie rimase in silenzio. Sapeva che, quand'era in quello stato d'animo, lo si doveva lasciare in pace finché non avesse recuperato il controllo dei propri nervi.

Trascorsero qualche istante in silenzio, poi Leo sospirò.

«Per la verità non ce l'ho soltanto con Turrotta. Lui è fatto così; uno scansaguai peggio di Sabatini, ricordi?»

Julie ricordava il primo capo che Leo aveva avuto appena entrato in polizia. Jean-Marie Sabatini, commissario del Quinto Arrondissement di Parigi, così attento a evitare grane che lo avevano soprannominato «scansaguai».

«Il fatto è che giù, lungo il Sangone, ho incontrato tre tipi...»

«Una ronda?»

Leo si limitò a rivolgerle un'occhiata interrogativa.

«Ne ho sentito parlare stamattina, dal panettiere», spiegò lei. «Sembra che un po' di gente, sai quelli con un cervello così piccolo da credere che tutto si possa risolvere con quattro ceffoni, abbia organizzato la cosa. Ma da quello che ho sentito, sono purtroppo in parecchi!»

«Di giorno sono una quindicina o poco più, ma di notte ne circolano molti di più», sospirò Leo.

«Allora sai già tutto...»

«Ma no!» sorrise scuotendo appena la testa. «Sono cose che ho sentito da quei tre che ho incontrato...» Poi soffiò leggermente dal naso e, ciondolando appena la testa, aggiunse deluso: «Poveracci!»

«In ogni caso, queste ronde rischiano di essere un problema per quel tale che hai incontrato l'altra sera...»

Leo sollevò appena le spalle.

«Non penso che gente come quella possa impensierirlo. In fondo, in quanto a prudenza, la galera gli avrà pur insegnato qualcosa.»

Julie si era messa ad affettare il pane e lui cominciò a disporre posate e bicchieri sul tavolo.

«Però, francamente mi sembri un po' troppo sbrigativo a mettere tutti quei 'rondisti' nello stesso mazzo», osservò affondando la lama seghettata nella pagnotta oblunga che un po' ricordava la *baguette*. «Fra quella gente ci sarà pure qualcuno che sa il fatto suo.»

Leo accennò di sì.

«Hai ragione! E proprio questo era l'argomento della mia telefonata, ma l'ostinazione con cui Turrotta ha sostenuto che quei quattro scalmanati possano essergli d'aiuto mi ha così contrariato che sragiono. In ogni caso, se fossero professionisti, mi preoccuperei meno. Uno del mestiere ci sa fare e il rischio che qualcuno finisca impallinato sarebbe minore...»

«Ma se hai detto che vanno in giro armati di bastoni», osservò lei.

«Di giorno, ma la notte?»

A metà pomeriggio Leo parcheggiava la Peugeot nella piazzetta di Cette. Aveva bisogno di parlare con la Pina. Arrivando aveva notato che la porta della chiesa era aperta e, quando scese, vide la sagoma minuta che attraversava il vano.

Meglio così, pensò avviandosi sul sagrato.

Era giunto a metà strada, quando Pina uscì. Indossava il solito cappotto grigio e un po' liso da cui spuntavano le gambe sottili che s'infilavano negli stivaletti. Reggeva in mano una borsa di plastica con un mazzo di fiori ormai defunti.

Vide Leo e lo salutò con un cenno della mano. Lui rispose allo stesso modo e lei si voltò per chiudere il portone.

«Avevate ragione voi», disse quando Leo le fu accanto, «proprio ieri mi hanno permesso di ripulire la canonica, ma poi si sono fatti riconsegnare le chiavi», aggiunse un po' sconsolata.

«Vedrà che fra qualche giorno gliele daranno di nuovo, e questa volta lei potrà circolare liberamente.»

«Oh, ma che dice!» fece lei un po' imbarazzata. «Io non mi permetterei mai di entrare in canonica così, senza essere autorizzata… ma il fatto è che don Paolo, il prete che viene a celebrare messa, deve cambiarsi dietro all'altare. E meno male che il vescovo ha deciso che il delitto è stato commesso fuori dal territorio consacrato, altrimenti bisognava chiudere la chiesa», spiegò sistemando appena il fazzoletto nero da cui spuntava qualche capello bianco.

«Però», aggiunse con un sospiro, «passare ogni volta dal portone è così scomodo! Eppure bisogna pur entrare in chiesa ogni tanto. Lei non ha idea di quanta roba c'è da spolverare… e il pavimento da spazzare e le candele e i lumi, per non parlare dei fiori», spiegò sollevando appena la borsa di plastica da cui penzolavano i capolini flosci di crisantemi bianchi. «Sa che devo cambiare l'acqua ogni tre giorni e ora mi tocca andare a prenderla là», aggiunse indicando una fontanella verde dall'altra parte del sagrato, «ma ho un piccolo trucco; ogni volta aggiungo un pezzetto di aspirina…»

«Nell'acqua?»

«Sì, così durano più a lungo. D'altronde, se fa bene ai cristiani…»

Leo sorrise all'idea dei crisantemi con il mal di testa.

«Ma lei cercava me? Posso prepararle un caffè?» propose indicando la direzione di casa.

«Se permette vorrei offrirlo io», ribatté Leo, e fece per avviarsi verso il Bar Sport, ma Pina rifiutò.

«Non si offenda, ma don Franco è mancato da così pochi giorni…», spiegò con il tono di chi non voleva fare qualcosa di sconveniente.

Leo capì il suo stato d'animo e non insistette.

«In realtà la stavo cercando perché ci sarebbero ancora un paio di cosette di cui vorrei discutere con lei, se non le dispiace», attaccò Leo mentre attraversavano lentamente il sagrato.

Pina sembrò non udirlo e gli domandò se aveva poi trovato quella Filomena, «sa, quella che abita nel borgo del Ferro.»

Che sia un po' sorda? si domandò Leo, ma fece finta di niente. «Si è trasferita», rispose, «ma le indicazioni che mi ha fornito sono state comunque preziose.»

Forse fu soltanto una sua impressione, ma a Leo sembrò che Pina avesse raddrizzato appena la schiena in un gesto d'orgoglio.

«Come le dicevo, avrei bisogno di qualche altra informazione…»

«Sulla Filomena?»

«Su quel marocchino che hanno ucciso questa notte e anche su Giovanni Valori. Tutti e due abitavano da queste parti, mi pare.»

Nell'udire quei nomi, Pina si fermò e si portò una mano alla bocca.

«Ma cosa dice!» esclamò facendo il segno della croce.

Leo capì che di quel Lasshn, Lasshan o come diavolo si chiamava, Pina non ne sapeva ancora nulla, e le raccontò il fatto in due parole.

«Oh madonnasantissima!» mormorò Pina sgomenta. «Anche lui come il povero don Franco e Giovanni, che Dio li abbia in gloria…» e rifece il segno della croce.

Per non allarmare ancor più quella povera donna, Leo evitò di parlare dell'omicida seriale e tenne il discorso su ciò che gli premeva.

«Mi domandavo se don Franco conosceva anche quel Lasshn o come diamine si pronuncia.»

Pina annuì decisa.

«Anselmo! Lo chiamavamo così perché il suo vero nome per noi era impossibile da pronunciare...» Poi sospirò ciondolando appena il capo. «Ogni tanto don Franco gli faceva fare piccoli lavori. Vangava l'orto, rastrellava le foglie e altre cosette come sistemare la recinzione, verniciare i vasi... Pensi che, giusto un mese fa, ha tinteggiato il bagno della canonica.»

«E non ha mai avuto nulla da ridire con don Franco?»

«Oh, no!», rispose pronta la Pina agitando appena la destra davanti al volto. «Anzi, andavano molto d'accordo. Ma sa che quando lavorava mangiavano anche insieme? Preparava lui, Anselmo. A don Franco piaceva quella cosa che fanno loro, il cucù...»

«Cous-cous.»

«Eh, proprio quello! Lo facevano con il pollo, e una volta anche con l'agnello, mai con il maiale. Lo so perché compravo io la carne. Era una questione di religione.»

«Giovanni e Anselmo si conoscevano?»

«Non saprei», rispose lei. Poi, dopo una breve pausa, aggiunse: «Almeno, a me non è mai capitato di vederli insieme».

«Eppure frequentavano entrambi la canonica...»

Pina inclinò appena la testa di lato, e lo guardò con la benevolenza di una vecchia zia che tenta di spiegare una questione sostanzialmente diversa da ciò che potrebbe apparire a prima vista.

«Vede, come già le ho detto, Giovanni veniva ogni sabato, ma sempre e soltanto quel giorno e per meno di un'ora, mentre Anselmo capitava solo ogni tanto, quando don Franco gli commissionava dei lavori...»

«E non è mai capitato che Anselmo lavorasse il sabato pomeriggio?»

Pina ci pensò su qualche istante, poi scosse la testa in segno di diniego, con sicurezza.

«Un'altra curiosità. Mi risulta che don Franco apprezzasse le salsicce...»

Pina rispose con un sorriso bonario, comprensivo, di quelli che si riservano ai peccati veniali.

«Era davvero ghiotto di quelle di Gerardo», rispose indicando con la mano la macelleria Sicchetti.

«E le risulta che lunedì sera aspettasse qualcuno a cena?»

Meravigliata da quelle parole, Pina raddrizzò la testa.

«Lunedì?» ripeté con gli occhi appena corrucciati, oscillando la testa. «Direi proprio che non aspettava nessuno, men che mai a cena. Eh, lo so bene», ribadì seria, «perché ero io a fare la spesa e a cucinare...»

«E lunedì che cosa aveva in programma per cena?»

«Zuppa di pane secco col latte», rispose sicura.

«Tutto lì?»

«Eh, che vuole, ogni tanto gli avanzi vanno pure finiti, è un peccato sprecare la roba.»

Leo provò un senso di tenerezza per quella donna che apparteneva a una generazione ormai quasi estinta.

Erano arrivati al cancelletto di casa.

«Le posso fare un caffè?»

Leo declinò.

«Julie mi aspetta e poi non vorrei disturbare...»

«Ma quale disturbo; è un piacere parlare con lei.»

Leo tornò a ribadire che non voleva far attendere Julie.

Sul viso della Pina comparve un'espressione dolce.

«Eh, si vede proprio che è innamorato.»

Stavano per separarsi quando a Leo venne in mente un'ultima domanda. Non che fosse così importante, ma, già che c'era, tanto valeva verificare anche quell'aspetto.

«Per caso sa se sabato don Franco aveva denaro in canonica?»

«Credo di sì, perché mi disse che doveva pagare un lavoretto.»

«Una cosa importante?»

Pina si strinse nelle spalle, come per dire che non ne sapeva nulla.

«Di solito don Franco teneva molto denaro in casa?»

«Qualche volta sì! Pensi che quando faceva fare certi lavori aveva anche duecentomila lire.»

Leo evitò di ricordarle che le lire erano sparite da quasi un anno.

Capitolo 20
Spari nella notte

Dopo la morte del marocchino, per cinque giorni non successe più nulla. Come Leo aveva previsto, di notte si era udita qualche schioppettata nelle campagne intorno a Giaveno, ma non c'erano stati morti e neppure feriti. D'altronde, la presenza in zona di un serial killer aveva fatto migrare nelle valli vicine le coppiette che si appartavano in cerca d'intimità e, stando alle voci che circolavano in piazza, gli unici a lasciarci la pelle erano stati qualche succulento cinghiale, un paio di caprioli e una volpe imprudente. Segno che l'istinto predatorio di qualche difensore della sicurezza pubblica aveva preso il sopravvento sul suo senso civico.

Il tutto senza che Turrotta mostrasse il minimo segno di preoccupazione. Anzi, con il giornale locale si era lasciato andare a un commento benevolo nei confronti delle ronde che, secondo lui, «collaboravano fattivamente», con buona pace della legalità e dei rischi per l'incolumità di qualcuno, rischi che Leo continuava a ritenere più che reali.

Per fortuna, il sacro furore era durato soltanto quattro notti e già all'appello del giovedì sera, complice un freddo sempre più pungente, si erano presentati in meno della metà. Ciononostante, sia pure a ranghi ridotti, il pattugliamento si era svolto per tutta la notte.

Il venerdì mattina il cielo era coperto e qualche pozzanghera tentava timidamente di ricoprirsi di ghiaccio.

Leo era uscito per i soliti seimilaquattrocentosettanta passi di corsa ed era ormai in vista del bivio di casa quando udì in lontananza l'inconfondibile rumore di mitraglia dell'Itom. Giungeva da dietro e si avvicinava in fretta.

Per un istante si sentì quasi turbato. Negli ultimi dieci giorni, ogni volta che incontrava il Talpa, al termine della corsa c'era di mezzo un morto e quel pensiero, che gli era passato per la mente come una meteora, l'aveva in qualche modo infastidito. Non era niente più che una sensazione, ma tanto valeva dissipare il sospetto.

Rallentò il passo e, in attesa che l'altro lo raggiungesse, inspirò profondamente un paio di volte, giusto per prendere l'ultima boccata di ossigeno prima del fumo puzzolente del motorino. Alla fine, come aveva previsto, l'Itom gli si fermò accanto circondato dalla solita nuvola azzurrognola.

«Ohi!» salutò agitando entrambe le mani davanti al volto, nel disperato tentativo di allontanare un po' di quel dannato fumo.

Carlo rispose al saluto con il solito cenno del capo. Sotto quella specie di scolapasta giallo che aveva fissato sulla testa, il faccione aveva un'espressione diversa da quella delle altre mattine, *meno seria*, stabilì Leo. Anche lo sguardo era penetrante e quasi elettrizzato, come quello di un cane che ha puntato la preda.

«Eee, Leonardo, c'ho una cosa da contarti», esordì senza togliere le mani dal manubrio.

«Non è che per caso c'è stato un altro morto?»

«Tranquillo! Nessun morto, nemmeno sui *tilèt* davanti alla chiesa», lo rassicurò il Talpa ridacchiando alla sua stessa battuta, «ma ti devo contare di una cosa che sono sicuro che t'interesserà», e tacque facendo una delle sue solite pause a effetto.

Faceva molto freddo e Leo non aveva nessuna voglia di buscarsi un raffreddore. Tuttavia non voleva neppure mollarlo: le sue parole l'avevano incuriosito.

Dunque, non restava che invitarlo a far colazione a casa. Julie avrebbe capito.

«Senti, non vorrei disturbare, e poi la colazione l'ho già fatta più di due ore fa, alle sei, con Gemboro e Taric.»

«D'accordo, ma un gatto e un cane non sono mica due cristiani e poi, se non ti va di mangiare, puoi anche prendere soltanto un caffè.»

La proposta venne accettata e, pochi minuti dopo, Leo era sotto la doccia, mentre Carlo se ne stava seduto in cucina, di fronte a Julie. Era entrato in punta di piedi per paura di sporcare e, per non sentirsi in imbarazzo, cioè per non avere *gena*, come diceva lui, aveva anche accennato a togliersi gli scarponi. Leo aveva dovuto faticare un po' per impedirglielo e solo l'intervento di Julie, che aveva liquidato la faccenda con un «Tanto dobbiamo ancora pulire», l'aveva alla fine convinto.

Ciononostante, un po' di *gena* gli era rimasta e, una volta in cucina, si era seduto sulla punta della sedia, rigido come uno stoccafisso e con le mani in grembo, come se avesse paura di sciupare ciò che toccava.

Ma in quel comportamento imbarazzato c'entrava anche l'abbigliamento di Julie che, non aspettando visite, non era ancora vestita e sul pigiama indossava soltanto la vestaglia rosa che ne evidenziava appena le forme ancora ben proporzionate.

Quando erano rimasti soli, Carlo aveva avuto un lungo attimo di sbandamento in cui non riusciva a decidere dove dirigere lo sguardo, per evitare di posarlo su quelle forme piacenti. Alla fine, per vincere l'imbarazzo, aveva buttato lì la prima banalità che gli era passata per la mente: «Eee, certo che c'avete proprio una bella cucina, con il gas e tutto il resto. Io c'ho ancora il *putagé*, la stufa», tradusse, «che se ti dimentichi di metterci la legna viene tutto freddo.»

Julie, che un po' si divertiva dell'imbarazzo di Carlo, evitò di esibire ulteriormente le sue forme e sedette dall'altra parte del tavolo, con le gambe ben coperte e le braccia conserte a mascherare il seno.

«Ha già fatto colazione?» domandò senza proseguire sul discorso dell'arredo della cucina.

«Eee, sì!» rispose lui, arrossendo appena. «Cioè no, cioè volevo dire che l'ho fatta più di due ore fa...»

«Allora può *casser une croûte* con noi.»

«*Casser* cosa?» domandò il Talpa con un'espressione tonta.

«*Une croûte*», ripeté Julie «penso che in italiano si dica 'fare uno spuntino', è giusto?»

Carlo annuì soddisfatto.

«Eee, sa, a me mi piace di saperle, le cose», spiegò. «Ma è che io non volevo disturbare. Ci volevo contare tutto a Leonardo là fuori, ma lui mi ha detto che aveva freddo...»

«E, se posso saperlo, che cosa doveva raccontargli?»

«Di cosa è successo stanotte...»

«Non si tratterà di un altro cadavere?»

La voce di Leo, che era comparso alle spalle di Carlo, lo fece sobbalzare.

«Oh, ma sei più silenzioso di Gemboro», ridacchiò voltandosi a metà.

Leo non rispose e finì di sistemarsi il maglione beige a collo alto.

«Gemboro è il mio gatto, un rosso buono da topi», spiegò Carlo a voce alta rivolto a Julie, che aveva approfittato dell'arrivo di Leo per avviarsi verso il salone.

«Anche in Francia si dice la stessa cosa», inventò lei per pura cortesia.

Poi, prima di allontanarsi definitivamente, si rivolse a Leo: «Pensi tu ad apparecchiare? La caffettiera è già pronta e il latte è solo da riscaldare». Poi, senza attendere risposta, scomparve seguita da un fugace movimento degli occhi del Talpa.

Prima di scatenare Carlo, Leo aveva deciso di attendere il ritorno di Julie. In quel modo si evitava di dover ripetere tutto ciò che avrebbe detto in quei pochi minuti. Così, accesi i fuochi, cominciò ad apparecchiare il tavolo con burro, marmellata, pane, fiocchi d'avena e una mezza torta di mele.

Carlo lo guardava in silenzio. A ogni pezzo che si aggiungeva, i suoi occhi si dilatavano sempre più, meravigliati nel vedere tutto quel ben di Dio.

«Eee, ma questa non è una colazione, è come che c'è al ristorante. Io mi faccio sempre solo una scodella, oh, ma di quelle grandi», spiegò indicando la dimensione dilatando i pollici e gli indici di entrambe le mani, «e ci metto pane duro e caffelatte, ma tanto che ci sta il cucchiaio dritto infilato dentro, e poi mi bevo ancora un caffè, ma non forte come quello lì», aggiunse indicando la moka, «che mi mette l'*agitasiùn*. Io c'ho la napoletana, che lo fa più leggero», concluse rivolto a Julie, che era appena tornata con indosso jeans e uno spesso maglione cremisi.

«Allora, ti sei deciso?» domandò Leo. «Prendi il caffè o mangi qualcosa?»

«Eee, te l'ho ben detto! Se bevo solo il caffè finisce che la pompa va fuori giri», rispose indicando il petto nel punto dove si trovava il cuore, «e allora, se non disturbo, magari una fetta di quella bella torta...»

Leo dispose tazze, piatti e posate e cominciarono a mangiare.

«Allora, quali sono queste novità?» domandò quando tutti furono serviti.

Carlo, che era già arrivato al secondo boccone, deglutì in fretta.

«Eee, è che stanotte c'è stata una sparatoria...»

Julie si arrestò con il bricco del latte in mano e lo guardò sorpresa.

Leo invece, brandendo il coltello sporco di marmellata, sospirò amaro: «Quei babbei delle ronde!»

«Ma no! Che ronde!» fece il Talpa soddisfatto dell'effetto prodotto dalla sua mezza rivelazione. «È stato su, a Cette, e a sparare non sono mica stati quelli lì, ma Gerardo Sicchetti.»

«Il macellaio?» domandarono insieme Leo e Julie.

«Proprio lui!» confermò Carlo addentando un altro boccone. «Davvero buona questa torta...»

«Allora, dicevi del macellaio», lo incalzò Leo.

«Eee, sì! Gerardo Sicchetti, appunto. Non so se lo conoscete. Alto, con la testa che sembra un triangolo...» biascicò masticando con la bocca mezza piena.

Leo e Julie fecero segno che lo conoscevano.

Carlo era sempre più gongolante. Li aveva davvero sorpresi e ciò gli procurava una soddisfazione che si traduceva in un sorriso quasi ebete.

«È capitato stanotte. Uno ha tentato di entrarci nella macelleria, ma la porta c'ha un allarme che non fa tutti quei versi che ti *sbaruano*, ma avvisa su, nell'alloggio.

Così Gerardo è saltato giù dal letto e, dopo che ha brancato la pistola, si è affacciato alla finestra e ha cominciato a far rumore. A quel punto, l'uomo…»

«Un uomo? E uno solo?» lo interruppe Leo.

Un po' seccato da quell'interruzione, Carlo fece cenno di sì con la testa e proseguì il racconto: «Quell'uomo, dicevo», ripeté vagamente seccato, «che lo ha visto il macellaio, è scappato…»

«E la sparatoria?» incalzò Leo.

Carlo mostrò un'espressione seccata. Ma come, lui stava *contando* e Leo non gli dava spazio?

«Eee, quel Gerardo è proprio uno che ci girano facile e per farci capire a quello lì che era meglio che non tornava, da già che c'aveva il tuono in mano ha fatto che sparare qualche colpo in aria. Ecco, è tutto», liquidò il resoconto un po' risentito e, per mitigare la delusione, addentò un altro boccone di torta.

«Ma tu come fai a sapere tutte queste cose? Non mi dirai che c'entra di nuovo tuo cugino!»

Con le guance gonfie come un criceto che sta facendo scorta di semi, il Talpa scosse la testa.

«Ho sentito l'appuntato, quello lì, quel *napuli*…» spiegò appena la deglutizione glielo consentì.

«Turrotta.»

«Eee, proprio lui, alle sette e mezzo.»

«È stato dai Carabinieri?» domandò Julie un po' meravigliata.

«No, ero su, a Cette, e l'ho sentito che ce lo contava alla giornalista della *Valle*, sai quella brunetta, una *bela fumna*, se non fosse che è un po' secca.» Leo e Julie capirono che al Talpa le donne piacevano in carne. «Ci faceva le domande lì, in piazza, quasi davanti alla macelleria, proprio mentre parcheggiavo l'Itom vicino al Bar Sport. A ogni modo, Turrotta ha detto che non era successo niente. Solo un po' di rumore e tutto era finito lì… Però, davvero buona questa torta, posso?» domandò indicando l'ultima fettona che ancora giaceva nel piatto.

Julie fece un cenno d'invito con la destra.

«Ma tu che ci facevi a Cette, al Bar Sport, alle sette e mezzo del mattino?» domandò Leo.

«Eee, andavo a farmi un grigioverde», rispose con una naturalezza così disarmante da strappare un sorriso tenero a Julie.

Mezz'ora dopo, Leo e Carlo stavano gironzolando nel parcheggio della piazzetta di Cette. Di fronte a loro, dall'altra parte della strada, c'era la vetrina della macelleria Sicchetti e alla loro destra il Bar Sport. Il parcheggio era quasi deserto, fatta eccezione per un furgone e la Peugeot di Leo, e anche per strada non si vedeva anima.

Dalla finestra laterale del Bar Sport, Erminio, il proprietario, li osservava mentre asciugava distratto alcune tazzine.

«Eee, ci sta guardando», notò Carlo indicando la finestra con un piccolo cenno della testa. «Quello lì è curioso come una serva, dammi retta.»

«Probabile che non sia il solo.»

«E non te ne fa niente?»

Leo sollevò appena le spalle continuando a esaminare prima le finestre dell'appartamento di Sicchetti, poi l'asfalto nel parcheggio e, infine, gli alberi.

«Eee, ma si può sapere che cosa cerchiamo?»

«Non lo so! Solo, volevo capire bene come si sono svolti i fatti.»

«Oh, se è per questo, il carabiniere lì… il *napuli*, ci ha detto tutto dabbene alla giornalista», ribatté Carlo e fece per girarsi a indicare la macelleria.

«No!» lo trattenne Leo. «Già ci osservano, non è anche il caso che capiscano proprio tutto.»

«Eee, certo che te sei proprio un farinello.»

«Che cosa?»

«Sì, uno furbo, che ci sa fare.»

Leo scosse la testa: «Allora, dicevi?»

«Be', che Gerardo si è affacciato alla finestra che guarda il vicolo laggiù», spiegò indicando con un piccolo cenno della testa alla sua sinistra, «dove che c'è la porta che si entra da dietro nella macelleria. Ha gridato e poi ha sparato un colpo in aria…»

«E l'uomo che cos'ha fatto quando lui ha gridato?»

Carlo si grattò la guancia con le unghie spesse, producendo un rumore che ricordava quello della carta vetrata che sfrega sul legno.

«Eee, sai che non l'ho mica sentito? Ma forse quello là, il *napuli*, non l'ha neanche contato perché, guarda, sono stato attento sai!»

«Va bene, e poi?»

«E poi l'uomo è scappato e, prima che aveva girato l'angolo, per spaventarlo ancora di più Gerardo ha sparato altri due colpi in aria. Ma mi ascolti?»

«Sì, sì, due», borbottò Leo, che intanto si era spostato nella zona di parcheggio che prendeva d'infilato il vicolo di fianco alla macelleria. Continuava a esaminare prima l'asfalto, poi gli alberi. Aveva già scrutato il tronco di quattro tigli, quando d'un tratto si fermò.

«Hai un coltello?»

«Eee, ma a che cosa ti serve?»

«Allora, ce l'hai o no?»

«*Pfff!* Quando fai così è che sei proprio strano», sbuffò passandogli l'Opinel, che da buon contadino teneva sempre in tasca. «È solo che a me mi piace di saperle, le cose», aggiunse un po' piccato.

Leo non rispose. Prese il coltello, aprì la lama e cominciò a operare sul tronco dell'albero, più o meno all'altezza del torace. Alla fine rivolse a Carlo la mano aperta: nel palmo c'era un pezzetto di piombo schiacciato con attaccata qualche piccola scheggia di legno bianco.

«Capisci adesso?»

«Porco demonio! Ma è una pallottola!»

Capitolo 21

Il confronto con Turrotta

«Senta, appuntato, capisco che questo proiettile possa scombinare le sue certezze, ma è pur sempre una prova…», cercò di spiegare Leo nella caserma dei Carabinieri di Giaveno. Era seduto davanti alla scrivania ministeriale in metallo grigio con il piano di plastica verde, dietro cui stava un Turrotta che lo scrutava con sguardo vuoto.

La questione era delicata. In pochi giorni, quella era la seconda volta che Leo scopriva un referto sfuggito ai Carabinieri. Un fatto particolarmente sgradevole e, anche se riguardo al filo era riuscito a farlo passare come uno scrupolo tardivo, questa volta sapeva che l'avrebbe atteso un cazziatone con fiocchi e controfiocchi da parte del Mastino, anche se Leo fosse stato di nuovo disposto a concedergli la paternità del ritrovamento.

«Uè, calma!» lo fermò Turrotta, appoggiando il pezzetto di piombo davanti a sé con gesto misurato ed espressione un po' scocciata. Poi si distese contro lo schienale della poltroncina continuando a guardarlo con quello sguardo vuoto. «Intanto, qua ci vorrebbe una bella perizia balistica. Vuoi mai che questo colpo sia partito da un'altra arma e non dalla pistola del Sicchetti. Magari era lì già da un po'…»

Come se a Cette tutti si divertissero a fare il tiro a segno contro gli alberi, venne da obiettare a Leo, ma questo rimase un pensiero inespresso. Intanto sentiva che qualcosa, dentro, cominciava a ribollire.

«E se pure fosse, Gerardo Sicchetti è un galantuomo, una persona ammodo», proseguì l'appuntato, «mai creato un solo *probblema*, e allora, se anche un colpo gli fosse, e dico fosse, scappato appena più in basso…»

«Scappato più in basso?» ripeté Leo senza mascherare il disgusto per quel ragionamento assurdo.

«Uè, quello non è uno che tiene dimestichezza con le armi, come me e lei», spiegò Turrotta con un tono buonista che trasudava di un pressapochismo volto soltanto a evitare rogne.

Leo fece un lungo respiro.

«E alla fine non ci sono stati feriti, i colpi sono stati tre, come ha detto il Sicchetti, e quattro persone hanno confermato di averli uditi. E pure il furto, mica c'è stato, e allora…»

«Dunque il ladro non è entrato.»

«None!»

«E così non avete controllato l'interno del laboratorio.»

«E che controllavamo *affà* se non è entrato?»

«Almeno la serratura…»

«Oh, quella l'ha vista Laviello e dice che ci sta solo un graffio e non è stata forzata… eppoi nel negozio non ci stavano soldi e pure gli attrezzi non sono di grande valore. Guardi, là dentro non ci sta proprio niente da *arrubbare*, che quelli non c'hanno manco l'antifurto… No, creda a me, quello era un mariuolo inesperto, uno di quelli che sperano di trovare qualcosa da arraffare e ficcarsi in tasca…»

«Sicchetti ha potuto vedere l'uomo?»

Turrotta sollevò appena le spalle cadenti: «Era buio e i lampioni sono lontani. Tutto ciò che ha visto è stato un tipo grosso, piuttosto alto e vestito di scuro, con un berretto nero calcato in testa».

Leo cominciò a carezzarsi il mento.

«La stessa descrizione che ha fatto la Pina», borbottò tra sé.

«Effettivamente, potrebbe anche trattarsi del medesimo individuo», ammise Turrotta.

«Che, per ora, è l'unico sospettato...»

«E che pare *introvvabile*!»

Leo abbassò la mano dal mento.

«E come sono stati sparati i colpi?» domandò ancora.

Turrotta gli rivolse lo sguardo assente di chi non capisce la domanda.

«Intendo dire: la sequenza è stata rapida, ci sono stati degli intervalli o che cosa...»

«Ah!» fece Turrotta sollevando il faccione. «Le ultime due esplosioni si sono verificate in sequenza rapida, ma tra quelle e la prima è passato qualche secondo, così hanno detto i testimoni, e ci sta con le dichiarazioni del Sicchetti, che prima ha sparato e poi, mentre l'uomo si allontanava, ha ancora esploso due colpi, d'avvertimento dice lui, giusto per fargli capire che lì era meglio non tornare.»

Turrotta ne aveva abbastanza di quella che considerava un'intromissione bella e buona. Che il suo superiore, il maresciallo Di Giovine, fosse in confidenza con 'sto commissario in pensione era cosa sua, ma per quanto lo riguardava Leonardo Delfos era un cittadino come tutti gli altri, anzi, mo' stava diventando pure un poco scassaminchia e lui, finché teneva il comando della stazione, non aveva nessuna intenzione di modificare il proprio punto di vista. Poi erano tutti cazzi del maresciallo.

Spostò le mani dalla sfera che dilatava la giacca della divisa, le appoggiò sul piano della scrivania e, sporgendosi appena, come per far intendere che la conversazione era finita, aggiunse: «E poi, con 'sto serial killer in giro, la tensione è alle stelle. C'è paura e la gente lo vede dappertutto...»

«Ma avete almeno un identikit?»

Turrotta si alzò scuotendo la testa.

«Macché! Tutti i delitti sono avvenuti senza che nessuno vedesse niente. Teniamo solo la mezza impronta trovata *sabbato* nella cascina dove venne ucciso il marocchino. Impronta grande, di un tipo sul metro e ottanta, forse anche un po' di più, ha detto la Scientifica.»

«O di uno basso con i piedi lunghi», osservò Leo.

Turrotta si lasciò andare a una risata grassa.

«Buona questa del bassotto con i piedoni.»

Poi girò attorno alla scrivania e affiancò Leo, che si era alzato a sua volta.

«Ma che vuole, qua la gente tiene paura, sta in campana e basta che vede qualcosa di diverso dalla normalità, chessò, uno che si ferma a guardare un po' più a lungo, o con un aspetto strano, o un forestiero e *zac!*, ti fa la segnalazione. E noi *subbito ggiù*, a controllare. Oh, a mettere insieme tutte le descrizioni che c'abbiamo avuto ne viene fuori un album... Un vero scassamento di minchia!» e con questo Turrotta terminò il quadro.

«*Gros con*!» biascicò Leo, a denti stretti, quando fu solo lungo il vialetto.

L'averlo definito un coglione, e pure grosso, gli aveva permesso di sputare un po' della rabbia che aveva accumulato in quel colloquio. Tuttavia, quando salì in auto aveva un'espressione così tetra e accigliata che perfino il Talpa se ne accorse.

«Eee, ma che ti è capitato? Erano lì lì per arrestarti?» ridacchiò cercando di metterla sul leggero, ma Leo non era dell'umore giusto.

«Ma no! È quel Turrotta...» borbottò parlando tra sé, come se Carlo non ci fosse e lui stesse seguendo chissà quali pensieri.

«Ah!»

Trascorsero lunghi istanti di silenzio, poi Leo tornò alla realtà.

«Come sarebbe, 'Ah!'? Tutto qui?» domandò mettendo in moto.

«Eee, e cosa vuoi che ti dica, che è un *falabrach*? Eh? Ti farebbe piacere se dicessi che è un *falabrach*? Allora te lo dico: quel *napuli* lì non è un *falabrach*, ma un gran *falabrach*!» sentenziò a voce alta e con un tono definitivo e tranciante, di quelli che non ammettono repliche, accompagnando le parole con gesti decisi delle manone. La foga era tanta che il pezzetto di toscano quasi gli uscì dalle labbra, e lui dovette risistemarlo nell'angolo della bocca.

Leo si mise a ridere. Dopo qualche istante anche il Talpa capì quanto grottesca fosse quella situazione, e scoppiò a sua volta in una risata che lo fece piegare in avanti.

«Eee, caro il mio Leonardo, mi sa che di questo passo non caviamo un ragno dal buco», sentenziò alla fine. In realtà non aveva capito un tubo di niente di ciò ch'era successo con Turrotta, ma gli era sembrato che quella del ragno e del buco fosse una frase appropriata in quel momento, se non altro perché un po' ricordava il foro del proiettile.

«Oh, ma sai che quell'imbecille non ha nemmeno preso informazioni sul macellaio?» spiegò Leo più calmo. «Per lui è uno che non ha mai dato noie, una persona 'ammodo'», aggiunse riprendendo l'inflessione di Turrotta.

L'imitazione suscitò un'altra risata del Talpa.

«Insomma, tanto è bastato perché liquidasse la faccenda, capisci?»

Carlo, che in realtà non capiva il motivo per cui Turrotta avrebbe dovuto indagare sul macellaio, lo guardò con la fronte aggrottata e il mozzicone di toscano che si sollevava appena.

«Sai, ma a me…»

«D'accordo», tagliò corto Leo.

«E comunque perché, come che hai detto tu, bisognava informarsi su Gerardo?» concluse Carlo.

«Ma per un sacco di ragioni. Intanto, nel negozio non c'era nulla di valore…»

«Eee, e allora quello là che ci andava a rubare, un pezzo di bollito?» ridacchiò il Talpa.

«Senti, o mi ascolti sul serio, oppure…»

«È che la faccenda del bollito mi fa ridere», si scusò ridiventando serio.

«E poi non si spara addosso a uno solo perché sta tentando di aprire la porta di un negozio dove non c'è niente da rubare, ti pare?»

«E allora?» fece il Talpa che continuava a non capire.

«È una cosa strana e…»

«Le cose strane bisogna capirle bene.»

«Appunto! Si comincia con la vita del macellaio, poi della moglie, poi con i giri di amicizie e avanti; è così che funziona.»

«Eee, ma se vuoi ti conto io un po' di Gerardo.»

Erano fermi allo stop che immetteva nella via principale e Leo lo guardò serio: «E tu che ne sai?»

«Ne so», rispose vago e con tono un po' saccente, «ma adesso muoviti che se no qua facciamo notte.»

La strada era libera da un bel po', ma Leo, che si stava domandando come cavolo facesse Carlo a conoscere i fatti di Gerardo Sicchetti, non se n'era accorto.

La Peugeot s'infilò nel flusso del traffico che attraversava il paese.

«Allora, per cominciare devi sapere che quello lì c'ha un carattere *vüs* come la sua figura.»

«*Vüs*?»

«Ma see!» spiegò Carlo, sottolineando l'ignoranza di Leo con la mano aperta. «Aguzzo, a punta, no? Che se appena lo tocchi ti punge! Capito?»

Leo rivide la figura del macellaio. Anche lui l'aveva trovata spigolosa, con quella testa a triangolo e i capelli, folti e setolosi, il cui taglio a spazzola aumentava la sensazione di ispido, la stessa che trasmetteva tutto il suo corpo. A cominciare dalle dita lunghe, rigide e appuntite, fino alle ginocchia che spuntavano deformando i pantaloni, ogni particolare di quel corpo sembrava acuminato, quasi pungente. Perfino la voce era sottile e fredda come una lama d'acciaio e su quel volto, lungo e scavato, non compariva mai l'accenno di un sorriso ad ammorbidire un po' il naso acuminato come il becco di un uccello.

Prima di arrivare a casa, Leo seppe che Gerardo aveva cinquantasei anni, che da quasi trenta – Carlo non ricordava bene – gestiva la macelleria che era dei Sicchetti da due generazioni, che si era sposato appena era rimasto solo a gestire il negozio e che, dal 1980, quello che prima era il locale per la macellazione era diventato il laboratorio dove quel tipo aveva tentato d'introdursi.

«Oh, prepara delle salsicce che sono proprio una *buntà*. Care, ma buone come quelle lì non le trovi da nessun altro…»

«Le ho assaggiate», lo fermò Leo, «ma che tipo è?»

«Eee, a scuola era una vera scarpa e così, dopo le medie, il padre ci ha detto di lavorare con lui. Oh, ma questo non vuol mica dire che non sa farsi gli affari perché, caro il mio Leonardo, la *furbisia* non la s'impara a scuola!»

«A me non è sembrato che gli affari gli girassero proprio bene…»

«E voglio vedere! Col carattere che c'ha, i clienti scappano!»

«Scorbutico, eh?»

«Eee puoi ben dirlo, ma meno male che c'è Margherita, la moglie. Lei sì che ci sa fare, sempre allegra, una gran chiacchierona e poi è ancora proprio una *bela fumna*, bella piena, sai di quelle che ti fanno ancora salire la pressione, non so se mi spiego», e strizzò l'occhio.

«Tutto qui? Non ha vizi, punti deboli, che so, un'amichetta…»

«Piano che ci arrivo! No, oltre la Margherita di donne non si è mai sentito in giro, ma un vizio ce l'ha…»

Leo si fece attento e rallentò l'andatura.

«Il gioco. A quello lì ci piace giocare. Oh, ma non a bocce o alle carte. Nossignore! Gerardo va al casino, ma non quello dove ci sono le donnette…»

«Ho capito!» fece Leo. «Casinò, una sala da gioco.»

«Eee, dici bene, proprio quella lì! Ebbene, ci va una volta alla settimana, al lunedì sera, quando che il negozio è chiuso, e in giro si dice che ci piace giocare forte… e anche che perde forte.»

Leo dovette controllarsi per non staccare la sinistra dal volante e portarsela al mento.

Capitolo 22
La paura è finita

«Avete visto?» sussurrò l'uomo in mimetica ai due compari che gli stavano di fianco.

«Cosa?» domandò quello smilzo.

«Là!» rispose il primo, indicando la vegetazione alla loro sinistra.

«No!» risposero gli altri due con un filo di voce.

«Una luce! Si è accesa una luce proprio lassù, sulla cresta della collina.»

Tutti si volsero nella direzione indicata.

«Ma c'è solo buio», osservò il terzo, un tipo basso e robusto.

«Non è che te lo sei sognato?» domandò quello smilzo. «Là non ci sono case.»

«Ma va! Non ho mica le allucinazioni!» insisté quello in mimetica un po' risentito. «Vi dico che per un istante si è accesa una luce debole, proprio lassù, come quella di una pila, e poi subito si è spenta.»

I tre uomini formavano una delle cinque «pattuglie civiche», come si erano autodefiniti i prodi difensori della comunità che erano di ronda quella notte. Il loro settore copriva parte delle colline a sud del paese, una lunga linea con pareti a strapiombo, frastagliata di canaloni formati dall'erosione delle acque. Là non c'erano fontane e la zona era disabitata, salvo qualche piccolo ricovero in pietra che un tempo, quando i boschi erano sfruttati fino all'ultima foglia e all'ultima castagna, serviva da riparo a chi ci passava le giornate lavorando. Quei boschi magri erano stati i primi a essere abbandonati quando la gente aveva cominciato a lavorare nelle fabbriche e i proprietari, ma neppure tutti, se ne ricordavano soltanto quand'erano maturi per il taglio.

«Andiamo a controllare», propose lo smilzo senza troppo entusiasmo.

«Siamo qui per questo, no?» rispose quello in mimetica sfilando la cinghia della doppietta che aveva in spalla.

Gli altri due lo imitarono.

La notte era fredda e il cielo stellato. Una falce di luna calante era sorta a est e creava un chiarore vago che lasciava intuire, più che vedere, le sagome degli alberi con i rami spogli e le macchie di cespugli sempreverdi.

I tre uomini procedevano in silenzio, con i fucili stretti tra le mani, la canne puntate verso terra, attenti a non inciampare e a non far rumore. Guidava il gruppo quello con la mimetica. Lui aveva visto la luce ed era il solo che poteva tenere la direzione.

Non c'erano sentieri che salivano e i tre dovevano districarsi in una vegetazione fitta, con i rami degli alberi che si protendevano come lunghe dita scheletrite e sfioravano i vestiti producendo raschi secchi e prolungati.

Risalirono per qualche minuto finché davanti a loro, sul bordo della collina, cominciarono a distinguere le sagome degli alberi che si sbozzavano contro il cielo pennellato dal vago chiarore della luna. Formavano una linea rada, dai contorni discontinui e incerti, inframmezzata da piccoli vuoti.

Sotto i loro piedi, le foglie ancora umide sprigionavano il profumo amarognolo del tannino e, ogni tanto, qualcuna più secca delle altre si spezzettava con un rumore come di carta stropicciata. Poco più avanti qualcosa, forse un topo, si mosse veloce e le foglie risposero con fruscii brevi. In lontananza, sulla destra, un rumore di gusci spezzati e qualche sordo grugnito segnalavano un paio di cinghiali che mangiavano ghiande.

«Ora dobbiamo fare attenzione», bisbigliò quello con la mimetica quando furono a una cinquantina di metri dalla linea di colmo, «la luce era proprio là», spiegò puntando il dito tra gli alberi.

Gli altri due annuirono in silenzio. Nel freddo della notte i loro fiati si condensavano appena fuori dalle bocche e si trasformavano in sbuffi opalescenti.

Stavano per iniziare l'ultima salita, quando sulla sommità del crinale comparve una luce fioca.

Quello con la mimetica allungò una mano e sollevò il volto in quella direzione.

Gli altri risposero con un cenno della testa. Avevano visto.

Il chiarore durò qualche istante, poi scomparve e tutto tornò buio e silenzioso. Il verso lungo e modulato di un allocco squarciò il silenzio della notte e tutti s'immobilizzarono attenti.

Poi i tre si allontanarono di qualche passo uno dall'altro e, a un cenno di quello con la mimetica, avanzarono tutti insieme. In quella parte della collina, le foglie erano più secche che in basso e le suole degli scarponi le schiacciavano producendo un rumore sempre più chiaro e forte.

Davanti a loro, contro la stellata si disegnò una forma squadrata, un piccolo riparo che doveva essere coperto d'edera, almeno a giudicare dalla forma approssimata degli spigoli e del tetto. Ora i tre uomini salivano con cautela, piano, con i fucili e lo sguardo puntati in avanti. Tutti avevano liberato gli indici dai guanti, pronti a serrarli sui grilletti.

Erano ormai a una trentina di passi dal riparo, quando all'improvviso si udì un rumore di passi affrettati e di rami che si spezzavano. Tra gli alberi e i cespugli che segnavano il crinale s'intravide una sagoma umana: la preda stava prendendo il largo.

«Fermo!» urlarono i tre all'unisono.

Anziché obbedire, la figura accelerò.

«Fermo!» ripeté quello con la mimetica e, per dare all'ordine maggior forza persuasiva, esplose un colpo in aria.

Come spronata da quel rumore, la figura si mosse ancora più rapida verso il crinale.

«Eccolo, è là!» urlò lo smilzo che l'aveva proprio di fronte, e tutti si precipitarono in quella direzione.

Il basso inciampò, fece un paio di passi sbilenchi, poi atterrò carponi. Cadendo, la doppietta sbatté contro una pietra ed entrambi i cani si abbassarono. Dalle canne uscì una nuvoletta scura e nell'aria si sparse l'odore acre della polvere da sparo.

Dalla sommità si udì un grido prolungato che sembrò perdersi chissà dove.

Senza attendere che il compare si rimettesse in piedi, i due salirono di corsa l'ultimo tratto, poi si fermarono sul crinale.

Davanti a loro si apriva un baratro di una trentina di metri: al fondo, su una roccia grigia, s'intravedeva una sagoma scura, scomposta, immobile.

«Eee, ma ce l'hai la radio?» domandò il Talpa sedendosi al tavolo della cucina.

Era così eccitato che aveva scordato di domandare il permesso di entrare con gli scarponi sporchi e si era infilato in cucina, piazzandosi sulla sedia come fosse stato in casa sua. Della timidezza e del riguardo del giorno prima, manco il ricordo.

Era arrivato poco dopo le otto, mentre Leo stava finendo di apparecchiare per la colazione e Julie, nella camera al di là del grande salone, si stava vestendo con la porta socchiusa.

«Ehi! C'è di nuovo Carlo!» l'aveva avvisata Leo a voce alta, mentre dal vestibolo apriva il cancelletto. Non appena aveva udito il martellamento di mitraglia dell'Itom che imboccava la stradina di casa, aveva capito che stava venendo da loro e si era mosso per precedere la scampanellata.

«Che abbia preso gusto a far colazione da noi?» aveva risposto lei da dietro la porta.

Carlo aveva sollevato l'Itom sul cavalletto e si era tolto il casco giallo, poi, ancora prima di allungare il dito verso il campanello, nel vano della porta aveva visto Leo in piedi che gli faceva cenno di entrare. Si era attardato ad armeggiare con la catena e il lucchetto, «che a quei balordi di ladri è meglio non darci le *tentasiùn*», ed era entrato. Risalendo il vialetto aveva aperto la lampo del giubbotto marrone, pronto a levarselo. Segno che aveva intenzione di fermarsi.

Ma non serviva interpretare i suoi gesti per capire che aveva qualcosa d'importante da dire. L'espressione gongolante e lo sguardo, vivace ed eccitato, erano segni inequivocabili del fatto che c'era qualche novità, e pure grossa.

«Dài, entra», l'aveva invitato Leo dopo i soliti saluti a cenni. «Posa lì la tua roba, io ti precedo. Ho lasciato latte e caffè sul fuoco…»

«Dovete ancora fare colazione?»

Leo aveva risposto con un «Come sempre a quest'ora», ritenendolo il modo più adatto per sottolineare che quella visita era inattesa.

Dal tono che aveva usato, un altro avrebbe anche capito che era giunto in un momento inopportuno, ma non il Talpa. Lui non aveva badato alle parole e neppure al tono e, appesi casco e giubbotto all'attaccapanni nel vestibolo, si era diretto alla cucina con un «Permesso...» biascicato senza timore. Poi, prim'ancora che Leo lo invitasse, aveva sfilato il mozzicone di toscano dall'angolo della bocca, l'aveva riposto nel taschino dei jeans e si era piazzato sulla sedia che aveva occupato la volta precedente, accostata al lato del tavolo con le spalle al frigorifero, come se quello fosse ormai il suo posto.

Leo aveva tolto dal fuoco il bricco del latte e la moka, e stava aggiungendo posate e stoviglie anche per lui, quando Carlo saltò fuori con quella strana domanda.

«Eee, ma ce l'hai la radio?»

Leo, che nel frattempo si era girato di nuovo verso i fornelli, gli lanciò un'occhiata di sguincio senza rispondere.

«Di' un po', il caffè lo prendi?»

«Grazie, e se non è troppo disturbo..., che il caffè mi picchia qui sulla pompa», aggiunse indicandosi il cuore come il giorno prima, «magari anche una fetta di quella torta di mele. Sai che era più buona, oh, ma tanto più buona, di quelle che compero al supermercato. Una vera *galuperìa*!»

Per lui era un grande complimento e Julie, che stava entrando in cucina, lo prese come tale.

«Grazie, Carlo», sorrise salutandolo con un cenno della testa, «ne ho fatta un'altra giusto ieri...»

«Già, perché l'altra era finita», precisò Leo, ma il Talpa non capì che erano parole rivolte a lui.

«Eee, quello è il problema di fare le cose buone: le sbafi in quattro e quattr'otto», si limitò a sentenziare.

«Ma a che cosa serve la radio?» domandò Julie sedendosi.

«Be', a sentire il gazzettino», rispose Carlo con un tono così ovvio che strappò un sorriso divertito sia a Leo sia a Julie. «Che quello del Piemonte c'è alle otto e mezza.»

Mancavano poco più di cinque minuti e, senza una parola, Leo andò nel living, aprì una porta della credenza e prese un piccolo apparecchio grigio, con l'antenna richiusa e il cavo elettrico avvolto intorno.

«Oh, diavolo di un Leonardo, la tieni nascosta là dentro!» bofonchiò Carlo girandosi di tre quarti, con la pelle del collo tesa.

«A quest'ora, alla tele non danno un bel niente, dico di roba di qui» e, volgendo lo sguardo verso l'angolo dove torreggiava l'orologio a pendolo, domandò: «Quello è giusto?»

«Spacca il secondo», rispose Julie, che aveva imparato da poco quel modo di dire in italiano.

Carlo, che non portava *mustre* e si regolava con il sole o con i rintocchi del campanile, sorrise soddisfatto.

«Allora, proprio tra cinque minuti, sulla terza rete c'è il gazzettino del Piemonte. Eee, lo so bene io, perché a me non mi piace mica la tele. Sono sempre lì che *gridassano* e sembra che da un momento all'altro stanno per darsele, invece poi… be'! Finisce sempre che non capisco un bel niente. Un film di *combois*, quello sì che mi piace. C'è il buono, c'è il cattivo e alla fine *pam pam*, con quattro pistolettate mettono tutto a posto. Adesso però non va più di moda e…»

Leo non gli dava retta; aveva appoggiato la radio sul ripiano della cucina, poi aveva inserito la spina nella presa di corrente e ora stava armeggiando con le manopole senza capire quale fosse la stazione giusta. Alla fine desistette.

«Sai trovare la frequenza?» domandò.

Investito di quel compito delicato e importante, Carlo si alzò e lo raggiunse con fare sicuro. Prese il suo posto davanti alla radio e l'osservò con piglio professionale. Era un vecchio modello. Niente display, ma una sana e robusta radio di quelle con l'astina rossa che scorreva lungo un rettangolo su cui erano segnate le varie frequenze.

Si abbassò per vedere dove si trovava il segnalatore.

«Anche io ce n'ho una più o meno così», commentò soddisfatto, e fece ruotare la manopola con una precisione impensabile per quelle ditone spesse, più adatte a maneggiare zappe e rastrelli che elettrodomestici delicati. Alla fine trovò la frequenza giusta.

«Eee, ci siamo», annunciò gongolante e si raddrizzò.

Dall'altoparlante giungeva la voce chiara e professionale di un giornalista che leggeva le notizie. In quel momento stava raccontando di un treno deragliato. Il fatto era avvenuto nella notte e il bilancio provvisorio era di due morti e quindici feriti, di cui tre in gravi condizioni.

«Due morti», fece il Talpa scuotendo la testa rotonda, «questa cosa è più importante di quello che è capitato qui!»

Julie sorrise a quella logica dei numeri che, tutto sommato, non era poi così campata in aria.

«Perché, è di nuovo successo qualcosa?» domandò Leo.

Ma il Talpa, che si divertiva a creare l'aspettativa e a godersi poi la sorpresa che ne derivava, rimase sul vago.

«Eee, adesso sentirai!»

La notizia successiva era quella che interessava loro.

Questa mattina, sulle colline di Giaveno, un paese in provincia di Torino funestato nelle ultime due settimane da tre omicidi, è stato trovato il corpo di un uomo morto per la caduta in un dirupo…

«Eee, è proprio questa!» saltò su il Talpa.

«Ssst!» lo zittì Leo portando un dito contro il naso.

Il cadavere è stato scoperto alle prime luci dell'alba da tre cacciatori che perlustravano la zona.
L'uomo, un pregiudicato di nome Remo Barzetti, è scivolato dalla sommità di una delle colline a sud del paese ed è precipitato per una trentina di metri sfracellandosi su una roccia sottostante.

«Cosa che ti avevo detto?» sbottò di nuovo il Talpa, incapace di controllarsi oltre. «Quel tipo…»

Questa volta fu Julie a zittirlo con uno sguardo severo, a cui Carlo rispose sollevando le sopracciglia in segno di scusa e appoggiando un dito sulla bocca.

Leo, intanto, aveva cominciato a carezzarsi la barba sul mento.

… gli inquirenti non escludono possa trattarsi dell'omicida seriale a cui sono stati attribuiti i tre omicidi avvenuti a Giaveno nei giorni scorsi.
Vercelli. L'azienda agricola…

La notizia era terminata. Julie si alzò e spense la radio. Seguirono lunghi istanti di silenzio, durante i quali

Carlo osservò entrambi con l'espressione soddisfatta del protagonista, la parte che preferiva, mentre Leo era assente, con lo sguardo fisso sulla torta e la mente persa chissà dove. Julie, che aveva intuito chi poteva essere il morto, aveva la fronte appena corrucciata, pensierosa.

Tranne Carlo, il cui sguardo tornava con insistenza alla torta che gli stava davanti, nessuno badava più alla colazione.

«Eee, caro il mio Leonardo», commentò infine grattando la barba di due giorni con le unghie spesse, «con questo mi sa che il seria chill… sì, quella roba lì, è bell'è fritto», affermò con sicurezza.

Il rumore delle unghie su quei peli ispidi riscosse Leo, che gli rivolse uno sguardo interrogativo: «Ti fai crescere la barba?»

Julie lo guardò meravigliata, domandandosi che cosa c'entrava la barba di Carlo con la notizia che avevano appena udito.

Lui invece trovò la domanda del tutto naturale e, senza scomporsi, con il tono pignolo di chi ci tiene a puntualizzare, spiegò che la tagliava due volte la settimana: «Al martedì e al venerdì».

«E ti cresce così in fretta?»

«Eee, te ci vedi lungo!» rispose. «Questa volta ho saltato. Ho fulminato il rasoio.»

Leo rispose con un cenno del capo che significava: «Ho capito».

Julie, che non aveva ancora deciso se divertirsi o preoccuparsi per quel dialogo surreale, s'intromise tornando alla vicenda degli omicidi.

«Ora che il pericolo del serial killer è terminato, la gente sarà più tranquilla», commentò versando il caffè.

«Se davvero era lui l'omicida...» bofonchiò Leo.

«Eee, perché tu pensi che non era quello lì?» domandò. «Se l'ha detto anche il capitano... insomma, quello antipatico. L'han ben detto al gazzettino, no?»

Leo non rispose e cambiò discorso.

«Senti un po'», domandò rivolto a Carlo, tagliando una grossa fetta di torta che gli spinse davanti, «ma di questa faccenda tu sai solo quelle due cose che abbiamo sentito alla radio?»

Il faccione del Talpa s'illuminò. Era la domanda che si aspettava e annuì serio.

«Eee, che qualche cosa in più la so», attaccò con un mezzo sorriso di sufficienza. «Prima di venire qua sono passato in piazza e ho trovato...»

«Senti, puoi venire ai fatti?» lo interruppe Leo che, con una pallina del flipper che gli tormentava il cervello, non aveva proprio nessuna voglia di sorbirsi le divagazioni di quel chiacchierone.

«Iii, siamo nervosetti, eh? E va bene, faccio veloce», aggiunse senza celare un pizzico di rammarico nella voce. Ma qualche istante lo guadagnò ancora, perché in quel mentre addentò un grosso boccone di torta che gli gonfiò le guance.

Alla fine spiegò che, da ciò che si diceva in piazza, le cose non erano proprio andate come aveva raccontato il gazzettino.

«Ah, no?» domandò Leo.

«Eee, no! Trumlin, uno delle squadre che girano giorno e notte, mi ha contato che quei tre erano di pattuglia proprio là, sulle colline di San Giacomo...»

«Ah, perché è là che è caduto?» domandò Leo. Poi, senza attendere risposta, aggiunse: «Ma non ci sono case, lassù».

«Giustappunto», confermò Carlo con la bocca piena di un altro boccone, «là ci trovi solo dei *ciabòt*, e tutti malandati, che non li adopera più nessuno da chissà quanti anni. Anch'io c'ho un bosco lassù, e anche un *ciabòt*, ma lo lascio andare. Troppo lavoro per tenerlo in piedi e poi adoperarlo solo per *n'a vira* o due all'anno», spiegò rivolto a Julie. «A ogni modo, quei tre hanno visto una luce proprio sulla cima e quando che sono andati per vedere da bene cos'era, quello lì è scappato. E loro, alé, a corrergli dietro, ma è stata una cosa veloce, che prima che lo potessero *ciappare* lui era già caduto. Oh, un volo di trenta metri, e forse sarebbe morto uguale, anche senza sbattere contro quella pietra!»

Leo lo ascoltava con la guancia appoggiata nel palmo della mano, le labbra protese, lo sguardo fisso sul barattolo della marmellata e le dita della destra che tamburellavano, leggere, sul piano di legno del tavolo. Non aveva toccato nulla, neppure la tazzina con il caffè.

Julie invece stava mangiando i fiocchi d'avena producendo un rumore ovattato di croste frantumate.

Carlo s'infilò in bocca l'ultimo pezzo di torta, poi cambiò discorso.

«In ogni modo, sono contento che con questo omicidio il macellaio non ci ha niente a che fare», buttò lì con sicurezza.

«E come fai a dirlo?» domandarono contemporaneamente Julie e Leo.

«Eee, che da quando è successa la faccenda della pallottola nell'albero, alla sera non sono più andato a bermi un quartino da Gelin…»

«Hai cambiato bar?»

«Vado al Bar Sport, che è proprio davanti alla macelleria. Il vino è buono e assieme ti danno anche della roba da mangiare, ma, eee, c'è da fare attenzione. L'altro giorno ho messo giù un'oliva e quasi mi sono strozzato. Oh, mi mancava il fiato e mi credevo proprio di morire…»

Carlo proseguiva il racconto del suo scampato pericolo, ma Leo non l'ascoltava più. Una domanda, in particolare, lo tormentava: che cosa aveva soffocato don Barile?

«Sai, danno anche da mangiare e in questi giorni non c'ho mica tanta voglia di farmene», proseguiva intanto il Talpa, che non si era accorto dello sguardo vuoto con cui Leo fissava la punta dei polacchini. «E poi lì c'è una bella finestra che dà proprio sulla porta della casa del macellaio e su quella del garage. Ma ora devo andare», aggiunse alzandosi, «c'ho da fare erba per i conigli e le galline, prima che viene a piovere.»

«Ma se fuori c'è il sole», osservò Julie.

«Eee, ma l'aria è da pioggia», ribadì il Talpa sicuro.

Leo l'accompagnò alla porta e si fermarono un po' nel vestibolo.

Dalla cucina, Julie sentiva le voci, ma non capiva di che cosa parlassero.

Si alzò e preparò un'altra caffettiera.

Leo tornò quando il borbottio stava finendo.

«Che ti ha ancora *contato*?» domandò imitando la voce di Carlo.

«Non è colpa sua», lo scusò Leo, «sono io che l'ho trattenuto.»

«E si può sapere che cosa c'era di tanto importante?» domandò versando il caffè.

«Una cosetta che vorrei fare lunedì sera», rispose Leo, vago.

Capitolo 23
Indagine notturna

Il vapore che saliva dalle tazzine portava con sé l'aroma amarognolo e oleoso del caffè. Seduti uno di fronte all'altra al tavolo della cucina, Leo e Julie lo sorseggiavano in silenzio, con il sole del mattino che rendeva luminosi i mobili chiari e dava alle modanature color lavanda degli sportelli un che di estivo, come una speranza di calore.

Julie aveva uno sguardo sornione che Leo conosceva bene. Le compariva spontaneamente, senza che neppure lei lo volesse, quando nella sua mente si formava qualcosa in più di un semplice sospetto, qualcosa che già si avvicinava alla certezza e che, per essere tale, richiedeva soltanto una piccola conferma. Pochi minuti prima, rispondendole, era stato troppo vago e sbrigativo, e lei aveva intuito qualcosa.

«D'accordo, ti racconto che cosa mi frulla in mente», acconsentì quando terminò di bere il caffè.

Julie sollevò gli occhi e il suo sguardo tornò quello di sempre, attento e comprensivo.

«Questa sera ho intenzione di fare una visitina al laboratorio della macelleria Sicchetti… No, aspetta!» aggiunse sollevando la destra e bloccò Julie con la bocca già aperta, pronta a obiettare.

«Non è una mossa avventata. Carlo mi ha detto che il lunedì sera, mentre Gerardo fa un salto al casinò, la moglie, Margherita, va a ballare al Giro di Pista… Pare che al macellaio piaccia giocare», aggiunse in risposta allo sguardo un po' sorpreso di Julie. «Dunque vedi che…»

«Vedo che ti stai cacciando in una situazione che non mi piace, disapprovo e ti dico subito che non sono d'accordo!»

«E per quale motivo, se ti ho appena detto che è un lavoretto semplice…»

«Semplice lo dici tu. Intanto è inutile che ti elenchi la serie di reati che commetterai, ma questo so che non ti farebbe desistere. Mi domando però perché ti metti così in mezzo. In fondo non sono affari tuoi. Che se ne occupino Fieschi e Turrotta…»

Leo la ascoltava serio senza pensare a una risposta, attento a ogni sua parola.

«Di Giovine è in Colombia con Elena e allora mi domando che cosa ti spinga. E poi… hai una certa età. Queste cose sarebbe meglio lasciarle ai giovani.»

«Ah, dunque tu pensi che sia vecchio!»

«No, non è quello che volevo dire, ma ammetterai anche tu che, nonostante ti mantenga in forma, non hai più l'elasticità di un tempo, e introdursi…»

«Guarda che il laboratorio è al piano terreno e c'è soltanto una porta da aprire…»

«Sì, ma Gerardo Sicchetti è uno che spara!»

«Appunto. E per questo agirò soltanto quando avrò la certezza che la casa sia vuota, e da quel che ne so questo succede il lunedì sera.»

Julie mosse il capo perplessa. Le sue labbra si erano tese sollevando ancora più all'insù gli angoli della bocca.

«Vedi, è l'assenza di Fabio a costringermi a questo passo. Se lui fosse qui, mi darebbe retta e le cose sarebbero diverse, ma adesso, con quell'imbranato di Turrotta…»

«Dunque tu pensi che Fieschi…»

«Si stia sbagliando sia in merito all'omicida seriale sia nell'individuarlo in quel Barzetti, almeno ora ne conosco il nome… e poi c'è quella dannata salsiccia che, da quando me ne ha parlato Marri, continuo a non digerire!»

Le labbra di Julie si erano distese, segno che le parole di Leo la stavano convincendo.

«Certo, tutto sarebbe più semplice e sicuro, se anche tu mi dessi una mano…»

«A fare che cosa?»

Leo notò che il tono non era severo ma incuriosito, e ciò segnava un punto a proprio favore.

«A controllare la moglie del macellaio.»

«Che cosa?» domandò lei, incredula.

«Sì, un lavoretto semplice», buttò lì con una certa sufficienza. «Vedi, questa sera tu dovresti andare al Giro di Pista e tenerla d'occhio.»

Lei gli rivolse uno sguardo indagatore. Poi, assottigliando appena gli occhi, con un tono vagamente ambiguo domandò: «E se qualcuno mi fa la corte, come mi devo comportare?»

Perso nel suo progetto, Leo sembrò non cogliere la provocazione e si limitò a stabilire: «Un ballo solo, se proprio vuoi, poi lo allontani!»

Quelle parole, e il tono convinto con cui le aveva pronunciate, sorpresero Julie, che si alzò e, davanti a lui, allungò le braccia fino a trovare le sue mani.

«Ecco, quando sei così… meridionale, mi fai ribollire il sangue», bisbigliò conducendolo verso la camera da letto.

Dopo cena, Julie era pronta per il Giro di Pista. Seguendo i consigli di Leo, si era vestita di scuro.

«Serio, dimesso, austero», aveva approvato lui, «giusto per non dare troppo nell'occhio.»

E così lei aveva scelto pantaloni e golfino neri, ma la camicia di seta, bordeaux come il rossetto che le segnava le labbra, e quel filo di perle che le carezzava il collo, allo stesso tempo semplice ed elegante, anziché concederle un velo di anonimato, esaltavano ancor più la sua bellezza matura.

«A ben pensarci sarebbe meglio che tu non andassi là da sola», disse Leo.

«Eh, no, caro mio!» lo fermò lei. «Non ho affatto intenzione di rinunciare al ruolo che mi hai assegnato, anche se è una piccola comparsata. E ora andiamo, è meglio che io sia già in sala quando arriverà Margherita.»

In auto, Leo le domandò se aveva con sé il cellulare.

Lei rispose battendo appena la destra sulla borsetta.

«Allora siamo d'accordo: se la moglie del macellaio se ne va, tu mi chiami e, se non rispondo, telefoni a Carlo, lui sa che cosa fare.»

Poi le porse un foglietto con il numero del Bar Sport, dove il Talpa sarebbe rimasto di guardia. Lei non stette a spiegare che l'aveva già memorizzato sul telefono; il fatto che lo si potesse fare era un dettaglio che Leo non aveva ancora ben assorbito.

Erano fermi davanti all'ingresso della sala danze e, prima di scendere, Julie lo guardò: «So che non serve a nulla che te lo raccomandi, ma promettimi che sarai prudente e mollerai tutto al minimo intoppo».

Lui le sorrise, poi l'avvicinò a sé stringendola dolcemente. Lei appoggiò il viso sulla sua spalla.

«Te lo prometto», bisbigliò con le labbra appoggiate al suo orecchio.

* * *

Era appena rientrato a casa quando il cellulare squillò. Era Carlo. Margherita Bonfigli stava uscendo.

«E lui?» domandò Leo.

«Eee, ancora niente. In cucina c'è la luce accesa.»

«Bene, chiamami appena se ne va.»

Quando riattaccò, Leo provò all'improvviso una sensazione che non avrebbe saputo definire con esattezza. In quella casa silenziosa, dove il solo rumore era il ticchettio ritmico dell'orologio a pendolo, gli sembrava di muoversi in un'atmosfera strana, sospesa in un'attesa che andava trasformandosi in qualcosa dai contorni indefiniti, ma che, con il trascorrere dei minuti, diventava via via più reale passando da una nuvola immaginaria a un'entità viva, concreta e così vicina che, allungando una mano, per un istante gli sembrò perfino di poterla sfiorare. Erano momenti provocati da un'inquietudine che non aveva mai provato durante il servizio, quando lavorava con gente esperta che sapeva come comportarsi in ogni evenienza. Ma qui come collaboratori aveva uno sterminatore di topi e una farmacologa che non era abituata all'azione. E anche se aveva assegnato a Julie e a Carlo compiti abbastanza sicuri, più si addentrava in quella strana vicenda, più si rendeva conto che il pericolo non era ben definito e individuabile, ma poteva nascondersi ovunque, anche dietro gli aspetti più semplici e in apparenza innocui. E, man mano che passavano i minuti, anziché chetarsi quella sensazione continuava a crescere.

Per qualche istante fu tentato di prendere il telefono e avvisarli di mollare tutto, ed era ancora in quello stato di indecisione quando giunse la chiamata di Carlo.

Parlava a bassa voce, come se avesse un raschio in gola.

«Eee, è appena andato», comunicò asciutto, come avevano concordato.

Non ebbe neppure il tempo di aprire bocca, che già aveva riattaccato e Leo rimase con il ricevitore in mano senza più la voglia di richiamarlo. Come un elettroshock, quelle parole avevano cancellato d'un tratto tutti i propositi di rinuncia vagheggiati fino a quel momento, e quando, dopo meno di un minuto, Julie gli telefonò che Margherita era arrivata al Giro di Pista, era tornato il fermo e risoluto commissario Delfos della Omicidi di Parigi.

Si mosse con calma, poi infilò il giubbotto blu, salì sulla Peugeot e raggiunse Cette. Fermò l'auto appena fuori dalla borgata e proseguì a piedi, con un berretto di lana calcato sulle orecchie, il bavero rialzato e le mani in tasca. Anche se a quell'ora del lunedì sulla piazzetta non c'erano che due auto parcheggiate, era meglio non correre il rischio di essere notato.

Si era alzato un vento gelido che staccava le ultime foglie secche dagli alberi, spingendole lungo le strade e attraverso la piazza per accumularle negli angoli riparati. Attraversando il parcheggio, guardò la finestra illuminata del Bar Sport. Dietro ai vetri riconobbe la sagoma arrotondata del Talpa, seduto con la testa voltata per metà verso la macelleria.

Leo fece una piccola deviazione e attraversò la strada nel punto meno illuminato. Poi scivolò lungo il muro della macelleria e svoltò veloce nel vicolo che proseguiva, per una ventina di metri, addentrandosi in un'oscurità crescente. Si muoveva senza rumore, con le suole di gomma dei polacchini che sembravano scivolare sull'asfalto senza quasi toccarlo.

Quando entrò nella zona senza luce, sollevò lo sguardo. Nessuna delle tre finestre della casa di Sicchetti era illuminata. La porta del laboratorio si disegnava nella facciata, alla sua destra. Un rettangolo scuro nel muro giallastro.

La raggiunse e si voltò per controllare l'ingresso del vicolo e le finestre alle sue spalle.

Tutto tranquillo, pensò sfilando dalla tasca il passepartout.

Era un oggetto particolare, piuttosto diverso da quelli in dotazione alla polizia. Un mazzo di attrezzi dalle forme più strane che Henri Leclerc gli aveva regalato all'inizio degli anni Novanta, quando aveva deciso di «ritirarsi dagli affari», come definiva la sua particolare professione. Henri era il ladro più simpatico ed elegante con cui Leo avesse avuto a che fare. Agli inizi della carriera, quando non si occupava soltanto di omicidi, l'aveva arrestato tre volte. E sì che Henri era in gamba e negli appartamenti non lasciava mai la minima traccia. Ciò che lo fregava era lo smercio della refurtiva. Su quel fronte era un vero disastro e, per quanto si muovesse con prudenza, qualcuno degli oggetti che piazzava finiva per farlo scoprire. Ciononostante, aveva ostinatamente continuato a svaligiare alloggi e negozi e a entrare e uscire di galera finché, sulla soglia dei settant'anni, aveva deciso di smettere. E così, un mattino, Leo se l'era trovato davanti alla porta dell'ufficio al Quai. Serio e composto, Henri l'aveva salutato con la solita deferenza, poi gli aveva chiesto un colloquio «a quattr'occhi», e quand'erano rimasti soli aveva sfilato dalla tasca un pacchetto che conteneva il mazzo di passepartout, tutti attrezzi che aveva realizzato di persona. Non era stato un segno di resa, ma un gesto con cui Henri riconosceva il valore di un degno avversario, così aveva detto quando si erano stretti la mano.

Davanti alla porta della macelleria, Leo non accese la torcia elettrica, ma ne tastò la serratura con i polpastrelli.

Una Yale, sorrise riconoscendone il modello e, facendo scorrere gli attrezzi tra le dita, scelse quello adatto.

Anche se il vicolo era riparato, il vento s'infilava e portava con sé odore di polvere e un gelo che ghiacciava il nottolino giallo, rendendo le dita di Leo quasi insensibili, ma la serratura era piuttosto semplice e bastò meno di un minuto perché si udisse l'ultimo dei due scatti di chiusura.

Leo appoggiò la mano sulla maniglia di metallo. Era ancora più fredda del nottolino, ma si abbassò senza difficoltà. La porta ruotò silenziosa e, appena il varco fu sufficiente, s'infilò veloce e richiuse subito. Entrando trascinò con sé una lama di luce, e per un breve istante gli arredi del laboratorio rivelarono le loro forme. Giusto il tempo di notare il tavolo rettangolare che gli stava proprio davanti, e sulla sinistra un lavandino con a fianco la porta bianca della cella frigorifera.

Lo scatto della porta che si richiudeva risuonò come un tuono in quel piccolo spazio silenzioso, precipitando tutto in un'oscurità fredda, piena dell'odore umido della carne e di quello metallico del sangue, misto all'aroma del finocchietto che Sicchetti usava per profumare le salsicce.

Leo accese la torcia elettrica e, sotto il fascio di luce gialla, gli oggetti nella piccola stanza ripresero forma. Le pareti con le piccole piastrelle bianche s'illuminarono, spalmando un chiarore che si allargava facendo riflettere il tavolo in metallo e la macchina rossa sovrastata dal contenitore a imbuto, con a fianco la bacinella di plastica che conteneva la miscela brunastra delle spezie, coperta da un film di plastica trasparente. E poi, nell'angolo a sinistra, il lavandino d'acciaio e il piccolo bidone dell'immondizia, mentre dalla parte opposta si disegnò il vano della porta che comunicava con il locale di vendita. Attraverso il varco Leo vide uno scorcio del retro del banco, con i ripiani su cui si trovavano pile di fogli bianchi di fianco a uno sportello scuro.

Con lentezza spostò il fascio di luce sulla parete alla sua sinistra, dove spiccava la porta bianca della cella frigorifera. Si avvicinò e abbassò la maniglia. Uno scatto secco ruppe il silenzio, poi tirò a sé la porta. Era spessa e pesante e, appena si mosse, all'interno si accese la luce. Là dentro l'odore del sangue e della carne era quasi nauseabondo. Davanti a lui, appesi a due ganci, penzolavano un quarto di vitello e una fila di sanguinacci. Di fianco, addossati alla parete di destra, due ripiani metallici su cui si trovavano alcuni contenitori di plastica bianca riempiti con tagli di carne, qualche pollo e due conigli spellati che spuntavano dal bordo. Avevano le teste rivolte verso l'alto e i loro occhi, grandi e scuri, senza palpebre, sembravano fissare Leo con sguardo meravigliato. Nel piano inferiore, tra un prosciutto crudo e uno cotto, entrambi avvolti in plastica trasparente, Leo trovò ciò che cercava: una grande bacinella con le salsicce. Sembravano grossi cetrioli in fila avvolti in spire, che occupavano l'intero diametro e salivano fino al bordo.

Sei o sette chili, valutò avvicinandosi.

Con cautela sollevò metà del film di plastica che ricopriva in maniera quasi ermetica la bacinella, poi sfilò un guanto e prese un paio di salsicce dalla fila superiore. Erano cilindretti, ognuno lungo una quindicina di centimetri con un diametro di quattro o cinque. Attraverso la pelle opaca si vedevano i pezzetti di carne, frammisti a qualche punto di grasso bianco e ai piccoli frammenti scuri degli aromi.

Si abbassò per esaminarle meglio. Le annusò, poi le rigirò da ogni lato, infine ne tastò la consistenza senza notare alcun particolare strano. Erano in tutto e per tutto normalissime salsicce, e pure appetitose.

Aveva già in mano l'Opinel per tagliarne una ed esaminarne l'interno, quando il telefono vibrò tre volte.

Il Talpa aveva trasmesso il segnale di allerta che avevano convenuto: qualcuno stava rientrando.

Leo spense la torcia elettrica e attraversò il laboratorio. Ormai aveva bene in mente la disposizione dell'arredo e girò attorno al tavolo facendo scorrere le dita lungo il bordo di metallo. La superficie era fredda e liscia e lui si rese conto che non aveva rinfilato il guanto.

Tanto peggio, pensò, *se mi beccano, le impronte saranno l'ultimo dei miei problemi*, e si avvicinò alla porta metallica. Aveva già afferrato il pomello rotondo che permetteva di azionare gli scatti della serratura, quando dal vicolo giunse un rumore di passi pesanti e decisi.

Sicchetti! pensò Leo, e si allontanò dalla porta. Di uscire manco a pensarci: doveva trovare un nascondiglio.

In un attimo il suo cervello allenato analizzò ogni possibilità.

Il macellaio poteva entrare nel laboratorio, oppure tornare indietro e usare l'ingresso principale. Nel secondo caso era probabile che salisse direttamente in casa, senza neppure aprire la porta del negozio. Se invece passava dal laboratorio, per salire doveva attraversare il negozio.

L'uomo si era avvicinato e ora Leo sentiva distinto il rumore delle suole sull'asfalto. Non restavano che pochi istanti prima di capire quale sarebbe stata la decisione di Gerardo, pochi attimi per trovare un riparo che lo rendesse invisibile sia dal laboratorio sia dalla parte del negozio che conduceva alla porta delle scale.

La cella frigorifera, pensò, e stava per spostarsi quando udì il rumore metallico delle chiavi che s'infilavano nella toppa.

Merde! *Trop tard*! imprecò tra sé. Non sarebbe riuscito a richiudere la cella prima che lui entrasse. Rimaneva solo il negozio.

Intanto, il fruscio saltellato delle chiavi che s'infilavano nella toppa era stato sostituito dallo scatto metallico della prima mandata.

Leo superò l'apertura di comunicazione tra il laboratorio e il negozio.

Seconda mandata.

Leo era nel negozio. Davanti a lui si disegnava la sagoma lunga del bancone, segnata dalla stria di luce giallognola dei lampioni della piazza che filtrava attraverso gli scuri accostati della finestra. Un filo sottile che sembrava tagliare il vetro del bancone e arrivava fino al giaccone di Leo. Di fianco, sulla sinistra, la sagoma della porta che dava accesso alle scale.

Rumore di passi. La luce si accese nel laboratorio, poi lo scatto secco della porta richiusa. Non c'era tempo per indugiare.

Rapido e silenzioso, Leo si spostò nella parte opposta alla porta di comunicazione con le scale e si acquattò nello spazio tra la parete e il bancone, rannicchiandosi dietro al fianco di metallo. L'odore del sangue era quasi scomparso, sostituito da quello del detersivo per i pavimenti.

Mentre la porta d'ingresso si richiudeva, ripassò tutti i suoi movimenti: dall'ingresso, richiuso a doppia mandata, fino alla cella frigorifera, dove aveva rimesso ogni cosa nell'esatta posizione in cui l'aveva trovata. Per il resto non aveva toccato nulla.

Attese qualche istante, ma non compariva nessuno.

Dal laboratorio si sentì lo scatto ovattato della maniglia della cella frigorifera, seguito dal fruscio di una bacinella di plastica che scorreva sul ripiano metallico del tavolo, quindi il rumore attenuato della porta che si richiudeva.

Leo guardò l'ora: mancavano dieci minuti alle undici.

Che diavolo sta combinando? si domandò.

Mosso dalla curiosità, lasciò il riparo e, camminando a quattro zampe, arrivò fino al punto corrispondente all'apertura che dava nel laboratorio.

Rumore di un motore elettrico che si avviava.

Guardingo, Leo si sollevò fino al vetro che copriva la parte anteriore del bancone. Da quel punto poteva vedere il macellaio di spalle, con indosso soltanto il maglione, che armeggiava con l'insaccatrice. Di fianco aveva un piccolo involucro bianco con i bordi sollevati nel quale, ogni pochi istanti, allungava una mano e la ritraeva con le prime tre dita richiuse.

Tutto durò qualche minuto, poi Sicchetti spense la macchina e, subito dopo, Leo vide le lunghe dita appuntite che sollevavano la bacinella con la carne macinata per riporla nella cella frigorifera. Sul piano di metallo erano rimaste quattro salsicce.

Leo tornò a rannicchiarsi nel nascondiglio. Poi udì uno scatto fesso.

Ha richiuso la cella, valutò.

La luce si spense e il buio del negozio tornò a rigarsi della sottile stria di luce che filtrava dagli scuri.

Gerardo raggiunse il bancone, ma non accese la luce. Conosceva bene quella stanza. Appoggiò la mano sul bordo, ne seguì il filo con la punta delle dita e raggiunse il fondo del negozio.

Leo udì lo scatto di un interruttore, poi quello di una serratura. Accompagnato dal cigolio della porta che si apriva sulle scale, il chiarore della luce invase il negozio e il buio svanì in una penombra in cui si distingueva ogni cosa. Con gesto istintivo Leo si spostò verso la parete, ma Gerardo non si voltò neppure. Allungando la sinistra dietro la schiena, si tirò dietro la porta di legno spesso che si richiuse con un rumore secco e un po' traballante. Poi tutto tornò a riempirsi di un buio rassicurante e silenzioso.

Capitolo 24
Piano d'azione

Perché quelle quattro salsicce? si domandava Leo uscendo dal vicolo.

Il lavoro del macellaio era stata una cosetta da niente, una decina di minuti, ma per quale motivo Gerardo Sicchetti si era messo a confezionare quattro salsicce a quell'ora di notte, e per giunta avendone già una bacinella piena nel frigorifero?

Dopo che il macellaio se n'era andato, Leo si era subito mosso. Nel silenzio del negozio aveva udito i passi al piano superiore. Dapprima il rumore secco e cadenzato dei tacchi e poi, dopo qualche istante di silenzio, quello frusciante delle pantofole. Intanto lui era arrivato alla porta e, mentre apriva la serratura, aveva sentito il gorgoglio dell'urina nel WC, seguito dallo scroscio dello sciacquone e, mentre dalle tubazioni proveniva lo scorrere deciso dell'acqua nello scarico del lavandino, era uscito nel vicolo.

Riattraversando il laboratorio aveva acceso la torcia puntando il fascio verso terra. Nulla era stato spostato. Ogni cosa era dove ricordava di averla vista entrando. Il bancone perfettamente pulito, nessun residuo in giro, la bacinella con gli aromi sigillata con la pellicola trasparente, il lavandino vuoto.

Solo al termine del tubo d'uscita dell'insaccatore notò un paio di frammenti di carne. Sicchetti non era stato molto preciso nel ripulirlo, o forse aveva soltanto rimandato l'operazione all'indomani.

Aveva girato la luce intorno, in cerca del cesto per i rifiuti nell'angolo accanto al lavandino. Un contenitore cilindrico, di metallo, con il coperchio nero che si alzava pigiando una leva dello stesso colore, in basso. L'aveva aperto sollevandolo con cautela e aveva puntato la luce all'interno: vuoto.

Ha portato via anche la carta, aveva pensato avvicinandosi alla porta.

Quella carta bianca, in cui Sicchetti infilava le dita mentre confezionava le salsicce, gli dava da pensare. Che cosa poteva contenere un pacchetto così piccolo?

Inutile insistere. Le salsicce non c'erano più. Il macellaio le aveva portate con sé in casa, e con esse era sparita ogni altra traccia.

Una volta fuori, si rese conto che il vento era aumentato d'intensità e creava piccoli vortici che sollevavano granelli di sabbia, foglie e qualche pezzetto di carta. Ora quel vicolo gli sembrava ancora più freddo di quand'era arrivato. Con gli occhi socchiusi per ripararli dalla polvere, lo percorse a passo svelto rasentando il muro fino all'angolo. Proseguì rapido. Dall'altra parte della strada, un po' scostata sulla sinistra, c'era la porta di alluminio con l'insegna asfittica del Bar Sport. Dietro ai vetri della finestra che si apriva alla sinistra, si disegnavano la sagoma della testa del Talpa e, di fianco, le spallucce rachitiche di Erminio, il proprietario.

Stavano parlando. Carlo aveva un'espressione seria, ma teneva lo sguardo sulla via. Quando vide Leo uscire dal vicolo i suoi tratti si distesero, come per prepararsi a un saluto.

Lui se ne accorse e lo fermò con un cenno della mano. Erminio non si era reso conto della sua presenza; meglio non mostrarsi.

Carlo capì e volse la testa verso il barista continuando a tener d'occhio la strada.

Con un piccolo movimento dell'indice, Leo gli indicò che lo avrebbe atteso nel parcheggio, poi si strinse nel giubbotto e sfilò veloce davanti al bar rimanendo nella zona d'ombra, per proseguire fino al fondo dello spiazzo in un punto appartato.

Poco dopo Carlo lo raggiunse. In un angolo della bocca, Leo vide il rossore del mezzo toscano che ardeva e, nonostante il freddo, notò che aveva chiuso la lampo del giubbotto soltanto a metà. Anche con quel vento che allontanava gli odori, percepì distintamente il puzzo di vino e tabacco.

«Eee, certo che c'è un bel ventasso!» esordì salutandolo con il solito cenno del capo.

«Ma non hai freddo?» domandò Leo ricambiando il saluto allo stesso modo.

Carlo sembrò infine rendersi conto delle condizioni climatiche e cominciò ad armeggiare con la lampo. Abbassando la testa ondeggiava un poco, ma continuava a tirare boccate regolari dal sigaro, che rispondeva con bagliori intermittenti e nuvolette di fumo che subito sparivano nel turbinio dell'aria. Alla fine, l'operazione gli riuscì e sollevò la cerniera fin oltre la curva della pancia.

«Tutto lì?» domandò Leo.

«Eee, è che non è mica freddo come che a gennaio!» rispose, seguendo una logica tutta sua che, evidentemente, prevedeva la progressiva chiusura della cerniera solo con il procedere dell'inverno.

«Senti», propose Leo, «ho l'auto parcheggiata qui dietro. Almeno lì saremo al riparo, ma non con quello», aggiunse indicando il sigaro.

Senza pensarci su, Carlo sfregò la punta incandescente del toscano tra il pollice e l'indice. In terra cadde una pioggia di scintille rossastre. Poi infilò di nuovo il mozzicone nell'angolo della bocca.

Leo guardò meravigliato quelle dita grosse, con la punta un po' ricurva, e provò a immaginare quanto fosse spessa la pelle.

«Sei stato in gamba! Avvisato al momento giusto», lo elogiò quando furono al riparo nell'abitacolo.

Carlo allargò le labbra in un sorriso soddisfatto.

«Eee, è che quello là è arrivato presto...»

«Come sarebbe, presto?»

«Sì, prima di quando torna a casa il lunedì!»

«Ah, perché di solito rientra tardi?»

«Eee, c'hai voglia! Ma non ti ricordi che ti ho detto che ci piace giocare?»

Carlo fece seguire le parole da un paio di gesti con le mani e l'aria finì di saturarsi del puzzo di vino e tabacco. Leo abbassò un po' il finestrino.

Ricordava, ma non sapeva che di solito la cosa si trascinava fino a notte fonda.

«Oh, ma dove che si gioca è su, in Val d'Aosta, ma su un bel po'! Capace che da qua saranno cento chilometri!» Poi, allungando una mano, aggiunse: «Anche tu c'hai caldo?» e abbassò a sua volta il finestrino.

«Oh, non così tanto!» lo fermò Leo. «Sennò geliamo.»

Carlo risollevò un po' il vetro.

«Comunque», sospirò, «per fare tutta quella strada ci va ben il suo tempo.»

Leo, che prima non aveva idea della distanza tra Giaveno e Saint-Vincent, annuì.

«Ma tu come fai a conoscere questi particolari?»

Carlo rispose con un mezzo sorriso sornione che Leo notò anche nella penombra dell'abitacolo.

«Eee, basta che con la gente ci parli, non che la schivi come fai te.»

Leo lasciò perdere e gli raccontò in breve che cos'era successo nel laboratorio.

Alla fine Carlo si tolse il mezzo toscano dalla bocca. Un gesto che faceva soltanto quando qualcosa lo colpiva.

«Delle salsicce!» esclamò con quella sua voce potente e secca. «Ma…»

«Appunto! Se ne aveva già preparate un buon numero proprio nel pomeriggio, e le ho viste io nella cella frigorifera…»

«Perché farne altre quattro?» concluse Carlo.

Leo accennò un paio di volte con la testa: «Vedi, è proprio questo che non mi torna…»

«Eee, vuoi dire che non lo capisci?»

«Proprio così! E allora sai che vorrei fare?»

Prudente, Carlo non rispose, ma si limitò a guardarlo infilando di nuovo il sigaro tra le labbra.

«Ciò che farebbe qualsiasi buon investigatore: sorvegliarlo!»

«Eee, vuoi dire che ci facciamo la guardia?»

«Più o meno, ma basta tenere d'occhio il movimento intorno alla macelleria.»

«Ho capito!»

«Il fatto è che una sorveglianza come si deve non posso farla da solo…»

«Eee, ma cosa *tavani*? Sai bene che ci sono qua io! Credi che non sia buono a farlo?» saltò su il Talpa ringalluzzito.

Sotto la barba brizzolata, Leo sorrise soddisfatto.

«Bene. Allora, se vuoi darmi una mano, ecco cosa devi fare. Intanto, per un'oretta ancora, ti piazzi nel parcheggio, ma senza dare nell'occhio, e controlli se da Sichetti va o viene qualcuno...»

«E se capita?»

«Cerchi di capire di chi si tratta, ma non ti muovi per nessun motivo: aspetti che io torni. Non ti muovi per nessun motivo, capito?» ripeté.

Carlo annuì in silenzio.

«Non ci metterò molto, il tempo di andare a prendere Julie al Giro di Pista e riportarla a casa. Poi ti sostituisco e stanotte resto io a sorvegliare. Tu verrai a darmi il cambio domani mattina. È tutto chiaro?»

Il Talpa fece per parlare, ma Leo non gliene diede il tempo.

«Domani mattina ti piazzerai al Bar Sport e, se Sichetti uscisse, oppure se arrivasse qualcuno che non è del posto, mi chiami al telefono e io mi precipito.»

«Eee, sì! Ma quanto che dobbiamo stare?»

«Spero poco», rispose Leo, che non ne aveva la minima idea, «ma... tranquillo, le consumazioni sono a carico mio.»

Non era però la spesa la vera preoccupazione di Carlo.

«Eee, sai, è per via di Taric. Lui è abituato a vedermi al mattino, a mezzogiorno e alla sera. Se manco, diventa triste. Gemboro no! Lui è diverso, un gatto se ne sbatte di più, ma un cane...»

«Non ti preoccupare. Ci organizzeremo in modo che tu possa gestire i tuoi impegni. Piuttosto, sei in moto?»

Carlo scosse il faccione rotondo.

«Io il vento lo annuso», spiegò toccandosi la punta del naso, «e ho preso il trattore, ma l'ho nascosto dietro alla chiesa, che non volevo che qualcuno fosse troppo curioso.»

Leo annuì soddisfatto: a volte il Talpa era una vera sorpresa.

«Finalmente sei arrivato», sospirò Julie salendo in auto. «Non ne potevo più! Margherita non ha fatto che ballare con l'uno e con l'altro per tutta la sera, e ancora adesso non dava segno di stanchezza. Io invece cominciavo proprio a stufarmi.»

«Scusami per il ritardo, ma…»

Julie alzò gli occhi al cielo con un'espressione infastidita che, nell'abitacolo scuro, lui non notò.

«Sai anche tu come sono quei posti…»

Lui non colse il tono vagamente malizioso che aveva usato.

«E come sono?» domandò distratto.

«Pullulano di *jules*!»

Questa volta afferrò bene il significato della parola.

«Come sarebbe pullulano di ganzi?» ripeté inchiodando la Peugeot e voltandosi verso di lei.

«Ma sì», fece lei fingendo noncuranza, «c'è un sacco di bellimbusti che si mettono in mostra. Tutti tirati a lucido, profumati, con i capelli impomatati e certe giacche di broccato o di velluto nero, o blu scuro, che sembra di essere tornati indietro di trent'anni…»

«Allora è stato divertente! Altro che annoiarti…»

«Eh, ma quelli lì sono in giro a caccia, non so se mi spiego…»

«E tu eri dunque una delle fagianotte appetibili?» scherzò. Poi, con tono sincero, aggiunse: «D'altronde, hai ancora un gran bel fisico e sei bella come quarant'anni fa».

Julie sorrise.

«Oh, se è per questo, non ero la sola a suscitare interesse. Margherita, per esempio, era gettonatissima!»

«E va bene, ma che saranno stati un paio di inviti a ballare!»

«Vedo proprio che non hai esperienza di quelle balere. Là c'è parecchia gente che non va solo per danzare.»

«Vuoi dire che vanno per beccare?» domandò Leo che non aveva messo piede in una balera da più di trent'anni. Semplicemente non era più capitato e il lavoro lo aveva portato soltanto nei night. Ma quelli erano posti del tutto diversi, con ballerine ed escort per uomini soli. In qualcuno, soprattutto negli ultimi anni, aveva anche notato qualche *gigolo*, segno dei tempi che cambiavano.

«Visto che hai usato quella parola eloquente, te lo confermo: sono lì proprio per beccare!»

«Ho capito!» esclamò finalmente Leo. «Sei stata importunata...»

«Ehi, sono sulla settantina, ma sono ancora in grado di tenere a bada un uomo, peraltro poco più giovane di me.»

«Dunque è stato così!» sbottò Leo con un tono diventato all'improvviso duro.

«La cosa ti secca?»

«Sì!» esclamò deciso.

«E allora puoi capirmi...»

«*Touché*!»

Julie allungò una mano e gli carezzò i capelli grigi.

«Comunque, se ti fa piacere, quel tanghero noioso e ostinato non aveva nemmeno un'unghia del tuo fascino... anche se non era brutto.»

Leo la guardò dapprima serio, poi i suoi lineamenti cominciarono a distendersi e, spinti dagli zigomi che si sollevavano, gli occhi ad assottigliarsi. Dopo qualche secondo entrambi cominciarono a ridere.

«Che mi dicevi della moglie del macellaio?» domandò quando tornarono seri.

«Che è una gettonatissima. Come ballerina è davvero in gamba, un piacere guardarla, e ha ballato con tre, no, anzi, quattro persone diverse, anche se…»

«Anche se cosa?»

«Forse è soltanto una mia impressione, ma mi è sembrato che con uno dei cavalieri avesse un atteggiamento diverso… particolare… più intimo, capisci?»

«Magari tra i due c'è qualcosa…» azzardò Leo, senza tuttavia mostrare interesse.

«Di certo una familiarità diversa da quella che mostrava con gli altri.»

«Motivo?»

Julie reclinò appena il capo e sollevò un po' la spalla destra.

«Niente di preciso, ma il modo in cui si guardavano mentre ballavano, il loro atteggiamento e soprattutto la luce che ho visto sul volto di Margherita mi hanno colpita.»

«Insomma, intuito femminile.»

Julie cambiò discorso.

«Tu sei bravo a farmi parlare, ma della tua serata non mi hai detto nulla.»

«D'accordo», acconsentì Leo, anche se aveva ancora la mente in subbuglio, occupata da pensieri confusi. Dopo essere stata coinvolta nella vicenda e ancor più ora, dopo la sorveglianza al Giro di Pista, Julie aveva il diritto di sapere tutto, fin nei minimi particolari. E poi lui doveva preparare il terreno per comunicarle le prossime mosse che intendeva fare. Anche se lei aveva accettato la sua «visita» nella macelleria, non significava che sarebbe stata d'accordo con l'idea della sorveglianza notturna.

Erano arrivati davanti a casa; Leo spense il motore lasciando la chiave inserita. La ventola continuava a soffiare aria calda e nell'abitacolo c'era un tepore gradevole. I vetri cominciarono ad appannarsi.

«Che c'è, non metti l'auto sotto la tettoia?» domandò Julie.

In risposta, Leo le raccontò l'esito della «visita» alla macelleria.

« *Dis-donc*! Quattro salsicce!» esclamò alla fine Julie, anche lei meravigliata e perplessa nello stesso tempo. «Ma per quale motivo si è messo a confezionare quattro salsicce? E perché portarle su, in casa? Se gli era venuta fame, poteva prenderne una tra quelle che aveva preparato nel pomeriggio! E perché quattro, quando una a testa è già più che sufficiente?»

Leo si strinse appena nelle spalle.

«E se fosse stato un esperimento?» proseguì Julie. «Se in quel pacchetto di carta bianca ci fossero state nuove spezie da provare? Che so, qualcosa per aromatizzare l'impasto? Erbe che richiedono alcune ore per sprigionare del tutto il loro sapore?»

Anche se in tono sempre meno convinto, Julie continuava a elaborare ipotesi che Leo ascoltava scartandole una dopo l'altra. Ricordava bene che, pochi minuti dopo l'uscita del macellaio, quando era ripassato nel laboratorio, l'unico odore che aveva percepito era il tenue profumo del finocchietto e nessun altro.

«E doveva proprio usare subito quegli aromi? A quell'ora della notte? E poi portarsi le salsicce in casa anziché riporle con le altre nella cella frigorifera? Sai che ti dico? Che in quel laboratorio c'è qualcosa di poco chiaro, e se fossi in servizio non esiterei a...»

Colpita dalle sue stesse parole, all'improvviso Julie si volse e rimase a guardare Leo senza terminare la frase.

«Sono contento che anche tu la pensi come me!» approvò lui. «Questa è una faccenda poco chiara, una cosa da approfondire.» Ora il suo tono era cambiato e si era fatto deciso, come quando impartiva ordini ai suoi ispettori, al Quai.

Julie capì.

«Dunque hai intenzione di sorvegliare la macelleria?»

Da come aveva pronunciato quelle parole, Leo si rese conto che non era stata poi così sorpresa. Tuttavia qualche resistenza doveva pur manifestarla, se non altro per indurlo a non commettere imprudenze.

«Uno confeziona quattro salsicce per piacere, dovere, sperimentazione, divertimento... insomma, per una sfilza di motivi lunga fin laggiù», attaccò indicando un punto oltre il vetro, «e tu ti metti a sorvegliarlo? Ma ti rendi conto...» e si bloccò senza sapere che cosa aggiungere. Anche lei era stata una poliziotta e sapeva bene che quello era un passo che non si poteva evitare.

«Oh, senti!» tagliò corto Leo. «Gerardo Sicchetti è uno che spara alla gente. In questi ultimi giorni ci sono stati due omicidi, e don Barile non è stato ucciso soltanto perché era già morto. Inoltre hanno frugato nella sua gola e c'erano pezzetti di salsiccia cruda intorno alla ferita, mentre lo stomaco era vuoto. E poi il resto della salsiccia, che non si è trovato, così come anche la carta che l'avvolgeva. Una quarta persona è morta, forse solo mentre tentava di mettersi in salvo...»

Julie sollevò entrambe le mani mostrandogli i palmi.

«Basta! Ho capito! Ma tu pensi che Sicchetti c'entri in qualche modo con queste morti? Se non sai neppure che cosa faceva nelle ore in cui ci sono stati gli sgozzamenti! E poi quello lì esce il lunedì, cioè il giorno in cui è stato ucciso don Barile, e va a giocare al casinò, con tanto di registrazione all'ingresso eccetera eccetera...»

«Lo so!» la fermò Leo. «So tutto questo, e se ci fosse qui Fabio queste cose le avrebbe già controllate, ma con Fieschi, che è convinto di aver liquidato la faccenda dell'omicida seriale, e quel testone di Turrotta, con cui è inutile discutere...»

«D'accordo, tocca a te. Ma almeno che non duri a lungo, promesso?»

«Promesso.»

«E nessuna imprudenza, promesso?»

Leo le prese le mani tra le sue e le strinse con delicatezza. Non ripose, non era in grado.

Arrivò a Cette verso l'una. Il Talpa lo aspettava appoggiato al muro del parcheggio, una macchia scura contro il cemento grigio, con un punto rosso vivo all'altezza del viso.

Capitolo 25
L'uomo con il giubbotto di pelle

La prima parte della notte trascorse senza che accadesse nulla. Verso le tre del mattino, il vento si calmò e tutto precipitò in un silenzio immobile. Leo si era fermato al fondo del parcheggio, in un angolo male illuminato da cui si vedevano bene sia la macelleria sia l'accesso al vicolo del laboratorio.

Ogni mezz'ora accendeva il motore e forzava al massimo la ventilazione, per riportare la temperatura all'interno dell'abitacolo a un livello sopportabile. Si era portato del tè e, ogni tanto, ne beveva un mezzo bicchiere. Ne aveva riempito un thermos e, quando svitava il tappo, dal contenitore usciva un filo di fumo. In bocca, il liquido liberava l'aroma profumato e scendeva piano lungo l'esofago, riscaldandogli torace e stomaco. Beveva piano e a piccoli sorsi, poi riavvitava il bicchierino sul tappo del thermos e lo sistemava tra i sedili, dritto e ben stabile, in modo però da non impedire i movimenti per manovrare l'auto.

Gli sembrava di essere tornato indietro di… quanti anni, trenta?, trentacinque? Forse di più.

All'epoca ero molto più giovane, si diceva stiracchiandosi, *ma la scomodità era la stessa*. Quell'attesa immobile gli ricordava le notti trascorse in appostamento. Ore che si allungavano, si dilatavano fino a deformarsi in momenti sospesi nel nulla in cui, con lo sguardo fisso su una casa, un portone, una finestra o un vicolo, gli occhi sembravano uscire dalle orbite e allontanarsi, e le palpebre cominciavano a chiudersi senza quasi accorgersene. Allora, come ora, il rimedio era sempre lo stesso: un po' di movimento. Così, ogni volta che l'insegna della macelleria cominciava a svanire, prima di raggiungere il punto oltre cui la volontà scompariva, Leo scendeva dall'auto e camminava per qualche minuto.

Faceva sempre lo stesso percorso che costeggiava per un tratto il lato esterno del parcheggio, raggiungeva il cono giallo della luce del lampione e, prima di entrarvi, attraversava la strada per rimanere nella zona più buia, rasentando il muro di cinta di una villa seminascosta tra gli alberi. Arrivava fino all'inizio del sagrato e tornava indietro. Quattrocentosettantadue passi, tra andata e ritorno, memorizzati fin dalla seconda sgranchita di gambe.

Quella di contare i passi era una cosa che gli veniva spontanea, senza che neppure ci pensasse. Un'abitudine radicata in lui fin da bambino, quando aveva dovuto escogitare un modo per vincere la paura delle scale buie che gli toccava scendere per andare in cantina a prendere il vino. All'inizio lo faceva bisbigliando sottovoce la successione dei numeri. Un suono amico che gli frusciava nelle orecchie dandogli il coraggio necessario per affrontare quelle rampe, illuminate a stento e silenziose. Con gli anni la paura passò, ma rimase quella strana abitudine, come se contare i passi servisse a costruire una specie di mappa mentale del percorso.

Anche lì, sulla piazzetta di Cette, ogni volta che usciva dall'auto sentiva crescere la familiarità con quel nuovo tragitto. All'inizio, in quel piccolo mondo fatto di polvere e sibili, camminava curvo, con le spalle racchiuse, gli occhi semichiusi e il bavero stretto attorno al collo. Quando però il vento era calato, tutto si era trasformato, e nel silenzio che aveva avvolto Cette erano spuntati all'improvviso i rumori della notte. Foglie smosse, fruscii, dentini che rosicchiavano rapidi per qualche secondo e poi s'interrompevano, il latrato lontano di un cane. Suoni che scomparivano quando, con la pelle delle guance ormai insensibile, decideva di rientrare nell'auto dove il solo rumore che ancora giungeva erano i rintocchi deboli, addormentati, quasi moribondi delle campane di Giaveno.

Poco dopo le quattro, Leo cominciò a sentire le palpebre che si appesantivano sempre più, e lentamente si chiudevano. Dapprima soltanto per brevi istanti. Una condizione a cui reagiva spalancando gli occhi con forza, quasi strabuzzandoli. Ma il beneficio non durava che pochi istanti, poi le palpebre tornavano a calare, l'immagine si sfocava fino a scomparire e la testa, sempre più pesante sul collo, cercava sollievo reclinandosi appena sul petto. Nella mente si faceva strada la promessa di quiete e ristoro, un sonno dove perdersi e dimenticare tutto: le salsicce e don Barile, le ronde e quel poveraccio di Barzetti, precipitato nel burrone, Sicchetti e il suo vizio del gioco, e la moglie che si faceva corteggiare nella sala da ballo, e quegli altri due, il marocchino e… e… Giovanni…

Ora i pensieri procedevano al rallentatore e si dilatavano tanto che ogni parola sembrava durare minuti, si distorcevano e si accavallavano fino a confondersi, per poi tornare all'improvviso al punto di partenza così, senz'alcun nesso logico. Stava cedendo e non poteva, non voleva, non doveva farlo.

Con gesto automatico allungò una mano, svitò il tappo rosso del thermos e lo inclinò fino a capovolgerlo, ma nel bicchierino cadde soltanto qualche goccia.

«*Merde*!» imprecò a denti stretti riavvitando il tappo. Poi uscì dall'abitacolo.

«Un altro giro», borbottò rivolto a se stesso. «Ecco che cosa ci vuole. Un bello schiaffo d'aria fredda e ti risveglierai del tutto», e si avviò lungo il solito percorso.

Fu mentre attraversava la strada che lo vide. Un tipo robusto, jeans e un giubbotto di pelle nera. Teneva il bavero rialzato fino al bordo del berretto di lana scura che aveva calcato in testa. Era comparso all'improvviso e camminava spedito, con passo sicuro e silenzioso.

Aveva imboccato la strada su cui si affacciavano la macelleria e il Bar Sport e, in un tratto controluce, Leo notò che aveva le gambe parecchio storte.

Immobile contro il muro di cinta della villa, Leo lo seguiva con lo sguardo.

L'uomo superò le prime due case e quando fu quasi davanti alla macelleria rallentò. La porta del negozio non distava che quattro o cinque passi e l'uomo, senza togliere le mani dalle tasche né rallentare l'andatura, si voltò a metà. In quel modo, con un solo sguardo poteva controllare il parcheggio e la piazzetta fino alla chiesa.

Leo sapeva bene che la sola possibilità che aveva per passare inosservato era restare del tutto immobile. Nel vuoto della piazza, il minimo movimento avrebbe attratto l'attenzione anche di uno sguardo distratto. Continuò dunque a rimanere fermo nella penombra, tuttavia la sua figura massiccia si disegnava contro i mattoni rossi della recinzione e, quando lo sguardo dell'uomo passò in quella direzione, Leo intuì che l'aveva notato.

L'uomo rallentò appena l'andatura e, anziché proseguire verso la macelleria, attraversò la strada fino al Bar Sport, che a quell'ora era ancora chiuso. Si fermò un istante e si sporse come per leggere il cartello che indicava l'orario di apertura. Poi proseguì e scomparve, inghiottito dalle ombre di una notte che ancora non si decideva a finire.

Leo rimase per qualche minuto a carezzarsi il mento con la sinistra, pensieroso. Era stata soltanto una sua impressione o quel tipo, quando l'aveva notato, aveva deviato e si era diretto verso il bar? E quello sporgersi verso la porta in modo ostentato, come se ci tenesse a mostrare che quella era la sua meta…

Un'ora e mezzo più tardi, quando la strada cominciò ad animarsi con il passaggio di quelli che andavano a prendere la corriera a Giaveno, arrivò il Talpa.

Niente Itom e neppure trattore. Era a piedi e Leo se lo trovò all'improvviso davanti al parabrezza, con il giubbotto chiuso a metà e il maglione verde militare che spuntava ai lati del collo. Salutò sollevando appena il mento.

Leo scese dall'auto.

«Sei arrivato presto, non ti aspettavo prima delle otto», lo salutò stiracchiandosi.

«Eee, ma te non lo sai che le prime ore sono le migliori? C'hanno l'oro… e poi non riuscivo mica a dormire bene. Così mi sono alzato, ho preparato il pastone per le galline e ce l'ho messo nella bacinella, che quando si svegliano ce l'hanno bell'e pronto. Oh, anche i conigli sono sistemati, perché c'avevo ancora dell'erba che avevo tagliato ieri, prima di quel ventasso, e poi ci ho dato anche del pane secco. Gemboro c'ha il suo latte e Taric ha fatto colazione con me e adesso è contento e soddisfatto fino a mezzogiorno.»

Leo ascoltò in silenzio il resoconto. In fondo, le vicende di quella specie di arca di Noè lo divertivano.

«Sei venuto col trattore?»

Carlo annuì e, con un cenno della testa, indicò un punto indefinito oltre la chiesa.

A est il cielo cominciava appena a rischiarare e, sopra la collina di Trana, verso Giaveno, le stelle si stavano spegnendo una per una. Il sole era pronto ad attraversare quel cielo limpido, senza l'ombra di una nuvola, segno che l'ora più fredda stava finendo.

L'insegna del Bar Sport si era accesa già da un po'. Con essa si era illuminata anche la finestra, e sull'asfalto del parcheggio si era abbozzato un rettangolo azzurrognolo disegnato dalla luce al neon. Ogni tanto qualcuno entrava per una consumazione e ne usciva dopo pochi minuti, stringendo il bavero del cappotto o del giaccone attorno alla gola.

«Almeno non ti toccherà aspettare al freddo», disse Leo indicando il bar con un cenno della testa.

«Eee, sì!» fece il Talpa con un sorriso strano, vagamente ebete.

Non era il solito Carlo, aveva qualcosa di diverso, e Leo lo osservò con maggior attenzione. L'abitudine di cogliere particolari e dettagli, e di memorizzarli, gli svelò subito il mistero: si era rasato e l'aveva fatto anche il giorno prima. Leo ricordava bene quella sua facciona senza un'ombra di barba. Ma lui si radeva soltanto due volte la settimana. E allora che cosa l'aveva spinto a impugnare il rasoio alle cinque del mattino, e a eseguire quel lavoro così accurato che non aveva lasciato tracce di pelo sull'intera superficie del volto, neppure in quel punto in alto, dietro la mandibola, che di solito raggiungeva solo una volta ogni tanto? E poi c'era quel vago profumo di acqua di colonia che a Leo era sembrato di percepire non appena era sceso dall'auto.

Decise d'indagare per vie traverse.

«Magari ti annoierai un po' al bar. In mattinata non mi pare che ci sia un gran movimento...»

«Eee, ma quale noia! Quel bar lì è un bel posto.»

Un bel posto? si ripeté Leo incredulo. Scosse appena la testa come per mettere bene a fuoco la risposta: *un bel posto*? A lui era sembrato insignificante e freddo, con quei tavolini dalle gambe metalliche e il piano di formica grigia, e le sedie uguali che ricordavano l'arredo di un ospedale. Insomma, un locale senza un tocco di personalità, tranne la grossa stufa a pellet di un bel rosso vivo, un'oasi di colore quel deserto anonimo.

Strana risposta, pensò, e nella mente gli balenò un sospetto.

Cambiò tattica e passò a una domanda diretta.

«Là c'è qualcuno d'interessante?»

Il Talpa arrossì lievemente e, con gli occhi che guardavano i polacchini di Leo, cominciò a ondeggiare da un piede all'altro ciondolando un po' la testa, come colpito da un improvviso torpore imbarazzato.

«E chi è? La moglie del proprietario?» domandò Leo senza pudore.

Carlo si riscosse subito: «Eee, ma quale moglie! Quella lì non è la *fumna* di Erminio!» spiegò in tono quasi scandalizzato, al pensiero di provare un certo interesse per la moglie di quello che ormai considerava un amico. Poi, con voce fattasi all'improvviso tenera, aggiunse con un velo di vergogna: «È una parente alla lunga di Erminio che viene a pulire al mattino. Si chiama Agnese...»

Leo sorrise. Aveva capito il motivo della misteriosa migrazione mattutina del Talpa dalla piòla di Gelin al Bar Sport e non indugiò oltre sull'argomento. Il solo che aveva diritto a parlare di quella faccenda era Carlo, se e quando si fosse deciso a farlo. Fino a quel momento, rispetto assoluto; tra loro funzionava così.

Si lasciarono dandosi appuntamento a mezzogiorno.

Prima di mettere in moto, Leo lo guardò allontanarsi diretto al bar, con quel suo passo lento e pesante, ma con un portamento nuovo, eretto, sicuro di sé.

Nonostante la stanchezza, che era tornata a impossessarsi del corpo e della mente, lungo la strada verso casa Leo non fece che pensare a Carlo innamorato.

«Svegliati! C'è Carlo al telefono!»

La voce di Julie raggiunse le orecchie di Leo come un suono lontano e confuso, parole a cui non riusciva a dare un senso preciso.

Dormiva da appena tre ore, ma era stato soltanto il corpo a riposare. Senza che lui se ne rendesse conto, la sua mente aveva continuato a rincorrere pensieri che non ricordava, e immagini a cui non avrebbe saputo attribuire una forma anche soltanto abbozzata. Però, in quella nebbia confusa, il suo cervello non riusciva a riaccendersi.

Poi, le scosse leggere che gli muovevano appena la spalla destra divennero sempre più vere, reali, concrete, perfino fastidiose e gli sembrò di sobbalzare lungo una strada sconnessa.

«Chi?» domandò con un filo di voce girandosi con gli occhi chiusi verso Julie.

«Carlo! Il Talpa», ripeté lei coprendo con una mano il microfono del cellulare.

Quel nome produsse in Leo una scossa improvvisa. Con uno scatto si mise a sedere e allungò una mano per prendere il telefonino che lei gli porgeva.

«*Allô*!» biascicò con voce impastata.

«Eee, che accidenti *tavani*!» rispose dall'altra parte una voce secca.

Leo aveva risposto come si usava in Francia, ma decise che non era tempo di spiegazioni.

«Lascia stare. Piuttosto ci sono novità?»

«Eee, no!»

Leo ritrovò d'un tratto tutta la sua voce.

«Come sarebbe, no!» quasi gridò.

«Sarebbe che ti volevo chiamare quando venivi.»

Leo lanciò un'occhiata alla sveglia sul comodino. Mezzogiorno e cinque. L'ora in cui avevano concordato il cambio era passata e, porca vacca, stanco com'era si era dimenticato di puntare la sveglia prima di coricarsi.

«Non è per me», stava spiegando ancora Carlo, «è per Taric. Sembra che c'abbia un orologio dentro e se non mi vede arrivare si agita, poi diventa triste e anche Gemboro...»

«Arrivo subito!» lo fermò Leo. «Giusto il tempo di uscire», e chiuse la comunicazione.

Un vigoroso massaggio sul viso con l'acqua fredda, una rassettata ai capelli ondulati, che avevano un aspetto vagamente ciancicato, e un maglione blu a collo alto, pulito. Gli restava appena il tempo per qualche sorso del caffè che Julie gli aveva già preparato. I polacchini allacciati in tutta fretta e un biscotto che masticò mentre faceva manovra con la Peugeot.

Aveva appena superato la piazza di Giaveno, quando il cellulare suonò. Era di nuovo Carlo. Non lo lasciò proseguire oltre l'«Eee...»

«Due minuti!» lo bloccò con un tono che non ammetteva replica.

Ai primi posti della graduatoria delle cose che Leo detestava c'erano le sollecitazioni e le telefonate alla guida. Le due cose si erano sommate e il risultato era stato quella specie di ringhio con cui aveva risposto.

Stava per staccare la comunicazione quando, pur a distanza dall'orecchio, udì un «nuove», parola che per Carlo significava novità. Dunque non era una sollecitazione e Leo accostò l'auto riportando il cellulare all'orecchio.

«Scusa, non ho capito bene. Dicevi?»

«Eee, c'è che devi venire in fretta, che ci sono delle nuove! Mentre Gerardo tirava giù la serranda per il pranzo, si è infilato nel negozio uno alto, con un giubbotto di pelle nera. Margherita era già salita in casa e dopo che quello lì è entrato Gerardo si è affacciato, ha guardato di qua e di là e poi ha tirato giù la saracinesca.»

«L'uomo che è entrato aveva le gambe storte?»

«Eee, e tu come lo sai? Ma sei davvero un bel...»

«Ascoltami bene», lo bloccò Leo, «sarò lì tra un paio di minuti. Tu aspettami fuori dal bar, nel parcheggio e, mi raccomando, non perdere di vista la macelleria!» e chiuse la conversazione prima che Carlo potesse replicare.

Entrando nel parcheggio, Leo lo vide in piedi, appoggiato contro il muro del bar. Senza che gliel'avesse raccomandato, aveva scelto il punto che lo nascondeva alla vista di chi stava dentro, soprattutto a quella di Erminio che, c'era da scommetterci, aveva ascoltato la conversazione di poco prima. D'altronde il telefono era piazzato in una nicchia di fianco al bancone e Carlo non aveva l'abitudine di parlare sottovoce.

Leo parcheggiò la Peugeot e lo raggiunse.

Senza una parola, Carlo puntò l'indice con la falange ricurva verso la macelleria.

«È ancora là dentro», garantì con il tono sicuro di chi aveva fatto buona guardia.

Leo valutò la situazione. L'ingresso del negozio era oscurato dalla saracinesca abbassata e nel vicolo non c'era che la porta di metallo. Per sbirciare all'interno rimaneva solo la finestra. Durante la pausa per il pranzo non veniva chiusa con la griglia metallica, e dietro ai vetri si vedevano le sagome delle ante di legno verniciate di beige. Erano soltanto accostate e lasciavano uno spazio di una decina di centimetri, attraverso cui si poteva vedere all'interno.

«Io vado alla finestra. Tu piazzati lì all'angolo, e tieni d'occhio il vicolo. Se esce qualcuno dal laboratorio fammi un cenno. Capito?»

Carlo avrebbe voluto fargli notare che in quel modo Erminio li avrebbe visti, ma il tono di Leo gli bloccò le parole in gola. Fece un cenno d'assenso con la testa ed entrambi attraversarono la strada.

Dietro ai vetri della finestra, le ante di legno formavano due rettangoli che occupavano in altezza l'intero vano. Come aveva intravisto, erano soltanto accostate e la fessura che ne derivava era sufficiente per scorgere una parte del negozio e, dietro al bancone, quasi l'intera apertura di comunicazione con il laboratorio.

Leo si spostò a destra e a sinistra, in modo da allargare il più possibile lo sguardo sulla porzione visibile del negozio, ma non notò nulla.

Lungo la strada non c'era traffico, una calma che durava per tutta l'ora del pranzo e, nel silenzio, Leo riuscì a percepire voci ovattate che provenivano dall'interno della macelleria. Non capiva le parole, ma il tono era concitato. Poi, all'improvviso, nel vano di comunicazione con il laboratorio vide proiettarsi ombre che si muovevano veloci e confuse. Infine, nel passaggio comparvero due figure. L'uomo con il giubbotto nero era di spalle e Leo vide le dita lunghe e appuntite di Gerardo che lo tenevano per la nuca. In quello stesso istante, il braccio sinistro dell'uomo scattò verso il basso. Poi i due scomparvero di nuovo nel laboratorio.

Per un istante Leo si rammaricò di non aver preso la RR 51, la vecchia pistola d'ordinanza che non aveva mai voluto sostituire in tutta la carriera e che aveva tenuto anche dopo il congedo. Ma non c'era tempo per i rimpianti; bisognava agire. Aveva già notato che le finestre avevano vetri semplici, piuttosto sottili. Romperne uno non sarebbe stato un problema, anche senza un oggetto come la pistola.

Si spostò appena, piegò il braccio destro in due poi, aiutandosi con la mano sinistra, spinse con forza il gomito contro il vetro all'altezza della maniglia di chiusura. Si udì un rumore secco, subito seguito dal tintinnio dei frammenti di vetro che cadevano sul pavimento, che si confuse con un urlo di dolore del macellaio proveniente dal laboratorio.

Leo infilò la destra nel varco e afferrò la maniglia, un pomolo liscio, di metallo freddo, che sfuggiva alla presa e girava con difficoltà. Strinse la mano e la fece ruotare con forza. Il fermo cedette all'improvviso, la mano gli scivolò dal pomello e finì su una delle schegge di vetro che frastagliavano l'apertura. Leo sentì dapprima la pelle che si apriva sulla punta acuminata poi, mentre la carne si squarciava, provò il dolore acuto e penetrante del vetro che s'infilava nel palmo. Con gesto istintivo sollevò la mano anziché ritrarla, e fu un bene perché la scheggia di vetro si sfilò senza spezzarsi. Leo sentì il calore del sangue che cominciava a colare sulla pelle. Qualche goccia rosso scuro macchiò il davanzale.

Senza indugiare oltre, spinse la finestra. Battenti e ante si spalancarono e lui s'infilò nel varco.

Aveva appena ripreso l'equilibrio, quando dal laboratorio comparve l'uomo con il giubbotto nero. Alto, sulla quarantina, con capelli biondicci tagliati a spazzola e una maglia a collo alto che spuntava dal giubbotto, lo fissava minaccioso. Nella destra stringeva un coltello a serramanico con la lama insanguinata. Leo avrebbe ricordato a lungo quegli occhi freddi, di un azzurro quasi incolore che lo trafiggevano con cattiveria. Avevano pressapoco la stessa corporatura, ma le spalle di Leo sembravano più grandi e squadrate.

Dal laboratorio provenivano i gemiti del macellaio.

L'uomo si mosse per uscire dal bancone.

Leo valutò la situazione. Mano destra fuori uso. Nessun arredo, tavolino, mobiletto o sedia da poter afferrare per fronteggiarlo; soltanto un mattarello di legno appoggiato sul bancone, ma troppo lontano. Prima che la sua mano lo potesse raggiungere, l'uomo l'avrebbe già colpito. Ora distava circa tre metri e aveva notato la sua destra insanguinata. Ciò ne aveva un po' mutato l'espressione e sul viso squadrato era comparsa una smorfia; un ghigno di sufficienza.

Pronto all'azione, con i sensi concentrati sull'uomo che stava per muoversi, Leo non sentiva più il dolore del taglio sulla mano.

L'uomo era avanzato di un passo portandosi a distanza di attacco. Quando si mosse per caricare il braccio, Leo intuì ogni suo movimento successivo. Lo sguardo dell'uomo si era abbassato sul suo ventre. Appena un lampo, ma sufficiente per tradirne l'intenzione: avrebbe tirato al bersaglio grosso. Intanto le gambe dell'uomo, che si trovavano sulla stessa linea, si erano un po' divaricate. Il colpo sarebbe arrivato dritto, in basso, inevitabilmente con una leggera rotazione da destra verso sinistra. Leo sapeva come comportarsi.

Quando la mano scattò, fu pronto a scansarsi. Il braccio dell'uomo proseguì la sua corsa, la lama affondò nel vuoto e, trascinato dallo slancio, il corpo si abbassò nell'istante in cui il gomito destro di Leo si sollevava colpendolo tra la mandibola e il naso. Attraverso l'omero, Leo sentì il setto nasale dell'uomo che cedeva e poi si fratturava. Il sangue iniziò a zampillare.

Frenato dal colpo di gomito, l'uomo si trovò sbilanciato e prese ad annaspare disordinatamente per recuperare l'equilibrio. Era il momento del secondo affondo.

Senza esitare, Leo fece perno sul piede sinistro e, in semirotazione, gli sferrò un calcio sulla rotula destra con tutto il proprio peso. La sentì cedere e vide l'uomo cadere a terra pesantemente.

Con il viso deformato in una smorfia di dolore, l'uomo mollò il coltello e infilò la destra nella tasca del giubbotto. Attraverso la pelle nera s'intravedeva la sagoma di una pistola. Fu questione di un secondo.

La sinistra di Leo si allungò sul piano del bancone e si spostò finché le dita si serrarono sul mattarello, mentre dalla tasca dell'altro già spuntava il calcio della pistola. Ancora un istante e sarebbe stata in posizione di tiro.

Le dita di Leo si strinsero sul legno poi, con mossa fulminea, ruotò il braccio lanciandosi verso l'uomo. La caduta coprì la distanza tra loro e, prima di toccare terra, l'estremità arrotondata del mattarello si abbatté sulla tempia dell'uomo. Si udì un colpo sordo. L'uomo s'immobilizzò per un attimo. Nei suoi occhi comparve uno sguardo meravigliato, poi si afflosciò sul pavimento in posizione scomposta, come un cencio abbandonato, immobile.

Capitolo 26

Una bevuta da Gelin

Il giorno seguente, poco dopo le undici, Leo entrava da Gelin con un paio di quotidiani e il giornale locale sotto il braccio. Li aveva acquistati per semplice curiosità, giusto per capire se erano riusciti a raccontare la vicenda senza omissioni o distorsioni e, rientrando alla borgata, aveva letto i resoconti giudicandoli buoni e veritieri. La fasciatura che gli avvolgeva la destra gli lasciava libere soltanto le dita e spuntava dalla manica del giaccone formando una vistosa macchia bianca accanto al blu scuro della stoffa. La ferita era profonda, ma tre punti al pronto soccorso avevano sistemato tutto. Di guidare manco a parlarne, e anche per la corsa bisognava lasciar passare qualche giorno, ma sulla passeggiata e sul suo orario il medico non aveva avuto nulla da ridire. Così, senza trasgredire le raccomandazioni, Leo era uscito all'alba. Aveva seguito lo stesso tragitto del giro di corsa e, quando non era ancora a metà, era stato intercettato dal Talpa.

Questa volta non c'erano morti né «nuove da *contare*», ma soltanto l'invito per una bevuta da Gelin quella stessa mattinata, prima di pranzo. Leo aveva accettato.

Di lì a poco Julie sarebbe andata a Torino per sbrigare certe faccende e sarebbe rientrata soltanto a pomeriggio inoltrato. Lui, che con la scusa della ferita era riuscito a evitare quella gita noiosa, aveva promesso che si sarebbe riposato e, in effetti, che c'era di più tranquillo che farsi una bevuta da Gelin e quattro chiacchiere?

E poi non se l'era sentita di rifiutare, soprattutto dopo il soccorso che Carlo gli aveva prestato il giorno prima in macelleria, quando, dopo aver steso l'uomo con il giubbotto nero, aveva cominciato a sentire la gola riarsa e la testa girargli sempre più vorticosamente. Si era rialzato appoggiandosi al bancone, ma non era stata una buona idea, perché d'un tratto le forze l'avevano abbandonato, e stava per scivolare sul pavimento quando le mani dure di Carlo l'avevano afferrato e accompagnato a sedersi in terra.

«Eee, adesso cerco qualcosa per fasciarti, tu stai bello fermo qua per terra, che a quello lì ci penso io! Se si sveglia ci do una bastonata in testa...» l'aveva tranquillizzato, ed era sparito dietro al bancone per tornare poco dopo con un canovaccio bianco. L'aveva strappato in tre strisce e gli aveva fasciato stretta la destra. La stoffa era un po' ruvida e odorava di sapone. Poi era rimasto inginocchiato al suo fianco.

Leo ricordava vagamente di aver domandato del macellaio.

«Lui è di là, che ci pensa la moglie», l'aveva rassicurato Carlo.

Intanto Erminio, che aveva seguito la scena dietro ai vetri della porta del bar, si era precipitato a telefonare. Poco dopo, alla macelleria erano arrivati Turrotta, con un paio di uomini, e l'ambulanza.

Nella piòla c'era la banda al completo. A cominciare da Cens e il Maestro, con il quartino quasi vuoto di fianco alla scacchiera e Fulc accovacciato sui piedi e più puzzolente del solito, fino al calabrone che stava succhiando da una goccia di dimensioni ragguardevoli. Dietro alla Berta che pompava alla grande, orgogliosamente svettante sul rettangolo di latta con gli angoli lucidi, spuntavano la schiena ricurva e il corpo minuto del Cit, in ascolto con la piccola testa protesa, e Bruno, massiccio, lento e pesante come sempre, appoggiato al piano di marmo del bancone accanto al tipo lungo con il maglione a chiazze che somigliava al mantello di una giraffa. Era martedì e Leo lo notò. Sapendo che frequentava la piòla soltanto il sabato e la domenica, capì che stava succedendo qualcosa d'importante. E poi c'era lui, il Talpa, con il maglione verde scuro teso sul ventre, che gesticolava attirando l'attenzione dell'unico occhio buono di Gepu.

Fin dall'esterno sembrava di percepire quell'atmosfera spessa e nebbiosa dove il puzzo del vino e del tabacco era ormai una cosa sola con i mobili e le pareti.

Ritto accanto al tavolo, con il bicchiere posato a portata di mano e la corta lampo del maglione aperta, Carlo stava parlando e accompagnava le parole con ampi movimenti delle mani che si alzavano e abbassavano, mimando movimenti per sottolineare e ribadire, anche fisicamente, ciò che stava dicendo.

A giudicare dalla caraffa da un litro che aveva accanto, ormai quasi vuota, doveva essere lì già da un bel pezzo. Tutto quel vino e la vicinanza della Berta, che produceva calore a più non posso, gli avevano colorato le guance di un bel rosso acceso.

L'argomento doveva essere interessante, poiché tutto l'uditorio, tranne i giocatori di dama e Fulc, era rivolto verso di lui.

Senza più indugiare, Leo abbassò la maniglia di legno e spinse la porta fino a superare il piccolo inciampo sul bordo di una piastrella, quasi a metà corsa, ed entrò.

Gelin, che aveva sospeso per qualche istante il travaso del vino dietro al bancone ed era impegnato a rimpinzare la Berta con un paio di ciocchi, lo vide e lo salutò sollevando appena testa e sopracciglia.

«... *bum!* Lungo e tirato in terra, vi dico, come che fosse un sacco di patate», stava berciando Carlo. Preso dalla foga del racconto, non si era accorto dell'arrivo di Leo. Quando però gli occhi dell'uditorio si spostarono dalla sua figura alla porta, s'interruppe bruscamente e si girò a sua volta.

Lo sguardo gli s'illuminò.

«Eee, Leonardo, sei arrivato!» lo accolse piuttosto eccitato e lo invitò a raggiungerlo, accompagnando le parole con un gesto da anfitrione.

Sollevando il mento, Leo salutò il consesso e tutti ricambiarono allo stesso modo.

«Stavo giusto contando di ieri, ma vieni, siediti qua!» disse spostando la sedia dal tavolo. «Gelin!» ordinò poi, indicando la caraffa ormai agli sgoccioli.

Anche qualcun altro approfittò di quella pausa per fare rifornimento.

Leo percorse i pochi metri che lo separavano da Carlo e sedette il più lontano possibile dalla stufa. Sbottonò il giaccone, ma tenne la destra sotto il piano del tavolo, evitando di mostrare le bende come fossero una medaglia.

Tutti avevano notato la fasciatura, ma nessuno aveva aperto bocca, nonostante nove occhi – Cens e il Maestro erano rimasti con la testa china sulla dama e Gepu ne aveva uno solo – l'avessero guardato chi con interesse chi con ammirazione. Perfino Fulc e il calabrone, a modo loro, si erano interessati alla scena. Il primo aveva seguito i passi di Leo con un orecchio sollevato a metà, mentre il calabrone aveva concentrato su di lui buona parte delle centinaia di occhi e aveva perfino smesso di succhiare.

Gelin servì caraffe, quartini e mezzi litri e tutti bevvero generose dosi di quel liquido nerastro, che con una certa magnanimità veniva chiamato barbera. Prudente, Leo si era limitato a un piccolo sorso.

Il Talpa riprese la parola.

«Eee, caro il mio Leonardo», attaccò rivolgendosi a Leo, ma in modo che tutti sentissero, «ho appena finito di contare a tutti quello che hai fatto ieri mattina...»

Un paio di teste si mossero per annuire con ammirazione.

«Certo che sei proprio un farinello. Ci hai tirato una bastonata e l'hai steso con una mano sola...» rincarò, ma Leo si limitò a sollevare appena una spalla.

Vedendo che la ripetizione del racconto non attaccava, Carlo passò a un altro argomento.

«Ma quello che nessuno sa, nemmeno io», sottolineò con importanza indicando con un gesto della mano l'intera stanza, «è tutta la storia del macellaio e del prete e...»

Leo lo fermò sollevando la sinistra. Non era seccato. In fondo, quando aveva accettato l'invito di Carlo, già immaginava che cosa sarebbe successo e l'aveva preso come un modo per saldare un debito di riconoscenza.

«Ho capito! Allora vi spiego com'è andata la faccenda. È stato il macellaio, insieme al tipo che poi l'ha accoltellato, ad aprire la gola di don Barile...»

Mentre parlava, Leo si rese conto che qualcosa stava rapidamente cambiando. Piccoli segni, come l'atteggiamento più impettito del tipo con il maglione da giraffa, Gelin che aveva posato il bottiglione, il Cit che aveva aperto le spallucce, la mano di Bruno che si stava sollevando piano, l'occhio di Gepu che si era messo a fissarlo intensamente. Inezie, dettagli, sassolini che, spostandosi appena, mettono in moto la frana.

Non riuscì a continuare. Le sue parole avevano dato il largo a quel circo selvaggio, a quella masnada di indisciplinati per i quali l'ascolto valeva soltanto finché nelle loro menti non fosse entrato il primo, seppur vago, barlume di novità. Figurarsi a quell'ora, con il vino che si erano già scolati e il Talpa che li aveva arringati chissà per quanto tempo, non importa se con fatti reali o un po' romanzati. Ormai in ognuno dei presenti si era formata un'opinione, un'elaborazione del tutto personale dei fatti, era fiorita una storia, si era squarciato il velo sul mare delle interpretazioni.

In men che non si dica, in quella stanza surriscaldata, piena del tanfo di fumo e pelo marcio di cane, in quella bolla che puzzava di vino e sudore, esplose il bisogno di tirar fuori il lavoro cerebrale prodotto fino a quel momento e di raccontarlo, confrontarlo, discuterlo. Il tutto, certo, secondo la regola della piòla di Gelin: si parla tutti insieme.

Come un fiume in piena che, rotti gli argini, si allarga ovunque disordinato, confuso e travolgente, ognuno cominciò a esternare le proprie considerazioni, incurante o quasi di ciò che dicevano gli altri, portando così il proprio contributo a un baccano di fondo dal quale, ogni tanto, emergevano domande quasi gridate, bestemmie, imprecazioni, qualche parola urlata più forte delle altre e i sospiri borbottati di Fulc. Suoni così confusi che a stento si riusciva ad attribuirne la paternità – tranne naturalmente a quelli di Fulc – e mai a stabilire a chi fossero rivolti. Era come un calderone dove ognuno getta le proprie verdure nell'acqua che bolle e, alla fine, ne viene fuori un minestrone senza capo né coda, anche se nell'insieme c'è quasi tutto.

«Che c'entra Gerardo in tutta questa faccenda?» gracchiava Gepu, che in quanto a comprensione non era un'aquila.

«Sì, e quel tipo col giubbotto nero?» gli faceva eco il Cit che, come sempre, si sentiva in dovere di aggiungere qualche cosa.

«E allora, quello morto? Quello che è caduto nel burrone?» rilanciava Gepu.

«Ma come cazzo hanno fatto a ucciderli tutti?» bofonchiava la voce bassa e pesante di Bruno, che sembrava parlare rivolto alla Berta.

«Allora il serial chi… sì, quello lì che li uccide tutti, l'hanno preso, vero?» ripeteva ossessiva la voce monotona e piagnucolosa di quello con la maglia da giraffa.

Perfino Cens e il Maestro avevano sospeso per qualche istante la partita per scambiarsi le proprie opinioni nell'intimità del loro angolo.

«Secondo me, anche Margherita, la moglie di Gerardo, c'entra», buttò lì Gelin a un certo punto. Come un soffio mortale, quelle parole bloccarono le voci nelle gole. Qualcuno, come il Talpa e il Cit, rimase a bocca aperta. Tutte le teste però si voltarono verso il bancone. Gelin aveva aperto un nuovo canale di conversazione, se quel ciarpame sonoro si poteva definire tale. Aveva aggiunto al minestrone un ingrediente del tutto particolare: il genere femminile.

Il gruppo si divise subito in due. Bruno, Gepu e il Talpa proseguirono nella serie di domande, dandosi risposte più o meno sensate. Gli altri cominciarono invece a considerare la possibilità di una trama sottile e perfida tessuta da Margherita, il tutto condito dal reflusso ormonale del Cit che, ritenendola ancora «una bella manza», cominciava a lasciarsi andare a considerazioni triviali e commenti scurrili.

«Eee, ve lo dico io! Gerardo e quell'altro hanno aperto la gola al don per recuperare una pietra bella grossa!»

Le parole quasi gridate del Talpa riscossero Leo e il filo dell'immaginazione s'interruppe.

L'affermazione di Carlo fu come benzina gettata sul fuoco. Subito ripartirono commenti, domande, interventi, considerazioni, interpretazioni, insomma, il solito casino che da Gelin si definiva «discutere».

Intanto, complice anche lo svuotamento dei litri, mezzi litri e quartini, nella piòla la tensione era salita e nel vociare confuso si cominciavano a sentire i colpi secchi delle manate sui tavoli, accompagnate dal tintinnio dei bicchieri che, sobbalzando, cozzavano tra loro. Nessuno più badava a Leo, neppure il Talpa, che aveva addirittura cambiato tavolo e ora questionava con Bruno e Gepu.

In rapida successione, Leo capì che era impossibile arginare quel berciare disordinato e che nessuno dei presenti aveva letto un giornale. D'altronde, l'unica speranza di instillare un barlume di cultura in quel gruppo era rappresentata dal Maestro, ma lui *La Stampa* la comprava soltanto due o tre volte la settimana – «Tanto le notizie, quelle importanti, le tengono lì finché non fanno la muffa», diceva – e quello non era uno dei giorni stabiliti.

E sì che su tutti i quotidiani c'era il resoconto dell'intera vicenda.

I titoli erano più o meno gli stessi: RISOLTO IL MISTERO DEL SERIAL KILLER DI GIAVENO – A GIAVENO È

FINITO IL TERRORE, e così via. Ciò che cambiava un po' erano i catenacci, ma più o meno tutti accennavano a un'organizzazione, al traffico di preziosi e specificavano chi fossero Gerardo Sicchetti e Milan Krosić, i due arrestati.

Infastidito da quella confusione, Leo stava per staccare la spina dell'attenzione, quando Carlo, ormai quasi paonazzo nel tentativo di tenere banco contemporaneamente al Cit, a Bruno e a Gelin, gli si avvicinò e, con parole un tantino biascicate, gli domandò una conferma.

«Eee, Leonardo, è vero o no che tutta la faccenda è saltata fuori per via di don Barile?»

Leo capì che non era una vera domanda, di quelle che presuppongono una spiegazione, e si limitò a confermare con un cenno del capo.

Soddisfatto, il Talpa si ritirò e tornò a rivolgersi al gruppetto.

«Ecco, vedete? Se lo dice lui...» riprese, ma Leo non l'ascoltava più.

«Don Barile», mormorò tra sé, e la sua mente tornò indietro fino a quel lunedì sera da cui tutto aveva avuto inizio. Ormai la vicenda era così chiara che gli sembrava quasi di vedere il prevosto mentre attraversava la piazzetta immersa nella luce giallognola dei due lampioni che ne segnavano gli angoli, poco dopo la messa del vespro. Quella sera soffiava un vento gelido e il parroco camminava veloce, chiuso nel tabarro nero, con la sciarpa avvolta attorno al collo e una mano pigiata sulla testa per assicurare il cappello dalla tesa larga.

Il lunedì era il giorno di chiusura della macelleria, ma lui era certo di trovare qualcuno. Le luci della cucina erano accese e mancava poco all'ora di cena; almeno Margherita doveva essere in casa.

Già mentre si toglieva i paramenti, dopo la funzione delle sei, era cominciata quella voglia, quel desiderio, quel bisogno di annusare, stringere e poi addentare una salsiccia. Uno di quei cilindretti profumati dal sapore di carne, spezie e finocchietto come soltanto Gerardo sapeva preparare. Una vera tentazione.

Per più di mezz'ora, finché la Pina aveva continuato a gironzolare per la canonica, era riuscito ad allontanare quel pensiero peccaminoso, ma quand'era rimasto solo la sensazione era ricomparsa più forte di prima; netta, precisa, definita. Ecco, era una delle tipiche voglie che gli arrivavano dritte dal demonio e proprio nel suo punto più debole, la gola, quello per cui don Barile non si poteva certo definire un campione di resistenza alle tentazioni.

Vestirsi, uscire e attraversare la piazzetta per arrivare fin là, alla casa davanti al Bar Sport, erano state tutte azioni che aveva compiuto quasi senza rendersene conto, mosso soltanto da quell'unico, devastante desiderio di salsiccia.

Svoltando l'angolo aveva sollevato lo sguardo al primo piano. Dietro le tendine bianche alla finestra della cucina, la sagoma di Margherita compariva e scompariva. Soddisfatto, aveva pigiato il pulsante del campanello, e dalla finestra si era affacciato il viso pienotto della donna.

«Buonasera, Margherita, Gerardo è in casa?»

«È andato giù a Giaveno, ma non dovrebbe tardare…»

«In questo caso potresti aiutarmi tu. È cosa di poco conto; mi serve soltanto una bella salsiccia.»

«Una salsiccia? Ma non è domani…?»

«Lo so, di solito le prendo il martedì, ma questa volta è un'emergenza. Stasera viene a cena il segretario del vescovo», aveva mentito, «e ci tengo a fare bella figura.»

Quelle parole e il tono quasi implorante del don avevano convinto Margherita.

«Quand'è così, scendo subito.»

«Proprio perché è lei...» aveva detto stringendo un pezzo di carta bianca che mostrava la forma oblunga di una salsiccia. «Ma sa che è davvero fortunato?»

«Ohibò! E perché?» aveva domandato don Barile, il cui sguardo migrava alternativamente tra il viso di Margherita e il pacchetto che stringeva tra le mani.

«Perché, per sbaglio, Gerardo si è portato via anche il mio mazzo di chiavi del negozio e io non posso entrare...»

Don Barile aveva annuito con gravità quasi solenne. Tutte le salsicce preparate da Gerardo erano nella cella frigorifera e, senza le chiavi, era impossibile raggiungerla.

«Ma, come le dicevo, lei ha avuto fortuna, perché mio marito ne ha preparate altre quattro per un suo amico che passerà a prenderle più tardi e le ha lasciate nel frigorifero di casa, belle e impacchettate, perché gliele consegni nel caso lui non fosse ancora a casa. Sa, lui ora è andato a fare una...»

«Capisco, davvero un bel colpo di fortuna! Ma questa salsiccia?» aveva tagliato corto don Barile, il cui stomaco fremeva già al solo aroma che si sprigionava attraverso la carta.

Margherita aveva troncato il racconto e allungato il pacchetto.

«Tenga. L'amico di Gerardo se ne farà bastare tre.»

«Grazie, Margherita e… segnate sul conto», si era raccomandato il don uscendo.

«Come sempre», aveva mormorato lei richiudendo l'uscio.

Forse era stato per senso del decoro o forse per una vaga vergogna ma, una volta in strada, don Barile aveva atteso di udire lo scatto della porta che si richiudeva prima di sollevare la mano con il pacchetto fino al naso. Anche con quel ventaccio, l'aroma del finocchietto arrivava alle narici forte e invitante. Un profumo inebriante, irresistibile.

Attraverso la carta, don Barile poteva percepire la cedevolezza della pasta della salsiccia e, stringendo al petto l'involto, aveva riattraversato a passi rapidi la piazzetta deserta per infilarsi veloce nella porticina della canonica. Una volta entrato, aveva richiuso il battente appoggiandosi con la schiena, poi si era sfilato la mantella e si era avvicinato al tavolo, aveva appoggiato il pacchetto sul ripiano di marmo e l'aveva scartato.

Appena scostati i lembi, dall'involto si era sprigionato il profumo delicato del finocchietto accompagnato a quello più tenace delle spezie. Con un fremito di gioia, don Barile si era voltato in cerca di una padella, ma prima ancora di trovarla il desiderio era riesploso. La salsiccia era lì sul tavolo, morbida, profumata, invitante… irresistibile. Troppo, per la volontà del povero don.

Incapace di attendere oltre, con mano tremante aveva afferrato la salsiccia e l'aveva avvicinata alle labbra già umettate di saliva. Poi i denti erano affondati su quel primo, piccolissimo boccone.

Un assaggio appena, si era detto mentre allontanava la mano con il resto della salsiccia. Aveva cominciato a masticare piano, con l'intenzione di assaporare fino in fondo quel paradiso del gusto, ma il proponimento non era durato che pochi istanti e mentre la lingua, spingendo la pasta contro il palato, con il sapore della carne e delle spezie faceva eplodere l'aroma del finocchietto che saliva fino alle narici, i denti avevano cominciato a serrarsi sulla polpa con foga, come se dilaniare in modo quasi animale quelle carni profumate potesse soddisfare un desiderio represso da secoli. Poi la brama si era sostituita alla sua volontà e i denti erano di nuovo affondati in quella polpa morbida.

Un secondo morso, questa volta tanto più consistente del primo da riempire l'intera bocca. Ormai incapace di controllare la frenesia vorace, don Barile aveva ingoiato quel secondo boccone senza quasi masticarlo, risucchiandolo con quel desiderio che saliva dal profondo dei visceri, s'impadroniva dello stomaco, strisciava lungo l'esofago, attanagliava la gola ed esplodeva in bocca come un ordine imperioso e definitivo: deglutire! E così il pover'uomo aveva spinto il boccone nel fondo delle fauci ma, anziché prendere la via del tubo digerente, la pallottola di carne si era infilata nella trachea portando con sé qualcosa di duro e grosso che l'aveva bloccata proprio sopra l'epiglottide impedendogli di respirare.

Nel tentativo di spingere fuori quell'intoppo, ansimando don Barile si era portato una mano al collo, aveva cercato di sputare, tossire, perfino di gridare, ma il pezzo non si era mosso e dalla gola non era uscito che un rantolo soffocato. Dopo appena un minuto la testa aveva cominciato a girare, la vista ad appannarsi e il cuore a battere nel petto all'impazzata, mentre il corpo intero, con le ultime forze, cercava di sputare quel maledetto boccone. Poi tutto era diventato vago, opaco, senza suoni, finché don Barile si era accasciato sul pavimento, immobile.

Intanto, dall'altra parte della piazza, Gerardo stava rientrando a casa. Di lì a poco sarebbe arrivato il corriere per ritirare le salsicce in cui lui aveva nascosto i diamanti. Uno dei tanti trasporti che andavano avanti da mesi. Era salito e aveva aperto il frigorifero. Gli era bastato uno sguardo per capire che il pacchetto non era come l'aveva confezionato. D'un tratto un dubbio l'aveva assalito. Con dita tremanti aveva aperto in fretta l'involucro e, quando i suoi occhi gli avevano dato conferma che vi erano rimaste soltanto tre salsicce, il sangue gli si era raggelato nelle vene: la gente con cui aveva a che fare non perdonava gli errori.

Nella piòla la discussione proseguiva serrata e disordinata, e per un po' Leo fu tentato di bloccarla e ristabilire un minimo d'ordine in quelle menti piuttosto annebbiate. In fondo, si sentiva quasi in dovere, perché se aveva capito il ruolo svolto da Gerardo Sicchetti era stato proprio per merito di quella banda sconclusionata. Ricordava bene le parole di Cens e la spiegazione del Maestro a proposito dell'inversione del campo magnetico: «Ciò che prima andava in un modo si è messo a girare all'incontrario».

Da quel momento anche i suoi pensieri si erano capovolti finché tutto aveva assunto un senso preciso, logico, finito. A cominciare dalla banda di trafficanti di pietre preziose, fino alle uccisioni di Giovanni e del marocchino, l'intera vicenda gli si era chiarita una volta per tutte. Strozzato dai debiti di gioco, quel disgraziato di Gerardo aveva cominciato a collaborare con quei farabutti e, come aveva poi confessato, a confezionare salsicce imbottite con le gemme, che così venivano trasportate con facilità e senza dare nell'occhio. Un lavoretto semplice, che sarebbe potuto durare all'infinito, se non ci fosse stato quell'incidente con don Barile. Un maledetto lunedì sera in cui la golosità del prete aveva fatto cambiare corso alla storia.

Perso nei ricordi, Leo accennò con la testa, ma nessuno se ne accorse, tranne il calabrone che, discrezione fatta insetto, ostentò un'elegante indifferenza.

Eh, sì! Se soltanto don Barile avesse atteso qualche minuto, se avesse deciso di cucinare la salsiccia, anziché addentarla ancora cruda, tutto sarebbe andato diversamente. Lui non si sarebbe strozzato, Gerardo sarebbe arrivato in tempo per riprendersela, sostituendola con altre due normali, non avrebbe dovuto aprirgli la gola per recuperare la pietra e nessuno sarebbe morto. Proprio nessuno, perché a quel Milan Krosić non sarebbe mai venuto in mente di uccidere altre due persone per indirizzare le indagini su un omicida seriale. Né Giovanni né il marocchino avrebbero perso la vita, e neppure quel povero cristo di Remo Barzetti, che gli si era rivolto in cerca d'aiuto.

«Avevo paura», aveva confessato Gerardo, «Krosić è un tipo violento, freddo, spietato, e il suo piano era di uccidere due persone qui, in valle, e poi un altro paio lontano, in modo da far sospettare che l'omicida se ne fosse andato.»

Quel mattino Leo aveva acquistato due quotidiani e il giornale locale, quello che aveva riassunto meglio l'intera vicenda. L'aveva portato con sé e, senza più badare a tutta quella confusione, si alzò. Lasciò il giornale aperto sul tavolo, con il titolo in bella mostra, si abbottonò il giaccone e sollevò il bavero. Forse qualcuno se ne sarebbe accorto, forse avrebbe letto e tutti avrebbero finalmente capito… forse.

Passando davanti al bancone posò sul piano di marmo una banconota da cinque. Preso a discutere con il Cit, Gelin gli lanciò un'occhiata di sguincio e sollevò appena l'indice della destra, per far intendere che aveva visto. Leo rispose con un cenno della testa e uscì.

Tranne Fulc, che ne accompagnò i passi girando un orecchio come fosse l'antenna di un radar, nessuno se ne accorse.

Ringraziamenti

Voglio ricordare tutti coloro che, consapevolmente o meno, mi hanno fornito spunti per questo romanzo, ma soprattutto il mio grazie va a mia cugina Giuliana Prato e all'amico Gianfranco Miroglio, pazienti lettori, sapienti revisori e preziosi suggeritori che hanno avuto la bontà di condividere con me questa fatica.

Indice

Piemonte in noir

IN LIBRERIA

Giorgio Ballario, *Il destino dell'Avvoltoio*

Leone di Fausto, *Morte a Torino. Uno sbirro napoletano sotto la Mole*

Paolo Volpato, *La ragazza della Crocetta*

Gioele Urso, *Le colpe del nero*

Claudio Rolando, *Insetti pericolosi*

Gian Piero Amandola, *I delitti perfetti di Dio*

Michele Paolino, *La ballata di Borgo San Paolo*

Massimo Tallone, *Il fantasma di piazza Statuto*

Giorgio Ballario, *Torino non è Buenos Aires*

Claudio Giacchino, *Paradiso e inferno a Torino*

Paolo Volpato, *Il legionario della val di Susa*

Enrico Riggi, *L'odore dell'ombra*

Claudio Rolando, *Il Talpa*

Massimo Tallone, *Il cesto di ciliegie*

Giorgio Ballario, *Niente di personale*

Michele Paolino, *Hanno ucciso Babbo Natale in Borgo San Paolo*

Claudio Giacchino, *Vivere e morire a Torino*

Fabio Girelli, *Non di sola carne*

Maurizio Blini, *I cattivi ragazzi*

Lucio Figini, *L'educazione può uccidere*